现代性五面孔 2

张鸿 / 主编

羽叶茑萝

CRPRESS VINE

于晓威 / 著

南方出版传媒
花城出版社
中国·广州

图书在版编目（ＣＩＰ）数据

羽叶茑萝 / 于晓威著. -- 广州 : 花城出版社,
2017.6
（现代性五面孔 / 张鸿主编. 第二辑）
ISBN 978-7-5360-8378-3

Ⅰ. ①羽… Ⅱ. ①于… Ⅲ. ①中篇小说－小说集－中
国－当代②短篇小说－小说集－中国－当代 Ⅳ.
①I247.7

中国版本图书馆CIP数据核字(2017)第118273号

出 版 人：詹秀敏
责任编辑：黎 萍 夏显夫
技术编辑：薛伟民 凌春梅
封面设计：介 桑

书 名 羽叶茑萝
　　　　YU YE NIAO LUO
出版发行 花城出版社
　　　　（广州市环市东路水荫路 11 号）
经 销 全国新华书店
印 刷 广东新华印刷有限公司
　　　　（广东省佛山市南海区盐步河东中心路 23 号）
开 本 880 毫米×1230 毫米 32 开
印 张 9 1 插页
字 数 190,000 字
版 次 2017 年 6 月第 1 版 2017 年 6 月第 1 次印刷
定 价 38.00 元

如发现印装质量问题，请直接与印刷厂联系调换。
购书热线：020－37604658 37602954
花城出版社网站：http://www.fcph.com.cn

目　录

我的文学与生命观

—— 于晓威

（自序）

一

多年来从事文学创作，似乎一直思考的是，文学能为现实做什么，但当2016年马上过去，新年即将来到——无论从历史、传统、旧俗，还是从个人生命和心理意义上讲——需要总结些什么的时候——尤其是面对这本小书，需要写一份自序的时候，我突然有一种恍惚怔忡、不知如何言说的困惑：对于文学，就我自己而言，我为它做了什么？

从世俗的角度来说，对于文学，我做得还真是不少。初中时因为它，我学习偏科，除了语文，其他科目全部自愿放弃，忍受着老师们无数的责骂不说，还害得我毕业留级，最终连正儿八经的高中都考不上，只好去了一所职业高中的美术班打发青春期了事。二十岁左右，刚在县城文化馆参加工作时，承蒙一位好心的、爱才的邮电局局长相中我，他费了好大的劲儿，经过市里和省里两级主管邮电部门特批，调我去县城邮电局人事科工作，给我福利分房。我去干了三个月，百般不适，深感背叛文学，无暇伺候它，于是厚着脸皮找到局长大人，要求调回原单位，楼房我也不要了。后来的下场是我与妻子辛苦积攒了十年工资，才自己买了一个楼房。因为调回文化馆，又有时间可供支配了，再加上那时候一贯受到深厚的"社会主义现实主义"创作法则影响，自己主动跑到偏僻农村体验生活，搜集素材，却因连日奔波疲劳，于一个细雨飘飘的下午，竟在江上行驶中的木船的甲板上睡着了，醒来后浑身瘙痒，遍布湿疹，此后见风落泪，遇水浮肿，于是一个叫作"顽固性荨麻疹"的怪病折腾了我足足十五年。其间喝了无数汤药，寻了无数偏方，皆不抵用。冬天不敢出门，雨季不敢赴约，为此错过了多少与异性们聚会雅坐的机会。好在此症于十年前，不知不觉中，它自己竟完全消失遁形，让我康复如初。再后来，遭遇过多次唾手可得、明确之极的步入仕途和攀升的机会，皆被我一一婉谢和放弃。

能说我为文学没做什么吗？

但是没用，你做出这些，文学不一定就觉得你顺眼，文学还要看你另一方面为它献出什么。

那就是作品。

说作品我气短，知道自己干得确实不像话，不够好。但是尽管这样，也还有点一以贯之的底线，什么是我能做出的。

没太写一套做一套。也就是说，没太一边在作品中塑造善良、公平、正直形象，一边在生活中见利忘义、虚伪猥琐、前倨后恭。

没太糟蹋汉语言文字。对它的热爱从里到外，从内容到形式。追求简洁、凝练、富表现力和张力的文字，并且一直坚持手写，以体现对其身心俱服，内外兼修。

没太重复自己。文学是一个高贵和聪颖的女子，你对她展示你的智慧和桥段，展示你的迷人空间，不可再三。那样不仅仅是亵渎对方的美丽，更是侮辱自己的智商。只习惯用一种方式说"我爱你"是无力的。

没太一心只写正确的故事，而慢待旁门左道、身体发肤与变态小我。再好的金銮殿旁边也得有厕所，城市没有垃圾场就意味着处处是垃圾堆。人去了感官什么都没有，血液也是流动的，想成为榜样和标本那是尸体。

没太考虑为金钱写作。这个真不是哪个生活中伟大导师教的。是天性。若说我不自量，那好，换句话说，那是文学本身教我的。

没太觉得自己一直会写。知道自己总有写不动、写不出来的那一天，但是很清醒地偷偷发现一个秘密，写不动的那一天，可以有一个办法让人家尽量不忘掉你，那就是多扶持和帮助更年轻、更后进的人，不要跟年轻人争风吃醋，争名夺利，使大家由着对你文字的喜欢转化为真正对你心性和品格的喜欢。

二

曾经有一段时间我对生命感到悲观。说这句话的意思，其实有一些矛盾，原因在于我一直对生命感到悲观。"一直"却又"曾经"，这是不对的。

说不清为什么。就像一个人知道空气对于呼吸的重要，他想弄懂它，但是他什么都看不到。

曾经有人就此问我："你的生活有什么坎坷吗？" 我说没有（这要感谢上帝）。"你觉得生活还挺幸福吗？"我说当然（因为我很容易知足）。他不客气地看了我一眼："那你就是作秀，精神撒娇。"

这当然不对。他把"生命"同"生活"的概念弄混淆了。我对生命感到悲观，并不是说我厌弃生活。反过来说也对，我热爱生命，但我未必热爱生活。况且，悲观从来不是失意者独占的权利。

对生命悲观并不是说怕死。当然，一个人说他怕死，这并不是什么丢脸的事。"惧彼无成，愒日惜时"，我想，只有浪费时间的人到头来才真正怕死。一个珍惜时间并孜孜以求的勤奋黾勉的人，死对他不是终结，是靠近完美。

由此想到了时间。想到了相对论。我想，人的生命或许无法卓有成效地延长它的长度，但可以拓展它的宽度和厚度，使它看起来变得立体一些。一个作家或艺术家，他的天然的操守和福祉在于：他必热爱读书，如此他接通了逝去时间的通道，与前辈生活形态与思想对话；他必生活在现实和当下，这是他生命个体赖以存在和运动的方式，是他现世的责任和底线；他也必然要想象和创造，他得以超前体察和生活在未知的人生领域，预见并瞻想邈远的未来。如此，他活了八十岁的话，他可以说：我活了三倍于此的年岁。

也就是说，从上帝手中偷回一些派定之外的生命，这是作家、艺术家们的乐事。

三

生命的前提是自由，写作也是。我喜欢自由地写作。我写作不一定是因为生活太沸腾、太广阔，使得我要去反映它，有时候恰是因为现实世界太单调、太沉闷，我的心灵要冲破它的束缚，奔向另一个虚构的世界——或曰"空虚"，它同时也是另一种真实的世界，因为它确实存在。那么，我觉得作家"关注"现实固然不错，但不应反过来完全被现实给"关住"。我喜欢忠实反映现实的小说，但我也喜欢不忠实反映现实、甚至歪曲现实的小说。一面镜子映出了现实，说明它只是工具而已；一泓清水映出了现实，它就跟上帝有关了。

谈到现实，谈到生活，就无法不谈到体验它们的方式。我理解并体会的体验生活，也许应该有三个方面：一、个体生命所依赖和被包含的无所不在的当下生活；二、离开自己原有的固定生活范围，为某一理念和追求去短时期探究或占有别的生活；三、读书生活，它同时代表记忆、回忆和想象。这三个方面，既可以独立和分别发挥重要作用，又可以互相渗透与影响，随着个体生命对外部世界的不断认知而此消彼长。

如今，随着现代技术性社会的来临，人所感知的外部世界越来越变得驳杂和无限。在一个普遍技术化、工具化、物质化来临的时代，人越是追求外在的东西，就越是容易丧失自我。因此，对一个作家来讲，采用多大限度体验生活，用什么方式体验生活，不仅是一个文学问题，也是一个生活价值取向问题。

套用庄子的话来说，生命是有限的，而生活无限，以有限的生命追求和体验无限的生活，殆矣！退一步讲，也许任何一种体验生活的方式都是无辜的，关键在于你怎样既融入又不融入你所身处的生活。即，体验生活的终极意义不意味着去体验别人的生活，用别人的心情和眼光看世界，而恰恰相反，体验生活，恰好是为了关注自己。观察生活的河流，就是观察自我的变化。它意味着时刻表达自己的判断，充实自己的生命感受力，抒发自己的思想。差异决定认识，如此，你也才可以为你所体验的那个世界和那段生活发出独特的代言。

曾经流行于评论界的一句话叫作"生活远比小说精彩"，似乎有凭此嘲笑目前小说无能的意思。殊不知，这句话本身就存在一定的谬误。因为，它的文学伦理出发点无非就是：小说应该完全纪实，最好和生活一样——从而完全将小说拉入庸俗的形而下的泥淖，忽略了虚构才是小说的审美正途这一基本事实和常识——哪怕它真的不如生活精彩和热闹。

我一直鼓吹想象的重要（所谓缺什么补什么，这也许正表明我做得不够好），想象在一定程度上意味着脱离格局，脱离格局意味着创新和冒险。然而，怀特海说过："没有冒险，文明便全然衰败。"因此，对作家来说，想象（连带读书、记忆和回忆）也是体验生活。

四

说说底层写作。

我一直不认为写了农民和下岗工人就是关注了"底层"。同样写了知识分子，有许多知识分子在这个时代被传导上"集体失语症"，自甘拱让了对社会的独立发言权和判断能力，在思想上沉溺于破产的废墟，或者与金钱的拜物教争风吃醋，他们算不算某种意义上的社会"底层"人？反映他们的思想苦闷、挤压、扭曲、堕落乃至挣扎的作品，就不属于关注"底层"的写作吗？

1928年董秋芳在给鲁迅的来信中，曾抱怨道："我觉得有许多……文艺家，也许是把表现人生这句话误解了。离开时代而创造文艺，便是独善主义或贵族主义的文艺了。"鲁迅在回信中引为同调并予以肯定。八年后，鲁迅在《论现在我们的文学运动》里，干脆详细加以解说："我想现在应当特别注意这点，解放革命战争的大众文学决不是局限于义勇军打仗、学生请愿示威等等的作品……它广泛得多，广泛到包括描写现在中国各种生活和斗争的意识的一切文学（包括吃饭睡觉）。懂得这一点，则作家观察生活，处理材料，就如理丝有绪；作者可以自由地去写工人、农民、学生、强盗、娼妓、穷人、阔佬，什么材料都可以，写出来都可以成为民族革命战争的大众文学。"

我觉得鲁迅的话在今天仍有鉴戒意义。哪怕是在我们时下的社会转型时期，一切主流的文学定义（包括各种文学评奖），不应该排斥那些并没有关注腐败的，并没有关注农民的，并没有关注工人的……并没有关注所谓时代的一切的文学。何况，即便是超现实的文学，它也离不开现实，它也挣脱不了人所处的时代。那么，它也是表现了时代精神的文学。

齐美尔在他的《社会是如何可能的》里面说过一句话，它是关涉政治的，但也适用于文学："一切社会的过程和直觉在心灵里都有它们的位置，社会化是一种心理的现象。"

我理解，文学，正是要描写心理的现象，或曰心理的现实。

五

关于传统与创新。

古今中外，文学史上的所有经典，源于它们在所处时代的创新精神。

关于文学的创新问题，当下文坛的作家和评论家们谈论得比较多，但是这里面不乏存在一些误区，即文学的创新往往是跟作家生活经验和作品题材相关的一个命题。避免作家生活经验趋同和作品题材的雷同或"撞车"，是保持文学创新的一个有效方法。我认为这是片面的。

可以说，文学创新的意义应该分为两个层面：一个是浅表性的，或曰形而下的；一个是内质性的，或曰形而上的。如果浅表性的文学原创理论成为流行的理解模式，文学存在的意义将会大打折扣，甚至成为堕落。因为文学所取得的真正发展，从来就跟题材没有什么关系。也就是说，题材本身没有高下之分，我们不能因为探讨某种所谓新的现象，重新回到历史上

"题材决定论"的泥淖当中。

题材撞车在某种意义上说是一个伪命题。从古至今，难道还存在没有"撞车"的题材吗？生和死，战争，爱情，嫉妒，仇恨，宽容，哲学意义上的渴望献身的精神，这些都是文学永远的主题，它们是不是一直在"撞车"？单纯为了回避"撞车"，那我们还"写什么"？

《圣经》里说，"风往南刮，又向北转……日光之下，并无新事"。美国一位学者曾经为了给好莱坞爱情模式的剧本提供创作经验，详细梳理和考察了古今世界文学作品中与现实生活中的爱情故事类型，罗列和总结出一百多种爱情故事发展类型，这等于说，哪怕再有想象力和伟大的作家，写爱情的时候都逃脱不了这一百多种爱情发展的模式。那么，爱情的故事发展类型有一百多种，战争题材呢？商界题材呢？校园题材呢？如果有心人出来总结，大概也不过是有限的几十种或上百种而已，其他题材以此类推。初看之下这是个悲哀的命题，文学从古至今就是在不断重复，没有发展，这岂不是真的照应了一些人的"文学死亡说"？然而文学怎么会死亡呢，怎么会没有发展呢？它永远和人类的精神相连，和痛苦、欲望、献身渴望、想象、创造相连——文学死亡，除非发生了地球上的人类进化到木乃伊的事件。

因此，问题涉及文学创新的内质性。我觉得文学创新最根本最深层的问题，是思想的创新。

有一句话叫作"未有飞行之技，已有飞行之理"。在古代社会，虽然没有产生飞机等航空器的科学技术，但是人们渴望在蓝天自由飞行的理想早已萌生，经过一代代的无穷实践和磨炼，最终产生了伟大的现实。小说作为文学艺术的一种突出形式，所代表的正是作家思想精神的动力和取向。

在现代社会，由于政治规章的强力贯彻和商品经济法则的肆意横行，以及电视、新闻报刊等媒体对社会事件报道的铺排性和统一性的席卷而来，人们对身处其中的现实世界的经验往往是直接的和相同的，对社会和人生的理解往往是单调和一致的，所以才有了社会学意义上的"人群是一个人""单向度的人"和"平面人"等诸多说法。问题的突破点在于，虽然人们的生活经验可能是一致的，但人们的思想和想象力却并不一致，这是区分每个生命本体不同的重要标志，对作家和作品来说，就更是如此。一切法律、规约、道德、习俗包括真理，都要求恒定、一律和格式化，而真正的文学恰恰是质疑恒定、拒绝重复、打破规约的，并以此不断推动人类文明和思想的更大进步。所以，尼采说："艺术的价值大于真理。"

然而，就文学领域而言，无论是现代思想的自由者，还是传统思想的卫道者，都会或多或少顾及到如何在理论上解决尊重传统的问题。在这个问题上，我恰恰觉得继承传统，就是湮没了传统。而让开传统，才是尊重传统。

举几个例子。很多年以前，我在当代某位作家的一本小册子里读过类似的一段话，说是在现实某些恋爱情境里面，"恋爱的一方不是爱上对方，而是爱上了爱情"，我觉得非常有哲理；可是随着阅读的掘进和开阔，时光推移，我发现这句话是法国的罗兰·巴特说过的；再随着阅读的深入，我知道它更早的始作俑者是蒙田。还有，"人，诗意地栖居"，许多文章写到它是海德格尔的名言，其实，作为后人的海德格尔只不过是引述了他的前人荷尔德林说过的话并通过自己的影响把它扩大而已。艾米莉·勃朗特的《呼啸山庄》，当时赢得议论和称道的艺术特点之一，就是因为作者使用了一种类似"插叙"的结构手法。"顺序""插叙""倒叙"，这在今天简直是中学生都不屑一顾的常识，但是谁还记得这是艾米莉·勃朗特的发明呢？刘再复的《性格组合论》在二十世纪八十年代出版至今仍令许多人记忆犹新，我相信这本书给很多作家带来启发和指导，抒写普通人物甚或小人物命运的视角调整让我们的创作远离了"高大全"，进入另一种美学品格，然而，一百多年前萨克雷将他的巨著《名利场》的副题就命名为"没有主角的小说"，表示要写出作品人物"好的一面和坏的一面"，这几乎是后世产生的《性格组合论》的中心思想归纳了……类似的例子不胜枚举。文学追求创新，不能不考虑这个问题，也就是最大限度地洗去传统印记，另辟蹊径。面对历史上众多文学大师，雨果当年说过："我们虽然不能超过这些天才，但却可以和他们并驾齐驱。怎样才能做到这点呢？那就是要和他们不一样。"正是因为这样，雨果开辟了伟大的浪漫主义先河。同时，作为传统艺术观念的卫道者，也应该明白，避开传统，才是真正地尊重传统，以显露它应有的位置，否则，沿袭和继承传统，其实在某种意义上说，就是遮蔽和湮没了传统。

那么，对于文学作品的叙述方式的自我创新和努力，是不是也连带产生一种形而下的工具论倾向呢？我觉得不但不是，反而更加值得重视。因为叙述的创新，究其实表象之下反映和折射的还是思想的创新，只不过它蒙上了一层语言物质和符号的外壳。

在谈论文学的叙事之前，我个人有个看法需要说明一下：就是文学的叙事和叙述应该是不同的两个概念。在文学的内在意义上讲，叙事更多是指涉作品的内容，亦即所叙之事；而叙述更多是指涉作品的形式，亦即作者讲述故事的方法，采用什么手段。它们其实是不同的两个层面的问题，在文学实践中，平庸作家和优秀作家的区分有时候恰恰在于前者重叙事，后者重叙述。叙事代表事件和题材的公共资源，这往往是共知的，而叙述代表不同的创造和品质，是个人经验和技术理解的漫延物化的结果。优秀的作家在今天，甚至往往以叙述来对抗叙事，并形成有效的纠结。上述这个道理就像在工厂，一个产品的物质构成和生产流程虽然是一样的，可是在师父和徒弟的手下，生产出来的产品质量却远远不一样是一个道理。区分在于经验和技术。

　　赵毅衡教授对叙事和叙述的问题有过文章辨析，他的观点我比较赞成。我觉得文学叙述是对生命和存在的超越，也就是说，它使得小说叙述从传统的工具论上升到其实不仅仅是一种工具论，更是一种哲学方法论。这开辟了一个响亮的现实。我们知道，文艺理论常常讲"内容决定形式"，这是不错的，但是我们有没有想过，有很多时候反过来说，"形式也决定内容"。就好比一个战场指挥官面临的问题，传统思维是什么样的战场决定你使用什么样的武器，但有时候现实是，你手头拥有什么样的武器，才决定你开辟什么样的战场。你掌握不同的语言和叙述，决定了你即将完成的小说是什么样的面貌。

　　那么文学或小说是怎样发展的？问题很简单，是叙述的方式不同，是叙述的语态、语感、语势和语境不同，是叙述这一现实和本相的不同，是叙述的文化背景和个人风格不同，是由着叙述所产生的哲学视角不同，它们产生了新的趣味和新的理解方式，它们促进了读者反观身边现实世界的陌生性，它们引发了人性无穷的张力和思考，它们在推动了文学或小说的发展，并且也推动了人类精神和社会生活的发展。文学中叙述，其实是一个根本性的命题。

因此，才有了饱受热议和瞩目的海明威的"电报体"叙述，有了菲茨杰拉德的"嬉皮士"叙述，有了博尔赫斯的"智性"叙述，有了罗兰·巴特的"零度"叙述，有了罗伯·格里耶的"物理"叙述，有了马尔克斯的"魔幻式"叙述，等等。从文学史的时间和断代意义上讲，真正的文学史记录下来的往往不是作家和作品的题材的不同，而是叙述和叙述所代表的哲学方法论的不同。

中国古典四大名著中，我觉得《红楼梦》是一部真正伟大和具有现代意义的小说，很大意义上因为它体现了叙述这一高超和繁复的技巧，它的语言和叙述的"阻拒"功能、"痴言呆语"功能、"感觉"功能、"能指和所指"功能，浑然一体，抛却后现代元素不计，单是中国传统美学中的张力和留白效应，它也不仅仅停留在结构和主题上。而《水浒传》《三国演义》《西游记》基本上是在叙事，从一而终地体现了线性叙述的原则。曾经有学者将《西游记》与《百年孤独》对比，认为它们同样体现了"魔幻"的特征，认为中国这一叙述技巧不输于国外，其实恰恰忽略的是叙述的哲学意义。要我说，何止《西游记》，上古神话《精卫填海》《刑天舞干戚》更是魔幻现实主义了，它们的产生时间更早。把叙述形而下地捆绑成为内容服务来看待，只会指向风马牛不相及的谬途。

因此，美国后现代派作家加斯说"文学中没有描述，只有遣词造句"，这句名言表明，小说家正是在文学、概念和转换规则中构筑他的世界，"文字具有一个远远超越其所命名的物的现实"。这些，都是在揭示小说的叙述的力量。当然，我不是在宣扬生活消解论，厚实的生活固然会充实作家的生命体验，但是作用到文学中，伟大的叙述才能体现伟大作家驾驭材料的认知水平和品质，而不是材料或题材自动呈现。

六

最后，想谈谈我的绘画。

二〇一五年秋季的某一天，当我一个人孤独地散步在北京的大街上时，突然就萌生了念头：不行，我得画画。

说来好奇怪，我职中时在美术班学过三年美术，后来也在沈阳的鲁迅美术学院培训过，但那时候我一心迷恋写小说，画画于我而言，也许并不喜欢，只不过是想通过它谋得一份卑微的职业，比如，可以先考上一个师范之类的院校美术专业，然后当一名中学美术教师，回头再写我的小说——须知，我初中就已经留级，因为偏科严重，学习成绩低劣。而仅靠写小说，是考不上任何一所高等院校的。考不上大学，就意味着我没有职业，养不活自己，还写个什么小说。

但是话说，毕竟当年我还是痴迷文学，同学们出去写生的时间，我大抵是用来鼓捣小说了，因此美术算是学得三心二意，加上文化课成绩极差，结果是竹篮打水一场空，别人都能读上个美术院校，我却瞬间变成了一个"待业青年"。

如今我想画，画什么呢？时隔二十六年，我其间连半次画笔也没再摸过，我还会画吗？但我知道我必须得画，不画我就完了——我会眼睁睁看着自己的后半生废掉，包括我的文学生涯。

是的，我知道我十年来，尤其是近五年，其实是患了抑郁症，尽管我之前好长时间不愿意承认。我的母亲是一名图书馆长，她生前除了文学书之外，阅读了大量百科知识，包括生活和心理方面的，还曾编撰出版过一部生活常识书籍。她临去世前，曾偷偷跟我妻子讲：我看晓威近期有抑郁症倾向，我不在了，你一定要多多关注他。

而我已经没有机会跟母亲讲了，我的抑郁症，部分地源于得知她患癌的消息。在她离去的几年里，我几乎天天枯坐在书房，什么也不干，就是吸烟、冥想，或者在网上搜索和关注一些死亡的信息。朋友们找我玩，每次都因我的沉默呆坐而散场。

我知道我不快乐。也为之前二十多年的文学拼搏和付出——换来今天的无为——而痛惜。可我无力自拔。

彼时我站在北京的街头，想，那么我画什么呢？此时一个字眼跳入我脑海："丙烯。"我不知道丙烯是什么，好像隐约听说过它，也记忆朦胧地觉得看过美术领域里的一些丙烯作品。但此时，我只是觉得"丙烯"这个字眼的发音是性感的，跌宕的，它的字形是现代的，陌生元素的。它照应我身体的直觉属性，似乎只有这个绘画材料才能打动我的心境。

于是我买来画笔、画纸、丙烯颜料和画板，以及其他工具，在房间里夜不能寐地画。我感觉内心的许多东西被渐渐释放出来了。不，是被汹涌着剖开和喷溅出来了。我站在画板前一画就是一宿，连续半月每每如是，竟然毫不觉疲惫。

因为画画，我开始养成一种习惯，就是愿意观察和揣摩外界的景色以及一切物象了，而此前多年，我对一切自然景观是无感的、麻木的。每次外出开笔会或与朋友旅游，隔了不到一个月，我就想不起自己开会的地方是哪里，与谁同去，或者譬如，经常将在A地发生的事情说成是B地的。

因着这种为了绘画而养成的观察的习惯，二〇一五年十月的一天傍晚，我在鲁迅文学院食堂吃完饭，独自在院子里散步。这时候，夕阳西下，暮色将合，我看到的院子里的银杏树和白杨树是那么美。我一个人来到树下，观察夕阳的光线打在树干上的色彩是怎样的，风吹动着叶片的线条流动是怎样的，我在全情而用心地欣赏它们。五分钟之后，突然，我的眼泪流下来了，我的内心深处回荡着一个真切而久违的声音，我相信是另一个我在对自己说的，要么就是上帝在耳语，它说：大自然是多么美啊，生活是多么美啊，而你不快乐的时间竟然太久了——太久了啊！

那时候，我知道我为什么突然画画了。抛却其他更多因素，单纯从职业、信仰、意识和行为的惯性而言，多年的文字历练使我越来越生命内敛，它像一群无数而看不清的"小人国"里的怪物，将我的生命向情绪里面拽，以致情绪大于生命，封闭，混沌，而一旦感受到外界看不清的空气和事物的蝶振，就会让我感到压抑和绝望。归根结底，我认为这是一种个人感知的文化意义的绝望。而绘画，它起码在物质和生理属性上，以色彩和瞬间能成的造型呈现，以及身体的动作，让我的灵魂向外舒展，与那些"小人国"里的怪物进行决绝的拔河。起码，它们是能够打个平手、保持平衡了。

我的心理由此安稳，我的灵魂由此正常。

也就是说，在那一瞬间，我，不仅知道我活过来了，而且绘画也拯救了我的文学。我自信我还会写得更好。

还有，如果说，我绘画的信仰是什么，我服膺莫奈说过的："依靠教条是不能成画的……我常常为了正确地表达自己的感觉，完全忘掉了最起码的绘画法则，如果这些法则依然存在的话。"同时我还愿意援引梵高说过的："我要更有力地表现我自己，注重表现对事物的感受。"

——一切为了文学，一切为了自由。

羽叶茑萝

　　五月初，刘老汉的隔壁新搬进一户人家。夫妻俩没有什么特别之处，男的模样斯文，女的表情文静，就连他们幼小的孩子，也很少能听见一声响亮的啼哭。日子如风一样悄然而有序地掠过，刘老汉的心境，并没有被新来的邻居激起一点嘈杂不宁的涟漪。

　　隔着褐红的砖墙，刘老汉曾听到夫妻俩议论过，一个要莳弄点芸豆，一个要栽点牵牛花。一个说可以吃，一个说能欣赏。夏末，刘老汉看见墙那边长起来的，不是芸豆，也不是牵牛花，是比牵牛花还要好看和雅致的羽叶茑萝。仰头看起，粉红的花瓣衬着嫩绿的叶蔓和空隙中湛蓝的天空，疏疏密密，横横斜斜，竟让人耳目为之一新，感觉意味无穷。

　　林未渊是在放暑假前的某一天，忽然想起办一个作文辅导班的。

　　那时候，小琬正在厨房剥一棵葱。林未渊叫了一声。林未渊的叫声让小琬吓了一跳，她以为林未渊又是被鱼刺戳着嗓子了。那种在长度超过半尺的鱼类中价格最低的明太鱼，骨刺是很坚硬的。小琬刚刚放下葱，林未渊又叫了一声。

"哎，"林未渊就是这样喊的，"我们暑假办个小学生作文辅导班吧？"

"谁？"

"我们俩。"林未渊说。

"净扯，能行吗？"小琬嗔了一句。林未渊知道，小琬只要在说完话加上一个"能行吗"，就表示她的心中已有行的可能和倾向。林未渊说："当然。"

小琬轻轻地笑了。她希望这件事能成。大学毕业后，小琬被分配在县内一所高中教语文。兢兢业业，含辛茹苦，可他们的生活并未显出怎样宽裕，倒像是一条无形的绳索捆缚在身，越挣扎越紧了。小琬知道，这不是由于她和林未渊缺乏生活经验，把工资在不合理的用项上磨蚀掉了；也不是由于林未渊好逸恶劳，无所事事。不是的。小琬这样想。

林未渊在大学里一直潜心于戏剧创作。如果不是为了维系和小琬的爱情，他是会去到另一座城市里的。他在《剧本》和《创作舞台》上发表过作品，还曾搞过一个实验话剧，在他就读大学的城市里做了几场演出，反响相当良好。当然，这已成为过去了。毕业后，林未渊随着小琬回到县里，在县内唯一一家剧团做编剧。就是这一年，剧团几乎发生了质的变化。人们无法苛责在首都一些剧院尚且门可罗雀、那么在一个县级剧场里又会光顾几个观众这一事实。剧团内一些年届中年、富有表演才能的演员被相继流动到其他部门，剩下的和重新招聘的一些年轻女演员，在装潢一新的演艺厅里以伴舞和被点歌为职业。林未渊置身这里，惶惶然无所适从的情状可想而知。

林未渊没有好嗓子，握不起麦克风。他也没有纤长的手指，拨动不了电贝斯。他能记忆起，唯一用过自己手中笔的，是为节目主持人撰写几段互不重复的开场白。

哪怕，林未渊想，要我写出一段剧情简介呢！哪怕！

他郁郁不乐。小琬没计较这些。在她从容的、平和的心里，一直深爱着林未渊。小琬记起《圣经》中开始的一句话：上帝说，要有光。于是便有了光。

哦，光。林未渊是她的光。

林未渊就是在一个普通的中午，小琬转身在厨房剥葱的时候，盯着桌子上无人动过的汤匙出了一会儿神，忽然想起要办一个作文班的。

"不行，你这样做显然不行。"在教育局一间办公室内，一位负责普通教育的人员对林未渊说。

他是昨晚看了林未渊自费在县电视台做的招生广告后，特意在清晨上班时把林未渊叫到这里的。电视台那边，他已经通知不准重播。

"为什么？"林未渊说。清晨未及打开窗户的室内空气让林未渊感觉出一种文件柜的味道。

"上面已经多次重申，假期不许随意办学生辅导班，就是这样。"

"我是从事戏剧文学专业的，不是学校体制内的教师。由我主讲，我应该有这个资质。"林未渊说。

"知道。"那个人说，示意林未渊坐下。

　　林未渊坐下了。"我们这是酝酿已久的了。不仅是我们想办，家长也曾经找过我们。现在作文的分数在高考语文中占的比重很大，写作文，应该从儿童、从基础抓起。"

　　对方笑了一下。

　　"我们有周密的辅导安排。作文讲授、作文批改、美文欣赏……一整套方案。学生在这次学习后会有进步的。我们不是仓促上阵。"

　　对方的目光表示出他在认真听。

　　"这样，也可以在某种程度上防止小学生在暑假里顽皮捣乱的现象。一个家长跟我说过，他的孩子想用心学习，可总有邻居的孩子去打扰。我想，我们不从根本上排斥任何孩子来学习。换句话说，我们欢迎他们。"

　　林未渊站起来，"我可以把窗子打开吗？"他说。他感觉周身有些发热。也许，话说得太多了。他想。

　　对方点点头。

　　林未渊走过去，轻轻把窗推开。一阵凉爽的风立时扑了进来。柳树的枝条在窗外的一角轻轻摇曳着。正值上班高峰，街道上汽车低低的鸣笛和自行车的铃声汇成一条跳溅的河。

　　"还有，"林未渊转过身来，"也许，我这是一种空想的乌托邦主义。我总觉得，'文如其人'，'文学是人学'。语文——尤其是作文，对于塑造一个人的情感，锻炼他对真善美的思维方式，端正他的举止，陶冶他的情操，帮助他认知周围的世界和人文环境，增加人与人之间宽和与理解的交往，是很有裨益的——这不仅仅是高考作文分数线的问题，这是一个人

羽叶茑萝

道德和心灵上有相当重量的砝码。"

对方沉默了一会儿，轻轻叹了一口气："好事倒是好事啊，不过，"他停了一下，"每个学生的辅导费是多少？"

"三十元。"林未渊说，"十天，平均每天才三元。全天授课，这不及家庭教师一小时挣的一半。"

对方可能是被林未渊的情绪感染了，他站了起来："这样吧，我们是不允许你通过电视公开招生的。不过，你想想办法，通过别的渠道招一下生吧。"

林未渊轻轻地呼出一口气。

小琬正在办公室备课。她觉得头脑中思路越来越明晰的时候，两个中年女人走进来。

"是找我吗？"小琬说。办公室只剩下她一个人。

两个女人坐下来。其中一个从挎包里拿出一沓空白收据："县内主要街道的招生启事，是你们张贴的吗？"

小琬不明白眼前是怎么回事。那十几张海报，是林未渊用了一个晚上的时间，在闷热的斗室里匍匐在炕沿边写成的。然后他骑车子跑遍大街小巷，把它们张贴出去。

"对。"小琬用机械的语气说。

"我们是环卫处的。"另一个女人说，"街道两旁的建筑物不准随意张贴广告，这影响市容市貌和环境卫生——按规定，这需要罚款一百元。"

"别，"小琬几乎是下意识地说。她有一刻觉得这很荒唐，因为大街上的广告到处都是啊，都怪她孤陋寡闻。"我们这是没办法的。我们不是愿意这样做的。"

一个女人用手把那沓收据弄得如风车一样翕动不停。小琬意识到自己刚才的话有一种申辩的意味。她实在是慌，"我们……"她说。林未渊不在身边，她感到孤立无援。她只有用"我们"一词营造出林未渊在自己身边的幻觉："我们，海报才贴出去四天不到。现在连一个报名的学生也没有，连办不办得成辅导班还很难说，真的。"

一个女人为难地看了另一个一眼。

"别罚款，"小琬继续说。一百元钱，在这个季节里，是可以买到十斤猪肉或者五十斤芸豆的。"我们实在不知道会这样的。"

另一个女人也犹豫着，后来慢慢把收据放回挎包："你在天黑之前把它们撕下来。"

小琬点点头。

"再有，"女人继续说，"给我们处长打个电话，说明这件事。他也好知道我们确实来过你这里。"

"好的。"小琬说，"处长贵姓？"

"姓李。"

"好，"小琬说，"我一会儿就打。"

送走那两位女人，小琬静静地在办公桌前坐了一会儿。她这时才想起忘记问她们电话号码了。她拿起话筒，向"114"查号台询问了环卫处的号码。

号码报出后，她默念着得到的号码，用手机拨过去。听筒里的鸣振声只响了一下就立刻被对方接起来。这么快的速度倒使小琬愣了一下，好半天说不出话来。

"喂？"对方说。

"喂，"小琬说，"请找一下你们的李处长。"

这回是对方哑然了一会儿。继而用惊讶的调侃的语气回说道："哎？你怎么知道他现在是处长？上面的任命文件还没正式下达呢！真是消息灵通！"

小琬在这边无声地笑了一下。过了一会儿，一个瓮粗的声音响起："喂？哪一位？"

"对不起。"小琬说，"我是中学的。上午你们有两位女同志过来，要我给你打一个电话。"

"嗯？怎么回事？"

"我想办一个作文辅导班，在街道两边贴了几张海报。她们要我打电话和你说一下。我想……别罚款了，行吗？"

"嗯——"对方说，"你下午过来一下，我得亲自了解一下，然后再看看怎么办。"

对方回答得很干脆。小琬没想到会是这样。两分钟前她还是满怀信心的，以为这件事很快会过去。她感觉自己被困在一条长廊里，眼见着别人从一扇门走出去，可是当她也走近那里，门却突然一下在眼前关上了。

她的心里酸酸的。她眼前一直叠现出那两个女人。一个是漫不经心的，一个用手把一沓收据弄得如风车一样旋转。

"下午上班时过来。"对方说，"你知道我们的办公地点吧？"

"知道。"小琬说，"在剧场附近。"

"不是，"对方说，"幼儿园附近。"

"对啊，剧场的西侧是幼儿园啊？"

"什么剧场西侧，"对方语气重了一些，以为小琬故意捉迷藏，"第一幼儿园不知道吗？"

"喂？"小琬镇静了一下，"你是哪里？"

"市环卫处。你怎么反倒问我。"

"市环卫……"小琬重复了半句，又一次无声地笑了。市和县的电话早已并网，小琬忽略了自己拨的"114"，对方告诉她的不是县里而是市里的环卫处。

"对不起，"小琬的语调轻松起来，"我打错了。"

"你别耍滑……"小琬放下电话时，听到对方几乎是脱口而出这四个字。

虚惊一场。小琬想。几分钟后，她重新打电话给县环卫处，这回事情进行得全在她的料想之中。

小琬从容地笑了。

小琬喜欢从容。

从容的人生态度。

"重华不可迕兮，孰知余之从容。"她记起屈原这样说。

"倏鱼出游从容，是鱼之乐也。"庄子这样说。

哎，庄子真是超脱啊。小琬想。身在尘世，却不为尘世所累。"从容"境界，也分为"身从容"和"心从容"。身从容心不从容者，屈原也；心从容身不从容者，庄子也。是啊，庄子的身行举止怎能潇洒起来呢？他在无米为炊的时候也没坐等羽化为蝶，不也去躬身求邻居借他一点米吗？——可是，谁又能说他的心不是至旷从容的呢？

小琬正在卧室里备课。她很快就发现自己是在胡思乱想了，这让她感到愧疚。林未渊一个人在厨房里手忙脚乱，嘭嘭啪啪的声音让人想起舞台谢幕时黑暗中匆忙搬动的道具。就在这种声音里，偶尔能传出林未渊清晰的、快活的声音："全萨拉哥萨的人，几乎万人空巷，争看新娘。"①

林未渊独自做事的时候，常常情不自禁朗诵一些戏剧片段，让人感觉是发烧人的呓语。这在他们结婚的初期里，每每让小琬莫名担忧了很长时间。

"我真不了解。现在我要去学习。我一定要弄清楚，究竟是社会正确，还是我正确。"②

小琬有时候觉得，林未渊真的有一点神经质。但是这种东西在他们的两人家庭中，又会渐渐显得那么吻合，那么融洽，那么从容。她说不好这是不是知识分子一点憨态可掬的、幽默的、自我解嘲的直率的性情表露。她从这里窥出了一个男人的执着。她感到有趣的同时，不知怎么隐隐地想哭。

小琬回头看了一眼躺在摇篮中的孩子。孩子静静地在那里躺着，一只小手扶着篮沿儿。小琬每隔一会儿就要回头用手摇动一下。这个摇篮是小琬幼时睡过的。它像钟摆一样吊在屋顶上，来回摇动时发出纤细的、婴儿酣睡似的声响。小琬知道，孩子在摇篮中待的时间，要比在自己怀中待的时间长。至少在他懂事之前，小琬没有太多的时间和精力哄他。她想起一个电视片里，看到太平洋一些岛屿的渔民，在孩子出生时就放在树杈中的吊篮中摇晃，据说这是为了他们日后长大时能习惯海上颠簸的捕鱼生涯。小琬是为了什么呢？她看了一眼熟睡的孩子，自己是为了自己没有时间和精力。她真怕孩子长大后会由

---

① 雨果《欧那尼》第五幕马谛亚台词。
② 易卜生《玩偶之家》第三幕娜拉台词。

此染上嗜睡的习惯。

林未渊不知什么时候走进来。他抓起手巾擦一下脸上的汗，低头看着小婉面前的教案。

"你要让孩子们知道，"林未渊说，"一般的记叙文，都是由主题、材料、结构、表达方式和语言构成。"

"知道。"小婉说。

"你在对他们讲表达方式的时候——比如说心理描写，不要总停留在讲，要让他们练习、运用，达到既能识别，又能运用，这样水平提高才快。"

"嗯。"小婉说，"你提醒了我。"

林未渊轻轻挪动一下空中的摇篮，在小婉的身边坐下来。静默一会儿，他说："快要开班了吧？"

"快了。"小婉放下手中的笔。

"我们会挣到很多的钱啊。"林未渊说。

"就算招四十个学生吧，"小婉说，"每人辅导费三十元。这是一千二百元。除去房租，"她回头骄傲地看着林未渊，"我们至少可以剩下一千元！"

"一千元！"林未渊说。他几乎要把全身倚在空中的摇篮上了："瞧，我已经发了财了！"①

两个人哈哈地笑了起来。

尽管几天来，林未渊开始对招生的人数做了最保守的估计，但是到了开班那天，情况仍然出乎他的意料。

"几个？"林未渊在电话里询问小婉。

"七个。"小婉说。

―――――――――

① 莎士比亚《雅典的泰门》第四幕泰门台词。

羽叶茑萝

"几个？"林未渊显然没有听清。窗外噪音太大。

"七个。"小琬在那边说，"一共七个。"

林未渊撂下了话筒。

天空开始飘洒流苏样的雨丝下来。几分钟后，在县老干局小会议室门前，林未渊站在台阶上，目光冷凝而茫然地看着街道尽头。

小琬穿着一双红水靴，披着一件明黄色的雨披，倚在门廊外。她的一只手伸进另一只袖口里，那里面端着一盒无尘粉笔。她尽力不让雨水把那里淋湿。她的胳膊弯的雨披褶皱处已经贮满了一汪雨水。

几个孩子零散地围在他们身边。不多不少，一共七个。林未渊在短短的几分钟内已经数过十几遍了。另外有一个是家长。

林未渊在等待第八个。他不是迷信"八"是"发"的谐音，不是。他在等待一份决定性的希望。七个是既定的事实，而第八个，将是临上课前姗姗来到的意外奇迹。只为着这份苍白单薄的奇迹，他在等待着。他不止一次在心里默念：只要再来一个，只一个，就一定开班，一定开班……

街道对面，一个少年步行着。他随意地向这边望了一眼，又向前方皱皱眉头。可能是这边众多同龄的目光使他觉得不应该在雨地里继续步行下去。他叫住擦身而过的人力车，付给车夫三块钱，然后登了上去。

望着少年消失的身影，林未渊几乎在心里愤愤地骂道：小崽子，三块钱可以听到我全天的课！让你吃惊的课，让你父母吃惊的课！算了，你永远别想听了……

雨仍在淅沥沥地下着。街道上，物体的颜色越来越鲜明起来，这是因为街道上出现水中倒影的缘故。林未渊眼角的余光里，那位家长正抚着自己孩子的头，手里的旱烟在雨气中犹疑不定地飘游着。他的一只裤腿卷起，脚下流出一摊被雨水冲刷下的黄泥巴。

第八个。林未渊想。较原定讲课时间，已经超过十分钟了。

一个男人骑着一辆新型本田摩托车从远处驶来。他的右脚支在人行道沿上，同时侧过来半个身子。

"给我孩子单独辅导吧？时间长短由你定，辅导费每次五十元。"

"让他来吧。"林未渊说。

"不行，我要单独辅导，单独。"男人说，然后擦了一下机表上的雨水。

林未渊看着他。

"你就这几个学生吧？恐怕挣不到一百元，不值。我这可是很轻松的啊。"那个男人扫了一眼小琬和孩子们。

小琬站在林未渊的背后。她看不到林未渊的表情。

"怎么样？"那个男人问。

林未渊沉默了一会儿，很仔细地看了对方一眼，慢慢地说："二百元。不能少于二百元。"

"你……"那个男人想说什么，终于没有说出来，只好怀着懵懂的神情启动摩托车，消失在雨幕中。

林未渊回转身。超过讲课时间已经十五分钟了。他挥一下手："进去，进去吧。我们开始上课！"

小琬站在门廊那里。"未渊，"她喊住他，"为什么不顺从他？每小时一百元，我想他可以答应下来。"

"为什么要顺从他？"林未渊说，"我担心自己要顺从他，所以才说二百元。"林未渊声音很小。

光。小琬心里喊。她又想起了那句话：上帝说，要有光。于是便有了光。

教室里只剩下林未渊和小琬两个人了。这才仅仅是开课的第二天，林未渊和小琬就觉得疲惫不堪。林未渊想，正是因为人少，我们才更投入吧？他清楚地意识到，他和小琬这样做，并不只是为了钱，因为钱真的很少，也不是潜意识中有传授知识的欲望。他没时间去想这些。

作文本交上来只薄薄一沓。林未渊叹了口气。

小琬正在擦黑板。林未渊坐下来，翻检小琬批改过的学生作文。他看到一篇《我的弟弟》中有一段这样的文字：

我的弟弟很有趣，他的眼睛特有神，两只耳朵不大不小，要是仔细看，会发现它有时候会动。他喜欢和大人玩，说话时总带个那什么。

林未渊看到最后一句的"那什么"三个字，被小琬重重地画了个圈。

"为什么？"林未渊说，他叫来小琬，"为什么这儿要画圈？"

小琬皱着眉头，觉得不太好说："这……大概是指一句脏话。弟弟说话时总爱带脏字眼，学生不会写那些字，所以用了'说话时总带个那什么'。"

林未渊摇摇头。"你记不记得有些人，"他开导小琬，"说话时总爱带口头禅，它类似一种口吃现象，在一句话开头前常会加个'那什么，那什么'的，就是这篇作文里弟弟的形象。"

小琬恍然大悟。她有点不好意思了。

"记住，"林未渊说，"这才是个小学三年级的学生。他不会理解你画上的圈，假如理解了就更糟，这会伤害他的自尊心，产生一种荒诞感和耻辱感。"

"是，"小琬认同道。她熟悉教育心理学，"我知道细节对于孩子的重要。"

林未渊把那句话画掉，重新在下边誊写上，并且在"那什么"三个字上，加了一对引号，用来表示这三个字只是一句纯粹的口头禅。

窗外，已是暮色四合了。

夜已经快深了，空气仍然燥闷不堪。这是初秋的一个夜晚，刘老汉坐在自家庭院中的藤椅上静静地乘凉。透过褐红色的砖墙，尽管很轻，但是仍能飘过来一些呢呢喃喃的对话，这使刘老汉静默的笑容中，悄然增添一份浓浓的酽意。

未渊？

嗯？

我们挣了多少钱？

总共二百一十元。扣去房租和其他用项，还剩六十元。

啊。我想，用这些钱，也给咱的宝宝买两筒高级雀巢奶粉吧，增加营养，孩子长大会更聪明。

嗯。

还有。未渊，昨天在西街卖的螃蟹，真馋人啊。我有六年没吃过一只了。要是还剩钱，我们也买两只尝尝吧？秋天，正鲜哪。

嗯。

还有……哎，咱俩干吗挤在一只凳子上坐着啊？

穷嘛。咱家只有一条小凳。

坏，不是。嗯，我觉得，就是因为只有一条小凳，咱俩才会坐在一起。

声音渐渐小了，空气中掠过一阵清风。头上刷刷响起什么声音，是墙上爬满的羽叶茑萝。在暗夜里，看不清它的轮廓，但是它散发出的清香，在空气中却是甜甜的、浓浓的、凉凉的，如水一样悄悄弥漫着。

夜色荒诞

电话第二次打进来时，我有点儿不耐烦了："你要错了，喂，这里是时代广告策划公司。"

是的，时代广告策划公司，我挺喜欢这个名字的。虽然，这个公司眼下只有我、大冯、凯丽三个人。大冯负责操作，凯丽负责公关，我总揽全盘。我们对外联络还有眼前的这架话机，应该说，这里的工作效率是很高的。

眼下，办公室只有我一人。窗外，夜色斑斓，习惯夜生活的人们正在这座城市里可劲地折腾，眼前明亮的大幅茶色玻璃上的景致，对我来说像是肥皂泡上的幻象。在桌子上，同乳白色电话机并排摆着的，是哈洛德·品特的《情人》。这部作品讲述的是一对结婚十年的夫妻（和我的情形差不多），男的上班，女的理家。两人见面经常以丈夫/情人、妻子/情人的双重身份出现，一会儿妻子是丈夫的某个情人，一会儿丈夫是妻子的某个情人，一会儿他们又恢复成正常夫妻。我伸手把书取到手里，漫不经心地翻了一页：

丈夫：（和蔼可亲地）你的情人今天来吗？

妻子：嗯……

丈夫：几点到？

妻子：三点。

丈夫：打算一起出去，还是待在家里？

妻子：啊……打算待在家里。

楼梯口传来隐隐的脚步声。两分钟后，我的门上响起了敲门声。很轻。

"请进。"我说。

在我眼前出现的是一位女子。她很年轻，相貌清秀。"我打个电话可以吗？"她问。

"我在楼下看到你这里亮着灯光，我想你这里应该有电话的。我的手机坏了。"她把手伸向话筒，"我是楼下十字路口'梦露'时装屋的，你不认识我吧？"

我摇了摇头。

"我认识你。"她说。她纤细的手指嗒嗒地在键盘上按到一半，突然停住了。

"能麻烦你替我拨一下吗？"她问。带有一点儿请求。

"3822702。"她说，"你打过去，男的接电话，你就撂下；如果是女的接电话，你就问小刘在吗？她如果说在，你也把电话撂下。"

我慢慢地品味着这段话，能意识到眼前这位女子是遭遇情感麻烦了。她大概想刺探她丈夫和另一位女人的行踪和作为。

这属于私人侦探的事，不该广告公司来策划。

我照她的号码拨过去了。蜂鸣器响了起来，一声，两声，三声……六声之后，终于——还是蜂鸣声。我如释重负地放下了电话，抬起头望着她。

她叹了一口气，眼睛看向窗外。

我们之间再没什么事可做了。但我希望她多停留一会儿。

"我走了。"她说。

"好的。"我说，"忘了问你的名字了。"

她轻轻地说了一句什么，声音很小，我只听清了最后一个字，"洁"。

一个星期后的傍晚，我仍旧一人坐在办公室里。哈洛德·品特这时进行到另一个场景了，由于女主人公所谓的下午约会（其实只她一人在家），耽误了做晚餐的时间。女主人公只好请求刚刚下班的丈夫，和她吃了一顿极简单的将就性质的凉食。

门上再一次响起轻轻的敲门声。我把书放下，说："请进。"

是她——洁，进来了。她换了一身与这个季节相宜的短装，上身是印着线条流畅的彩色浮云的文化衫，下身是一条齐膝的浅蓝色短裙。

"你好，凌力，"她居然知道我的名字，"我还是需要打一个电话。"

"3822702。"我照着她给的号码打过去，很长时间也没人接。

"坐一会儿吧，"我给洁让过一个座位，"一会儿我们还可以再打。"

洁挺高兴。我们默默坐了一会儿。我说："你……挺看重这个电话吗？"

洁点了点头。"我在他的记事本里发现的。我有一次看见他俩在立交桥那儿一起走过。"

"你俩之间会发生什么吗？"我这样问纯属好奇。

"不知道。"洁说，"可能会离婚，也可能不会。我不知道。"洁用手撩了一下额前的黑发。

"你的服装生意好吗？"我递给她一支烟，她表示不会。我自己揿动打火机把烟点燃了。

"还行，我雇了一个帮手。"她说，"想忙就忙起来，不想忙就清闲下来。我还是有我自己的时间。"

"你的那位是做什么的？"我不愿在话里出现"丈夫"的字眼。

"推销员。"

"不错嘛，"我问，"推销什么？"

"谎言。"洁说。她的表情示意我不要在这个问题上打转转。

空气沉闷了一点儿。洁不说话，我也不说话。时间的缄默能使人更加从容地体味某种东西。一个三十五岁的男人渴望比他更年轻的东西，说明他已不可挽回地走向衰老和保守了。灯光下，沿着由阻挡产生的阴影和洁身上凸凹有致的曲线，我这才发现她的文化衫上印的大字是：我不回家。"我不回家"，我对眼前的洁有点束手无策了。窗外，哪家封闭不好的歌厅传来林忆莲的歌声，是那首《爱上一个不回家的人》。

我再一次按动刚才的电话号码。依然没有回音。

洁低头扫一眼腕上的手表，很随意地问："你没有吃晚饭吧？"

"我……还没回家。"我说。

洁可能是以为我在暗示和调侃她，她笑了一下，露出洁白的牙齿："走，我们一起去吃点吧。"

在Fare酒廊的一间半封闭的包厢里，我俩坐下了。服务小姐走过来问："二位用点什么？"

"两杯威士忌或是两听雪碧，果仁，法式火腿。"洁说。

服务小姐悄声离去了。在荷花式烛光的摇曳下，伴奏区人影憧憧，音乐水一样流淌过来。洁身后墙壁上装点着德劳内-特尔克的现代派画作《布利尔舞厅》，洁的面庞在它狰狞迷乱的色块衬映下显得圣洁而恬静。

服务小姐走过来，轻轻把用点摆放好。就在她将要转身离去的时候，我问她：

"什么是Fare？"

"你说什么？"服务小姐不解地问。

"Fare，"我说，"你们酒店的名字。"

服务小姐笑了一下："不知道，可能是'发'吧。"

我笑着挥了一下手，服务小姐穿过舞池退到暗处了。在那里我隐隐看见吧台的背景广告是一只涂了蔻丹的手，捏着一张鲜红的性感的嘴唇。

洁把面前的半听雪碧倾倒进威士忌杯子里，向我举了一下。我没费多大工夫就把自己杯子中的威士忌喝光了，剩下的我用吸管慢慢吸。"她好看吗？"她问。

"谁？"

"和你说话的那个。"

我想了一下，回答说："还行。"

洁笑了。就在这时，娱乐厅内所有的装饰灯忽然全灭了，几只孱弱的烛光丝毫撑不起黑暗的夜伞。邻近一些包厢里传来轻微的可供揣摩的声音。我相信这是停电，而不是什么"温馨浪漫一刻钟"之类的名堂——从演奏员黑暗中并不熟练的伴奏声里我能辨识到。洁就在我身边坐着，黑暗中她把面前的果仁一个一个全吃了。十分钟后，灯光才重新亮起。

演奏区内的一位萨克斯手目光不停地向洁扫动。他的比音乐还缠绵的身体让我恶心。我说："洁，有人不怀好意呢。"

洁顺着我的目光漫不经心地望过去。直觉告诉我那个萨克斯手分明冲她涎笑一下。洁没理会，唤来服务小姐给我添了一杯威士忌。"要冰块吗？"服务小姐问道。

我摇了摇头。"我要一点儿。"洁说，她把放了冰块的杯子晃了晃，传来一种我熟悉的搓麻将的声响。

我把一杯威士忌喝了。我的头脑有些胀，我望着洁，尽可能放缓语调说："我要唱一支歌。"

我走上台去。我要唱的是《快看啊，时光转瞬即逝》，鬼知道我什么时候学会的这首歌曲。台上上百张镭射唱碟都翻不出这首歌。萨克斯手和他的伙伴们石膏雕柱一样僵硬地看着我。

一个留长发的架子鼓手跃跃欲试地向我点了一下头，架子鼓不像其他乐器具有严格的音高区别，在这种独特的类似土著摇滚乐的苍白的鼓点击打声中，我唱：

> 快看快看，时光转瞬即逝，
>
> 时光之箭，
>
> 不就是丘比特的爱恋，
>
> 射中我心上人的心坎……

台下一片口哨声和鼓掌声。我的不具有音域高度但是具有酒精度的嘶哑的嗓子，像一只土鸭子似的在架子鼓击打成的浑水里起伏。

"真棒。"出来时，在酒廊霓虹灯闪烁不到的地方，洁对我说。

我不失时机地轻轻吻了她的嘴唇。

大冯和凯丽出差联系业务去了。我曾希望他俩能够单独行动，分别去哈尔滨和太原。他们没有采纳我的意见，两人搭伴一起去了这两个地方。他们此行一个是联系电视台的"青春加油站"的节目制作，一个是给太原一家大公司的产品在广场屏幕上做六个月的全天滚动播出。

我坐在桌子前，在电话机的录音键上按了一下，里面传来我妻子曾经打来的电话。从她的录音电话里，我可以再一次重温她做化学实验时的分子结构式作风："衣服我给你洗了，领子上总是有汗渍，我分别用洗涤剂和加酶洗衣粉给搓掉了。你抽剩的香烟总是随手乱放，我数了一下，'石林'里剩五支，'摩尔'里剩三支，'红塔山'里剩下十二支，我把它们都归到一起了。昨天，我发现家里的冰箱竟然自己断电了，它可能老了，这种破坏臭氧层的含氟利昂冰箱真该换一台了……你好吗？"

我关掉了电话。我想起洁给我留过一个手机的号码。我尝试着把它拨过去，觉得自己有点儿可耻。

洁很快接了电话。电话里传来一阵叮叮当当清脆细小的声音，我想那可能是风铃之类的东西，洁说："我们出去玩一会儿好吗？我在展览馆门前等你。"

洁站在展览馆门前等我。她依然穿着一条短裙，只不过换成浅鸽灰色的，上身是一件白色派克休闲装。还没待我说话，洁走上来对我说：

"我们去水上世界玩好吗？"

"夏宫？"

洁把手里提着的坤包向我摆了一下："都准备好了。"她指的是泳装。我漫不经心地向四周扫了一眼，最后我决定同她去。

水上世界通体都给人清亮透明的感觉。我们买了票，洁把包里的泳装掏给我，把我推到男更衣室门前，"一会儿见。"她说，转身进了另一扇门里。

我笨拙地把泳衣换好。男侍应给我指示了通往嬉水厅的廊道。我到大厅时，洁已经坐在一处精致的休息椅上冲我招手。

我有点儿尴尬地走过去。她很自然地拽过我的手，做出我扶着她的样子，把我拉进眼前碧绿的泳池中。

大约半个小时后，我们感到身体尽情舒展了，就来到大厅内一弯小型的动水桑拿池内，在经过一排哈哈镜前时，我看见了自己的形象，一会儿臃肿，一会儿细长，一会儿比例失调，身边的人都愉快地看着我笑。洁执意不肯从那儿走，她后来是绕道来到我面前。

我们用自动热风烘干了头发，穿着整齐地来到大厅外时，天色已经是黑的了，面庞上能感觉到凉凉的风袭来。少顷，天空中竟然漫下细细的雨丝。

我们在霓虹灯闪烁的大道上的银杏树下走了一会儿，洁忽然说："我有点饿了。"

我指着路旁一家篷式快餐店，对洁说："吃一碗泡馍吧。"

洁点了点头："也好。"

我们走进去坐下了。洁不停地发抖，她穿得有点少，而我，除了一件贴身的T恤再没别的衣物。泡馍很难吃，好不容易吃完了，我决定搭出租车把洁送回去。洁阻止了我，她低头看了一下手表，说："我到你那里去。我要借你的电话打一下。"

我不知说什么好。过一会儿，我才说："你真的很在意这个？"

"不知道。"洁说。停了半天，她问："要是你，你在意吗？"

我很老实地回答："不知道。"等我们回到我的办公室时，洁已经开始发烧了。我把她安排到办公室的套间，回身去打那个打了无数次的电话。

电话仍旧没人接。它让我联想电话那一端的情形。回到套间里，我发现洁无力地躺在床上，鞋没有脱，一只腿弯在床边，鸽灰色的薄质短裙斜翻一角，露出里面一小块滑畅的纯白真丝内裤。

我静一会儿，把裙给理正。接着弯腰把她的鞋脱掉了，让她歇憩在床上。我轻轻拭了一下她的额头，有点发烫。"痛苦是什么呢？它好像是酒杯里加的冰块，我原以为它融化掉就好，可是不是……融化掉了的成分，原来还在里面……"

洁嘤嘤地哭起来。她的手无助地朝空中抓着，像是要拥抱什么。我小心翼翼地上了床，和她并排躺下，她靠过来，紧紧地贴近我，拥抱着我。过了一会儿，她把手慢慢伸向头上的坤包里，摸出来一件薄薄的什么东西塞到我手中。我看了一眼，是一只SkinLove高级避孕套。它使我立刻清醒不少，并且兴味索然。

洁后来慢慢安静下来，她没有显出任何不快。她把胳膊和面庞依偎进我怀里。那天晚上，窗外不时传来远处建筑区振捣器的夯打声，我紧紧地攥着洁的手，一直到了天明。

一个和我们公司有着很好的业务口头约定的大型饮品公司，突然撤出了他们预订的广告业务。这对我来说不啻于被人兜头浇一盆冰水。谁也没有我清楚，这桩业务合作成功背后，该是怎样一种举足轻重的利润数字。

大冯和凯丽没有回来，也从没有打回电话。我不知道他们如今走在哪里，哈尔滨？太原？长春？佳木斯？还是长治？我把唯一可打的号码拨到洁的手机上。

"有急事找你，洁。"我简短地说。

撂下电话，我重新要了一个在本埠铁路局工作的朋友那里，求他给预购两张去北京的火车卧票。没过两分钟，洁进来了。

"怎么啦？"洁说，有点嗔怒地看了我一眼，"我正在和人家谈生意。"

"我也是。"我说。

洁一声不吭。

我意识到自己太唐突了，我改用轻松的口气说："我的生意可能要比你的重要。不过，我会按利润的百分之四十给你弥补的，算你帮忙给我打工。"

"什么？"洁问。

"一家大的饮品公司从我手中滑脱了，我想求你跟我去一趟。"

"要我做公关小姐？"

"……也对。"

我和洁是乘五十四次直达列车到达北京的。出站后，马不停蹄地直奔那家颇有名气的饮品公司。在一间洁雅肃静的总经理办公室，我和洁面对着我们的对手坐下来。

我把名片递到总经理面前，总经理轻轻地拾过去，扫了不到三秒钟，又轻轻地放到他那光滑如砥的纯红木工作台面上。

"这个事情，我听企划部的老刘说过。"总经理说，一口台湾腔。他欠一下身子，后背转椅的弹簧发出清朗的一声细响。

"我们是专程来到这里的。我们非常重视同贵公司的这项合作业务，这对你们来说也应该是一次不错的机遇。"我极力斟酌着词句，"当然，对我们来说更是。"

总经理态度暧昧地笑了一下。除了说话，我不再把目光对准他。因为他倨傲，又年轻。是那种事业有成对于生理成长而言不够谐调的那种年轻，准确说，洁在这里，我有点儿嫉妒他。

　　"巨型彩色电视屏幕网？这是你们的广告宣传媒体？"总经理好像是想了一阵别的事情，回过神突然问。

　　"是的。沈阳北站是东北运输的枢纽，每天过往旅客达二十二万人次以上。就眼下的北京来说，综合其他各项广告收费对比，沈阳广告价位应低于北京百分之二十至百分之三十，但沈阳北站的传播在位置、效果、屏数、客流量等方面均占优势的情况下，价格却比北京低1566.67%……"

　　"先谈到这里吧。"总经理这时也扫一眼洁，"我们已经研究过，取消这次合作。"

　　"让更多的消费者了解你们，不是更好吗？"我追问了一句。

　　总经理摇摇头："我们的饮料从不零售，它不会到达更低的市民阶层。它主要用于酒吧和高级宾馆。"

　　"为什么？"

　　"为了维持某种品牌的珍罕性。"

　　"难道任何产品销售量越来越好，这不是企业奉若圭臬的一条商业法则吗？"我继续问。总经理站了起来，但没有做出逐客的手势。

　　洁显得窘迫，她一句话也没有插入的地方，只是轻轻用目光注视总经理。

　　"这位小姐是什么人？"总经理最后问。

夜色荒诞

"我们的公关人员。新聘的。"我说，我是想替洁掩饰。

总经理不再说什么，他半侧着身子去阳台落地窗那边掂出了手机，在上面按着一连串什么号码。我和洁被动之极，只好转身离开了。

在旅店里，我和洁相视无言，我站在窗前，默默地吸烟。这时候门响了。

一位穿深色西服的年轻人走进来，彬彬有礼地走到洁面前："这位小姐，我们总经理的意思，问你是否可以去单独面谈一下，惠中宾馆，这是他的房间号。"

年轻人递给洁一张淡蓝色纸条。

洁迅速回头看了我一眼。

"公司的会计和出纳下班后仍留在办公室。这也是总经理要我特意转告小姐的。"

"你先出去等一下好吗？"她说。

年轻人出去后，洁问我："怎么办？"

我猜不透洁的心理。女人像水，还因为她富于变幻和难以捉摸。我苦笑一下："在这里，我是受雇于你的钟点工了。你说了算。"

洁轻轻咬了一下嘴唇，半天才说："其实，在你们俩对话的间隙，他就不停地看我。"

我想起来，这笔优厚的广告利润中应有百分之四十是属于洁的。

"其实，我坐在那里一直想一个问题，虽然我以前没意识到。男人都是这样吗？一个家庭一对夫妻一方如果出现我这种情况，是否会产生婚姻之外的连锁反应？就像多米诺骨牌一样。"

我沉默着。事情看来挺棘手。说实话，我的脑子里考虑得更多的还是那笔可观的广告利润。

洁走到梳妆镜前，从包里掏出她的化妆品，有条不紊地描画着。很快，她转过身来，对我嫣然一笑："放心，今晚我一定把支票取回来。"洁静静地看了一眼还在犹豫的我，转身出去了。

旅店门口响起轻微的轿车引擎发动声，不一会儿就消逝了。我一个人在屋里，不停地吸烟，不停地来回走动。不知什么时候，我的衣袖不小心把桌子上的一管口红笔碰到地上了，我几乎一脚踩了上去。我蹲下身，慢慢把它拾起来，呆呆地看着梳妆台上洁用过的化妆品，那里的一切都温馨随意如故。就在这一瞬间，我的内心咚咚地跳动起来，我扔掉烟头，猛地撞开门，朝大街上跑去。

我后悔了。我在街上大步地奔跑着，慌乱的足音敲打着每一个字：我后悔了。前方二十米之内的人们都奇怪地望着我，望着一个因为后悔而在这座陌生城市显得孤立无援的失魂落魄的男人。夕阳在前方的楼群中若隐若现，我感觉自己像是逐日的夸父一样，拼尽所有体力要在落日前追回我渺远的渴望。就这样，穿过了两个街区之后，我猛然看见洁正独自迎面向这边走来，苍凉的风不断地卷扬过去，把她孤寂的长发吹乱。

我欣喜得几乎停不下脚步。在快靠近洁时，洁向我陌生地笑了一下。

"我忘记给人家拿收据了。"洁说。

我愣了一下。我望着洁，她的目光专注而沉静。我突然升起一股极端的自卑和屈辱。我把手伸进内衣兜里，掏出一张标准的收据单。

洁伸手来接。我手有些抖，慢慢把它递上去。街道上又一阵清风吹来，洁的指尖刚刚碰触到收据的一角，风就从我准备松开的指缝间把它吹落了。洁回转身，我一把拉住她。

我呆呆地用目光追寻那张收据，它越过街道的斑马线，擦过两个行人的裤脚之后，溜得无影无踪。

我回转头，洁泪流满面。

妻子：（亲昵地）亲爱的。（稍停）怎么了？在想什么？

丈夫：没想什么。

妻子：想了，我知道。

丈夫：你丈夫呢？

妻子：我丈夫？你知道他在哪里。

丈夫：在哪里？

妻子：在上班。

丈夫：……咱俩下个幽会，他知道得清清楚楚，对不对？

妻子：当然。

丈夫：他知道已经好几年，可他怎么就能咽下这口气去？

妻子：你干吗突然说起我丈夫来了，讲这些废话有什么用？这可不是你常提的话头。

丈夫：他怎么就能咽下这口气去？

妻子：你给我住嘴。

办公室仍然只有我一个人。我知道，不用拉开厚厚的窗帷我就知道，外面的天色又该是一片黑暗混沌了。一种无比沉重的落寞和空虚压在我心上。大冯和凯丽他们居然"跳槽"了，把我给甩了。我不知道他们什么时候偷偷注册了另一家广告公司，把属于时代广告策划公司的业务几乎统统揽了过去。这挺绝。

洁不知什么时候进来了。她的面色有点憔悴，眼圈也有点发黑。她踽踽地走到我身边，慢慢坐下来。

"你敲门了吗？"我问。

洁迷惑不解地摇了摇头："我……真是的，给忘了。我是说，"洁补充说，"我忘了刚才我敲过还是没敲。"

我沉默了一会儿。我还是想为洁再打一次电话。我熟悉那个号码就跟熟悉自己家里的一样，我把电话通过扩音拨过去。

"喂？"一个男人的声音在办公室内回响。我和洁都吓了一跳。电话竟然通了。我愣怔半晌才想起应该马上把它撂死。

"这绝不是他的声音。"洁说，惶惑地摇摇头。

"是吗？"我问。我这两个字吐出去没过半秒，绝对没过半秒——几乎就在同时，我发觉自己竟然做了一件蠢事，我是把电话打到自己家了。

"怎么可能？"我说。

洁说："真的，这不是他的声音。"

"我是说，我的家里怎么可能去了一位陌生人？"

夜色荒诞

洁好像明白了，她怔怔地瞅着我一言不发。

我的脸一定涨得通红，因为我的脑子里就跟灌满某些乡镇企业生产的劣质啤酒一样。我的手指死劲地埋在头发里边，声音有点颤抖："这真奇怪，我的家里从不去男人。"

洁有点愧疚，好像是她做错了什么。她的眼睛幽深地看着我，说："要我帮你再重新打一次吗？"

"不！"我大声说，"这太滑稽了。"

我低头看了看手表，晚间十一点多了。

我不安的情绪一定是感染了洁。尤其是我看手表这个细节，洁可能是受到了某种启发或刺激。洁在一边定定地坐了许久没有说话。后来，她站起身，小声说："我有点累了，我想休息。"

"好的。"我说，我瞅着面前的话机，电话线像蛇一样抽搐扭曲着，"套间里的床可能是铺好的。"

"你……"洁回头看了我一眼，"吻我一下好吗？"

我们亲吻了。洁的身体有点儿战栗。这让我想起以前我们有过的情形。我试图把手伸进她的衣服底下，但她适时给阻止住了。

"晚安。"她说。

"晚安。"我回身走到窗底下，用力把巨大的落地窗帷拉开。我觉得室内太闷了。夜色一下子涌进来许多。在我拉窗帷的哗哗声中，我听见一声轻微的门响。

我重新回到座位上，点燃一支烟慢慢吸着。二十分钟后，大约十二点整，我看了看表，转身回到套间的卧室。

洁没在里边。

我的生活发生了某种问题。这有点儿令人难以置信。我一会儿感觉自己活在眼前这个世界上，一会儿却又活在另一个世界上。我是虚缥的城市的浮游物。

一连几个星期，我都没有任何可能再找到洁。我曾给洁打过无数次手机，但都是空号。我有时候在晚间洁应该来的时间内在办公室坐着等她，但是走廊里响不起哪怕一只耗子的脚步声。有一天，我来到楼下，走到最近的一个十字路口找"梦露"时装店，但是怎么都找不见。我又到其他一些十字路口去逡巡，同样一无所获。

最后，我终于在很远的地方找到唯一一家十字路口时装店，不过名字不是"梦露"是"仙妮"。那个店铺门能看出经过重新装修的痕迹，我的心一沉，洁难道变卖了店铺离开这座城市了？

我走进这家店铺，向里面询问是否知道一个叫"梦露"的时装店。一位三十多岁的女人截断我的话："先生，您看这里的服装应有尽有，选一件吧。"

我重复了我的意思。女老板依旧兴致勃勃地介绍："您看，这件一定不错。瞧您穿的那套多不合身啊？"

我说："这个时装店前身是叫'梦露'吗？"

"不知道。"女老板终于不耐烦了。

"嘻嘻，'梦露'，"一个脏兮兮的小男孩从柜台下钻出来，冲我做鬼脸说，"不知道。不知道就是不知道。"

我只得转身离开了这里。

天色渐渐黑下来，又是一个可供习惯夜生活人们折腾的时间到了。我在洒满汞灯灯光的大街上漫无目地徜徉着。不知不觉，我来到Fare酒廊的门前。一种温热的感觉流遍我的全身，我的脚步有点慌乱。我走了进去。

"您好，先生。"上次的那位服务小姐认出了我，她给我让进了半封闭式包厢。

"两杯威士忌或是两听雪碧，果仁，法式火腿。"我说。

服务小姐很快把用点摆上来了。"喝一杯吧。"我说。

"谢谢，不了。我还得招呼客人。"服务小姐说。

我把半听雪碧和威士忌混在一起。我头一次这样喝。我喝了一口，感觉少了点什么。少冰块。

那个身材比音乐还缠绵的萨克斯手走过来。这让我忽然感觉耳边原来缺少音乐。他瞟了我一眼，说："你他妈的还来干什么？"

我不知道这是什么意思。一个破萨克斯手也这样神气？我瞪了他一眼："你他妈的和谁说话？"

"洁已经不在了，你还做什么？"他说。

一个我没见过的服务小姐把他拉走了。我看了看面前的桌子，气愤莫名。"来点儿冰块！"我说。

那个小姐赶紧转回来。"他想做什么？"我问。

服务小姐看了我一眼，小声说："他是上次和你来过这里的女人的丈夫。不过，"小姐停了一下说，"他们很早就离婚了。"

"很早？"我问。

"是的，很早。"服务小姐的表情告诉我，早到她都记不起哪一年了。

我默默地低下头，把眼前的威士忌兑雪碧都喝光。黯淡的光线里，那个萨克斯手正和招呼过我的服务小姐贴在一起，暧昧地调笑着。

　　我摇摇晃晃地出了酒廊。我回头看时，Fare酒廊的霓虹招牌不知什么时候失去了"e"，变成了Far酒廊。"Far"是遥远的意思，我觉得这个名字印证了我的某种情绪。

　　一个强烈的念头怂恿着我：回家。回家。

　　我拦了一辆出租车，萤火虫寻找它的窠巢一般，向郊外驶去。海市蜃楼离我远了，光怪陆离的灯火离我远了。天早就黑了，但是黑得并不纯粹。那是夜生活的酒精和脂粉把它熏的。显得斑驳而又荒诞。

　　妻子在家里等我。她看了我一眼，一点儿都不感到吃惊。这让我感到有点儿难过。我想坐下来，这才发现家中四处规规整整，一尘不染。

　　"你吃了吗？"妻子问我。

　　"吃了。"我说。

　　我来到窗前："夜色真美。"

　　我忽然想起，这就跟哈洛德·品特笔下的人物对话一模一样。我有点儿窘迫，我把电视打开："家里……没人来找过我吧？"

　　"没有。"妻子说。

　　"你是说……从来没有人来过？"

　　"没有，"妻子说，"怎么啦？"

　　"没怎么。"我说，犹豫了一会儿，慢慢地躺到床上。我疲乏得很。

夜色荒诞

不知什么时候，妻子捧来三大本相册，坐到我身边。我慢慢地坐起来，和妻子一同翻看。满满的三大本，都是我们年轻时——其实也就仅仅是十年前照的。

柔和的灯光下，我们的眼下展示出一片我从未见过的世界。我用手轻轻地抚摸着，抚摸着那些时光底片，想把它们擦得更清晰一些。忽然，相片的塑料册面上，落了一颗水珠。

我刚想把它抹开，就又落了一颗，又落了一颗……

妻子哭了。我抬头看她，她猛地双手扑到我肩上，泪水肆意地汹涌着，把我面颊弄得黏湿湿一片。我什么也说不出来，只是不停地拍着她，吻着她，直到有一刻，不知什么念头勾动了我，我的泪水也止不住流下来……

电视里，一个美国黑人摇滚乐歌手正在演唱。是那首《快看啊，时光转瞬即逝》。

> 快看快看，时光转瞬即逝，
> 时光之箭，
> 不就是丘比特的爱恋，
> 站在光阴的指尖，
> 我怎愿和亲人分离哪怕一瞬间。
> 快看快看，时光转瞬即逝。
> 快看快看，怎不叫人生死缠绵。

恶 讯

　　从视频器里，他看到后门的最后一位乘客走下车，于是把目光挪向前方，按了一下按钮，门关上了。他想冲前门新上来的那些乘客喊一声"往里走走"，但是他没有喊。

　　车继续前行了。天灰蒙蒙的。城市在晃，街道在晃，行人也在晃。他尽量把车开稳，但是路似乎不平。他感觉城市的街道越来越脏了，不知道全市所有的公交车司机会不会都这么想。有时候迎面遇到清扫车，或是洒水车，他会经常闪念，为什么不把公交车附加上清扫或洒水的功能呢？一样是开得慢腾腾，一样是不停地巡游于城市街巷，那会节省多少人力、物力和其他成本啊。比如他跑的这条线路，虽说全程只有三十多公里，一来一回，却需要用去将近四个小时。他每天往返四趟，想一想，全市几百辆公交车，不同线路，会把城市打扫得多么整洁干净。

　　然而，那又怎样呢？

永远有灰尘，永远有垃圾。

就像每天，永远有人上车，永远有人下车。

公交车没有被附加额外的功能，他却要分摊两个人的活计。从实行公交车无人售票起，他就同时包揽了售票员的所有职责：监查投币情况，这似乎比盯视路上乱穿马路的行人更损耗视力，很多人把打游戏机用的铁币当啷一声投到铁箱子里。有一天收车结算，那里面竟然有二十六枚假币，毫无疑问，这些都需要他来包赔；检查刷卡情况，月票，学生卡；检查军官证，老人证，残疾人证，他们需要免费乘车；照顾孕妇和儿童，请人让座；后门乘客下好了没有，前门乘客上好了没有，不能提前关门（否则乘客会骂的）；按报站器，靠站一次，离站一次，每站如此；靠站时，公交车离马路台阶不得超过四十厘米（相当于一只半脚），这是公司的规定……哦，后一条不属于售票员职责，属于司机。

是的，此外，他的职责是：每天从上车起，到下车止，在司机位置上工作十几个小时。

他粗略算了一下，每天：

换挡：四千到六千次；

踩刹车：三千到五千次；

开转向灯：四百到六百次；

开关门：四百到五百次；

按喇叭：没有喇叭。

公交公司管理规定，公交车市内不得鸣笛，因此喇叭被摘去了。这就是许多市民都有过骂公交车的经历的道理之一：它贼眉鼠眼就贴上来了，差点撞上我！

是因为不敢踩急刹车。否则，晃倒了车上过道里的乘客，人家要投诉。一个投诉扣半天班的工资。

当然，更不敢撞上行人。那样，微薄的薪水真的像水一样流掉。

就是这样。

年生昨晚又到他的家里来了。年生是他的一个堂弟，家在农村，从小失去父母。年生从前年开始频繁光顾他的家里，央求他帮助找工作。每年无数次无望而归后，他给年生购买回程车票的钱，累计起来差不多等于替他交养老保险了。

年生说："哥，这么大的城市，怎么会找不到一个工作？"

年生还小，才十六岁。他真年轻。

年生目光里的忧悒像公交车上无处不在的杂乱气味一样包围着他。

"超低价值，超级享受，欧洲气派，视觉一流。买家私请到×××家私城，×××家私城提醒您，前方到站——人民路广场。请携带好随身物品，从后门下车。"

他很想吸一支烟，可是不成。开公交车八年来，他没有在车上吸过一支烟。这是被绝对禁止的。

"本车无人售票，上车乘客请主动投币和出示月票。请您把好扶杆。专家门诊，技术高超，治疗白内障请到第四人民医院，咨询电话：3188516、3388518。"

报站器里传出的标准女声，从来不会失真和走形。不会哭、不会骂人、不会偷懒。

就不能简单一点儿吗？只剩下一句话，比如，"前方到站，珍珠桥。"像喊"救命"一样干脆？

反反复复，每天他的耳边会响起无数次。

不，四百次。

他记得他还小的时候，家里穷得买不起电视，他只好和小伙伴放学后站在邻居的院子里看人家屋里的电视节目。得说那时候平均二十几户人家才能拥有一台电视。得说那时候他放学后的闲暇时间很多，不像他女儿现在作业这样堆积得像监狱的高墙一样。后来邻居搬走了，给他的打击是那么大。世界是空的。此后很长时间内，他养成了一个怪习，每次父母领他坐车，不论长途短途，他的两眼都死死地盯着窗外，他把玻璃窗设想为电视的屏幕，窗外移动的景物是电视播放的节目，山脉，河流，房屋，树林，院子里晾衣的女人，游戏的孩童……它们有故事，有情节，而且比他看过的黑白电视具有色彩。这种习惯和乐趣一直保持到他做了一名公交车司机为止。

现在他当然仍必须看窗外，但是不看会更惬意许多。他感到眼晕，甚至引发恶心。世界竟然会这样单调，呆板，重复。对，重复。这座城市有无数条街道，但是八年来，他只熟悉其中的一条。他感觉自己完全不如一个面对土地的农民，面对土地的农民会感受到土地的四时之乐，比如春种秋收，夏灌冬藏，农民眼里的土地形态是有变化的。他没有。日日夜夜，年年岁岁。他记得以前读过一条资料，在法西斯的集中营里，当权者折磨囚犯的方法之一就是反复给囚犯播放相同的曲调，一刻也不间断，无穷无尽。最终使囚犯精神崩溃，直至彻底招供或甘愿去做当权者勒令他们做的一切。几乎所有人都不会相信，重复的音频作用于听觉，哪怕声音很低，对于人的某种危害也远大于高分贝的噪音。那么视觉的重复呢？他想，比如有人用火柴棍强行支起你的眼皮，在你眼前放上一架永动机，它不断地摇摆，周而复始地运动，无穷无尽……终于某一个时辰你会想，上帝，让我把脸挪开，或是让我闭上眼睛吧，让我享受一下世界突然黑暗的快感……

是的，八年来，他是最狂热和忠实的逛街者，但是他的双脚不曾踏到人行道上一步。

八年来，他也积累了惊人的里程，但从不曾体味到哪怕是一米的流浪。

黑白相间的阻行杆扬起好久了，他的公交车还停在铁道口，忘记了通行。

直到后面响起一片粗野的喇叭催促声。

每天如果准点儿，也就是说，他不延误时间，对方也不延误时间，他就能在这里碰到他的妻子。

她在那列刚刚飞驰而过的火车上。

这有什么费解的吗？他想，她是火车上的一名乘务员。

每天清晨，他五点差一刻被闹钟叫醒。洗漱吃饭完毕，在路上走掉半小时，去车场赶五点半的班。妻子是六点半的班，她差不多在他起床后会多睡一小时。本来，她是要起床做饭的，但是他不肯，他知道她能多睡一小时是多么珍贵。她也同样累。他们之间交谈很少。那不是因为不愿，而实在是回家后没有时间，也没有气力。他记得有一次，晚上十点多下班回来，妻子已经做好饭菜在等他了。他把自己绊倒在沙发里，声音疲惫地说，我歇一会儿再吃，你先吃吧。妻子说，我也稍微歇一会儿吧，我等你一起吃。结果，两个人，一个在沙发上，另一个在床上，呼呼睡到了夜里两点钟。最终醒来一个，叫醒另一个，说，我们吃饭吧。

就是那天早晨，他上班迟到了。一直以来，他和妻子就不是共用一只闹钟，而是一人一只。因为起床时间不一样，共用一只闹钟的话，每天都需要调整各自的时间，天长日久，实在麻烦。

结果，那天早晨，他被妻子的闹钟给叫醒了。

他的那只不知怎么突然坏了。

他差不多整整迟到一个小时。少了一班车，沿线各个站点的乘客每人多等了十分钟。平素里，哪怕多等一分钟，乘客都忍不住叫骂的，何况是十倍于此的漫长等待。当代的通信手段是那么发达和便捷，一个人掏出手机简直比吸烟的人掏出打火机还要自然。那天上午，公交公司接到了不下三十个抱怨和投诉电话。

他为此被扣掉半个月的工资。

他再也不敢大意了。他为自己准备了两只闹钟，拨到了相同的叫闹时间。他总觉得其中的一只会再一次突然坏掉。他的行为直接启发了妻子，她的上班时间也是容不得迟到的。

现在他们家里，一共是四只闹钟。

那辆矮小的灰色出租车在他面前，像是一只粘眼的蠓虫一样晃来晃去。他打了半圈舵盘，猛踩油门，狠狠地超了过去！

早晨一进车场，他把东西交给了调度。

胖胖的调度看了一眼他递过来的东西，追出门喊："嗨，怎么可能！"

他头也不回地走了。

"这不关我的事！"胖调度喊。

他知道调度有这个义务。

他觉得自己想了好久了。

昨天夜晚下班回家，懂事的女儿自己吃完饭，已经早早地睡了。

他在女儿的课桌上看到了一张留言条："这一道数学题我不会做，你们先帮我看一下吧，回头教我。"旁边是一本打开的书。

就像对生活感到迷茫一样，他对数学永远感到沮丧。以往，后一个问题都是妻子来解决的。当时他想到了妻子血色欠佳的面庞。她的轻微的举动。她的依稀的茶杯上的蒸汽一样无力的语调。有时候她说，奇怪，每天在火车上，不靠双脚而在大地上移动，该是多么自由的事，可为什么会累呢？他无语。他想多承担些责任，哪怕是力气，但他帮不上忙。妻子经常带着羡慕的口吻说的一句话是：像你多好，工作可以穿便装，轻松随意。我每天穿制服，哪怕什么也不干，单是时时注意表情自然和形体挺拔，就会累得身心疲惫，你信吗？

他把书合好，留言条撕掉。他想让妻子下班后早早地睡觉。这个念头竟是那样固执，以至于他为此愣了一下。

在他们刚刚要躺下的时候，年生又来了。年生已经不被他们所知地在街上转了一天，毫无所获，只好拖着黑得不见踪影的身影砰砰地敲门。

年生说："哥，是不是找不到工作的地方就叫城市？"

年生一来，屋子立刻显得更小，睡觉的氛围和格局也被打乱。他用了很大的嗓门说："你真是不懂事！"

年生不知他刚才的话错在哪里。他委屈得要命，因为遭了一天的白眼了。他站在地中央哭了起来。

年生一哭，他倒笑了。他忽然问年生："你为什么非要有一个工作不可？"

是啊，为什么非要有一个工作不可。接下来，在年生、妻子和女儿均匀的睡息中，他打开了女儿的书包，拿出了纸和笔。

白天完全过去了。

夜仿佛突然降临。

或者说，路两旁密集的霓虹灯招牌仿佛突然亮起。

末班车。他的车在提前一站到终点的时候就已经是空空的了。因为物理空间的关系，发动机的声音此时在他听来是那么陌生。

他把车开到车场指定的位置。这座辽阔的车场据说很快又要搬迁了。他当公交司机以来是第三次了。城市发展规模越来越大，土地越来越稀薄，政府和开发商不会坐视公交车场安放在黄金地段的。那时候，每位司机奔波于车场上下班路上的时间，大概也越来越漫长了。

胖调度下班走了。他把投币箱里的钱同稽查员做了交接，转身走出空旷的车场。路旁的红绿灯闪烁不停，仿佛他心跳的节奏，舒缓而轻松。一辆出租车等候在那里，他突发奇想，走了过去。

他还从来没有坐过车回家，从来没有。今晚他想早一点回家。不为别的，只想早一点回家。他不想继续步行了。

就在这时，他的手机响了。他刚刚开机不久。按规定，公交车司机在工作时间不允许拨打或接听手机。

话筒里传来胖调度的嗓音："我说过了，这怎么可能？"

他把手机贴紧了耳朵听。

"你让我转交给总经理的那份辞呈，他没有批准。就是说，按规定，你还得继续干下去。"

他静静地听，希望对方还会说点什么。但是耳边很快传来对方讲完话后的掐线音。

前方的红绿灯即将换信号了。身边出租车的司机撅一声喇叭，示意他是否上车。他感到一片茫然。

出租车箭一样地冲向远方。

手　式

他又一次看到了她。

她坐在他的邻桌，正独自用餐。四周很静，这使他有足够稳定和潜伏的心情来观察她的那一双手。她年轻，身材很美，那张钢管镀铬的小桌横在她的胸下，秀发弯曲度和肩臂部的线条融合得既贴切又自然。她的左手无意似的轻轻触扶在桌沿儿上，指尖兰花一样翘起，右手则捏住一柄银亮的汤匙，小指微弯，慢慢移向嘴边。

他装作不经意的样子，借着用餐间歇时向座椅倚靠的机会平视她不到三秒钟。她气质优雅，然而，更为优雅的应该是那一双手。有生以来，他从未亲眼见到这样一双细腻、纤巧、充满肉感和动感的女性的手。此时，那双手移动在餐桌上，白皙，灵活，温文尔雅而又游刃有余。就像是两只高傲雍容的白鹤，徜徉在一片凸凹不平的土路上，周围的一切为之黯然失色。她的指尖与手背、手背与手腕、手腕与胳膊、胳膊与身体，这之间的线条充满了堪称完美的弧度，让人的目光落上去，立时感到遭受了最柔软的力的打击。

他最初见到这一双手大约是一个星期前。在市府广场的一家新特药店。他朝外走，她向里进，隔着透明宽大的门玻璃，他一眼就被她的那双手迷住了。她轻盈地走上台阶，把手伸出来，优雅地握住灿黄色的金属把手。她的手不饰雕琢，既没有戴戒指，又没有涂蔻丹，看上去是那么清新自然，滑畅柔软。她轻轻地推动把手，玻璃门很涩重，这使得那双手在冷金属的衬映下显得娇羞无力，柔弱待援。潜意识地，他握住里边的门把手，帮她打开了门，做出一个让她先请的手势。他知道，自己这样做，倒并不是出于怎样彬彬有礼，实际相反，他本能地探出手去开门，为的是在视线和心理双重感受上体验到自己手与她的手贴近——虽然，它们之间隔着一层厚厚的玻璃。

这是一双怎样摄人心魄的女性的手啊。望着她致意后远去的背影和那从容自若的双手，他呆愣了好一会儿，心想，不知什么时候能再见到她，再见到这一双手。

窗外叮叮咚咚驶过一辆洒水车，中午强烈的阳光，立刻被灰蓝色的街道反映出清凉的姿容。这可能是城市中最后一趟洒水车了，他想，因为时下已进入初秋。不知怎么，他忽然涌上一股淡淡的伤感。这与他的警察身份似乎有点不符。当然，一般来说，他喜欢着便装。他说不好自己是不是厌烦警察这个职业，从警校毕业已快十年了，他觉得自己从没为什么激动过。

餐厅服务台那边放起了舒缓的音乐，是艾利普顿的《泪洒天堂》。他把目光再次挪到她那儿时，正巧她放下纸巾，用餐完毕，目光向这边扫过。在他们目光相碰的一瞬，她的眉际微微翕动一下，呈露出似曾相识的表情。但，他知道，她是不会认识他的。很快，她就毫不在意地把眼光转向别处，一只胳膊竖起，手腕柔软地垂下，手指像是虚捏着一颗石榴什么的，仅用光洁的手背的一点来抵住椭尖的下颌，而另一只手，像是怕冷似的，自然地下滑进她的两膝间，在明蓝色水磨质地的牛仔裤背景下，只留出一抹莹莹的皓腕，如海面上隐现的新月，更加触动人的目光。

餐厅里的人渐渐多起来。这是一家并不高档的餐厅，它的消费对象大概只是中薪阶层以下，介于白领和蓝领模糊地带的上班族，再有就是像他这样的单身者。

她站起来。服务小姐过去清完账。她把小巧的手袋拎在手中，走到街上。

独自用餐，独自付账。他不安地想，说不准她也是一个单身者。他觉得面庞发热，心脏的负荷非常吃力，像是一只被人紧紧攥住了的气球。

"付账。"他说，并且站了起来。

窗外，那个女人走得并不远。柠檬色的窗玻璃让他一度把中午误以为是黄昏。尽管车辆如河，尽管人行如梭，他的目光里，却只有一个踽踽独行的女人，一双伴着走路时的手的动势和流势。

她的身影终于消失在一幢办公大楼里。

他悄悄跟进去。静谧的走廊里，只有她高跟鞋笃笃的回音。即便这样，他总是怀疑自己的心跳要远远大于她的脚步声，似乎整座大楼的任何一个角落里的人都能听到。他担心弄不好在某一次眨眼的间隙中，她就会回头，会看到他。多么卑劣！他想，卑劣，可怜，小人，竟跟梢一个素不相识的女人。这对自己从事的职业是一个多么大的嘲讽啊！可是，他实在不愿放弃这个机会。大千世界，芸芸众生，在这座拥有上百万人口的城市中，与她擦肩而过并失之交臂，简直是和呼出的气体转瞬即逝是同样轻易的事情。他渴望追索她的行踪，为的是哪怕在以后漫长的时日中，能够同她接近，同她相识，当然，最奢望的是能够亲自握一下她那双美丽的手。

她走上二楼。折过一个小的拐角，又走上三楼。他跟在后面，刚要出到拐角的时候，三楼走廊里，传来一个男人同她的对话。

"哎，来得正好。这里有一份文件草稿，你马上给打一下。"

"好的。"掏钥匙串的声响。钥匙插进锁孔转动的声响。随即，轻微的脚步声转入室内。

"哟，今天是一号吧？我家的电话费还没交。"男声，好像无意中拍一下脑袋。

"啊，可不是，我的也忘了。待会儿我再下去交吧。"从室内传出她恍然大悟的声音。

"嘀。"一声微机启动时的提示音。与此同时，一个粗重的脚步声向这边走来。他定了定神，装作迎头走上。男人与他擦肩下去。他转入走廊，小心翼翼地逡巡着，看到一间开着的办公室的门上，嵌着三个方正的黑体字：微机室。

室内响起咔嗒嗒的打字声。他看到她的那双高跟鞋换脱在门边，静静地仁着。他屏住呼吸，微微向室内望去，她穿着一双丝绒地毯拖鞋，坐在与他的视线相顺、与门口呈三十度锐角的地方——也就是说，她看不到他，而他，除了能看到她的半侧身子和一部分面庞外，最完整和清晰的，就是能尽情欣赏到她那正在敲击键盘的一双手。此时，那双手正展示出迷人的风采。伴随着滑畅的咔嗒声，那双手在鸽灰色的键盘上轻轻波动着，颤跃着，芳指纤纤，玉腕绵绵。它们每一处指尖、指腹、指干、关节的动作，都和谐天成，闪现着美妙的韵律感。每一处神经、细胞、血液、皮肤，都息息相通，充满了舞蹈和跳跃的渴望。那双手调动起所有的灵性，如同在弹奏一只横卧的琵琶，"大弦嘈嘈如急雨，小弦切切如私语"，时而娴静，时而欢畅，时而犹疑，时而高亢。看那手的动势，一会如风吹兰草，一会儿如春水汩流，一会儿似斜鸟惊飞，一会儿似云岚翻转……有一刻，他站在门口简直看呆了，不知身在何处，只感觉眼前闪晃一片风吹丝绸般脉动的白色晕光。他暗自羡慕起那咫尺方圆的小小键盘了，上面的颗颗按键，差不多每分钟要接受她上百次的触摸，而他，就是能轻轻碰一下她的手也好啊！他把目光挪到眼下她那双空落的高跟鞋上，内心里怅然喟叹一下。历史上，关于女人的鞋和脚，曾引发无数人的倾心和爱慕，这几乎成了一种深厚的文化心理定式。而对于女性的手的真正欣赏，却乏有同好。虽如此，还是不难找出关于手的形谷和美誉的，如"柔荑""春葱""玉笋""红酥"之类，就曾分别出自《诗经》、白居易、韩渥、陆游等人的诗词中。其实，对于手的欣赏，才是对女人最高形式的欣赏。不是吗？早在隋唐时期，女人的脖颈和大部分胸乳是常常可以裸露在开领以外的，但是，衣袖必须是极长的，为的是把手遮掩起来。孔子曾说，"男女授受不亲"，首先指的是不允许手的接触。到了元代，在《功过格》这种戒律中甚至规定，男人无意中碰了女人的手，只要她不是他的亲姐妹，那么这个男人就要被判为一过的。这种对女性手的约束，从某种意义上说，透露出的信息正是对女性的手的崇拜。如今，大多数人对女性的欣赏，仅限于面庞和身材，而对于一双美手却常常熟视无睹，这是多么奇怪的事情！

他站在门口，不知有多久的时间。隔着走廊的窗玻璃，在六七米外的另一幢楼里，三三两两的人正在走动，似乎还有人向这边张望。他意识到自己的失态。最后，他像是一个中了蛊的人似的，怀着满腹的心事走到楼下。到了楼下，又犹豫再三，终于，鼓足勇气走近门厅边的传达室，隔着窗口招呼里边的一位老头。那位老头正在摆弄一件老旧的半导体收音机。

"老师傅，"他忐忑地问，"刚才，走在我前边上楼的那位小姐，请问她叫什么名字？"

"什么？"老头扯掉戴在耳朵里的一种塑料连线，问。

他把刚才的话重复一遍。老头慢吞吞地，把扯掉的连线重新安在耳朵上，大声说："你再说一遍！"

他搞不清老头戴的那玩意儿是耳机还是助听器。他只好又说了一遍。

"不知道。"老头摇了摇头。

"就是……三楼微机室里的那位小姐？"他提示道。

"不知道。"老头依旧摇头。突然反问："你是干什么的？"

"我……"他哑言，只好转身走出大楼，感到悻悻然。

少顷，他的脑海中就被另一个念头抵消了失落感。想起上楼时她和那个男同事的对话，他迅速朝附近的一家电信局走去。

二十分钟后，他在人群熙攘的电信大厅里看到她推门进来。他混入她身后装作排队。等到她交完电话费的时候，营业员从窗口下推出一张收据。就在她伸手去拾的那工夫——短短一瞬，他已经看清了那上面她的名字、电话和住址。

犹豫再三，他还是按响了门铃。

他从没有想过自己对于一个女人的双手竟会有这么大的热情和渴望。几天来，他在想象中不止演绎了一次了，能够握一下她的手。哪怕，轻轻地碰一下。只一下。

门很快打开了，快得有点让他意外。进到这座居民楼的时候，他有一刻还产生了胆怯心理，希望她不在家。可是，晚了，已经晚了，她现在就出现在他的面前。

"我是这个片儿区的临时值班户籍警，请把你的身份证或是户口本拿来看一下。"天，尽管他穿着警服，但总算没有口吃。

"啊——"她似乎有点慌乱，神色苍白。他比她还要慌。他看见她穿的是一件乳白色休闲装，衣袖捋在肘关节处，正露出一双嫩藕般的玉手。她用手撩了一下额前的刘海，同时朝室内侧脸张望了一下："你稍等。"

他感到内心揣着一台吉普车引擎，正急剧地颤动起来。他使劲安慰自己：怕什么？别怕。你没有恶意，既不是杀人，又不是想强闯民宅。你不就是想借机碰一下她的手吗？

她从里边出来了，右手拿着身份证。她的手可能是有点抖，但是——就在两只陌生的手互相交接的一瞬，身份证却倏然被触落到地上了。

他看着她，她看着他。

他只好弯腰拾了起来。

他感觉她在笑自己。身份证上照片的她在笑自己。那一刻，他眼睛里看到的只能是这个。

他把身份证还给她。她像是早有戒备似的，只翘出两只纤指捏住身份证收回。这回他感觉她真切地向自己笑一下。

"对不起，打扰了。"他说。

"没关系。再见。"她说。

他本来不想去，可朋友再三催促他，一定要去。朋友搞的是一个自助餐会。

天渐渐冷了，母亲的手年年冻肿。一个星期前，小妹从外地打来电话，要他入冬前给母亲买一只手炉，可以笼在怀里那种的，免得母亲的手遭罪。他答应了，几天来总想去商场买，可总是没有买成。

他去到约定的宾馆时，城市的街道已是华灯初上。进到宽阔的餐厅里，音乐声正汩汩流淌。除了天花板几束筒灯和彩灯点缀外，餐厅内几乎没有太亮的照明。人们端着酒杯和食品，正三五一群地分聚几处，自由闲唠。他去服务台取来餐具，又到服务车前取用一点热香肠和三明治，斟了一杯威士忌酒，然后到一处僻静的角落坐下来。

客人们他大都不熟，朋友正在远处应酬着。身边，偶尔传来几声别人的寒暄。他慢慢喝着威士忌酒，欣赏音乐。

手机响了起来，他伸手去摸。声音是一样的，但不是他的。他的手无意中碰到腰间那副冰冷的手铐，那是日常工作备用的。

有人打开手机开始说话。餐厅远处，通往里间的一个回廊下，这时传来阵阵笑声和愉快的骚乱。他端着酒杯，好奇地蹭过去。在人群中，他看到了她。

她。

那双手正在为客人们调制鸡尾酒。每调制完一杯，客人们就赞赏着，笑着，高兴地把属于自己的酒杯端走。她很兴奋，脸颊上洋溢着掩饰不住的喜悦。此时此刻，她的那双灵巧、纤细、修长的手，穿梭于各种酒瓶和器皿当中，除了做一个出色的调酒员之外，那双手还会干什么呢？

他仰头把自己的威士忌酒喝干了，悄悄把空酒杯递过去。他知道自己搞颠倒了。应该先喝鸡尾酒，再喝威士忌。可他只能颠倒。

她接住高脚杯的底沿儿，忙碌得没有抬头看对方一眼。璀璨迷离的灯光下，她的手显得仪态万方，华光四射。她放稳高脚杯，左手握着方形酒瓶，右手微翘兰花指，用拇指和食指指尖捏住细长的玻璃漏斗，轻轻探进杯口，下入底部。然后，让酒汩汩注入高脚杯。有一刻，他简直觉得眼前这优雅的景象隐含着某种色情的意味。高脚杯中盛满了黄红绿白四色鸡尾酒，灯光映射得它流金溢彩，四周玻璃器皿晶莹剔透。这显出那双手也似乎是透明的，雪白的肌肤隐现出若有若无的淡蓝色血管。十指与手腕摇曳生姿，柔若无骨，给人的感觉，清新，健康，纯洁而又带一点儿性感。

她把斟满的高脚杯挪到一边平台上，继续为另一个客人调酒。他端过高脚杯，回到刚才的座位。

大约二十分钟后，他再一次来到她面前。这时候，她已经在一个摆满西餐的小桌前了。他向她举了一下酒杯致意："你好。"

"你好。"她看着他，礼貌地举了一下酒杯。

"我们见过面。"他说，坐在她的对面。

"是吗？"她说。

他不再说什么，只是静静地望着她那一双手。"你的手可真美啊！"犹豫再三，他还是说了出来。

她正用手捏住银亮的叉具叉取一小块沙拉，中途停住，"谢谢。"她笑了一下。

"真不知怎样才会拥有这样一双手。"

"很简单呀，"她放下叉具，抚弄着自己的手，认真而带着一点撒娇，"大多数人们护手，只注意白天。其实，手部皮肤在夜间最需要补充营养和新陈代谢，这时候，就应该用护手化妆品格外保护它。"

"那么你是怎么保护的？"他喝掉了一层鸡尾酒液。

"洁面露、洁面乳、爽肤水、夜间滋养露、乳液加嫩白粉，还有营养霜，轮番滋润。"

天。"白天呢？"他问。

"白天，用蜜糖、人参和菊花泡上温水，浸洗双手，最好两次。然后，再涂上乳液和日间滋养霜就可以了。牌子可以是法国叶露芝的，也可以是香港的蜜丝佛陀。"

"还有呢？"他觉得饶有兴味。

"再，坚持做手部按摩。"她挽了一个手花，给他示范。

"还有呢？"

"好像没有了。"

"还有，"他由衷地赞叹，"首先是天生丽质啊！"

"嗬——谢谢，你过奖了。"她羞赧地笑了一下。

"喂，"一个女人从身后喊她，"我们走哇？"

"好的。"她回身向她的女伴招手致意。接着，她转过身来，向他颔首："我还有点事，恐怕要先告辞了。"

"马上吗？"他问，有点紧张。

"我想是的。"她站了起来，寻找她的手套。

"那么，"他侧出身子，站在宽敞的过道，极其随意地伸出手，说："我们再见。"

他感觉自己的心脏再一次急剧地跳起来。

"好的，再见。"她伸出她的手。

"哎呀！你倒是快一点儿呀！"她的那个女伴这时走过来，一把拉住她的胳膊，"都晚啦！"女伴拽她朝向门口。

她只好用另一种方式，把手抬到胸前，蒲公英一样轻轻摆了摆："再见。"

"再见。"他喃喃道，声音虚弱得几乎连自己都听不见。他觉得自己是世界最倒霉的人。

无论如何，他想，应该给母亲买一只手炉。

他独自从单位出来，看了看表，十一点十分。街道上，各种车辆面临着新一轮的涨潮。他缩紧风衣领口，来到站牌下，挤上一辆刷满广告的公共汽车。

还好，车上人并不多。他来到最后一排座位坐下，把目光挪向窗外。人，只有坐在车里，隔着车窗，才会看到与他走在外边熟视无睹的不同的景致和意趣。秋已渐深了，路边的银杏树叶早已落光，在高楼大厦的掩映下，伸着光秃秃的枝干，显得苍老而又无奈。这种情调既丰满又简约，像是拉诺夫的油画，又像是什瓦宾斯基的钢笔速写。几个放学的孩子追逐着，飞快的身影使得路边广告牌的内容变得虚假而模糊。街道边精致的垃圾箱上印着响亮的鼓励语——"出手不凡"，它让每位城市公民在做最起码的事情时都能沾沾自喜，自我感觉良好。这也算是眼下社会生活的一个特色。

　　行人渐渐多了起来，自行车铃声响成一片。公共汽车一路走得很慢，间或有几次急骤的刹车，伴着司机的咒骂。车开出三站地的时候，车厢里的人多起来，像是被外面汹涌的人的潮水给浮上来似的，车厢里的人肩挨肩，脚碰脚，整体来看，如同一个胖子穿一件瘦衣服，走起路来摇摇晃晃。

　　"上车请买票。"售票员的嗓音像一条上了岸的鱼，别扭得有气无力。总是上的人多，下的人少。他有点担心，是不是该往车后门蹭一蹭，还有两站路就到了宜明商场了，到时候别下不去。

　　这个想法一萌生，他就站起来了。一个中年男人马上顺着他的胳膊坐下去。他开始慢慢地向门口蠕动。

　　"宜明商场，一张。"他听到一个柔和而熟悉的声音。循着声音，他眼眶一热，发现她不知是什么时候上到车里的。此时，她正费力地伸出一只手向售票员买票。

　　他张了张嘴，但是没有喊出来。他知道，她也是在宜明商场下车。他的胸口有一股气流颤颤回旋。他不再蠕动，就那么死死扶住把杆，从人缝中静静地偷窥她。有一时刻，他开始嫉妒身边的那几个男人了，随着车身的颤动，他们的身体可以任意挤碰她的身体，她的胳膊，还有手。她的纤手在乘客密实的身体间，似乎无处可放，只能在各种质地的服饰间，被迫地挤压着，游移着，挪动着，适应着，像是一条踟蹰不安的小鱼——最后，它总算找到自己安全的归宿，在一种小巧的黄褐色皮质物体的映衬下，它重新插回她自己的裤兜里。

车刹住了。

车门訇然大开。她几乎是被人给挟迫下去的。他的脑海里还回味着她的手的动姿，蓦然，他吓了一跳，感觉车身也跟着蹦动一下。

他拨开眼前的几个人的肩膀，跳下车去。

"糟了，我的钱夹被人掏了！"车门关上时，他听到身后一个声音被车门夹在里边。

她向宜明商场相反的一条僻静街道走去。行人很少。路边是银杏树，光秃秃的，绝望地想遮掩天空中一点儿什么。她步伐娉婷，双臂微摆，一双玉手依旧是那么摄人魂魄。

他走到她身畔，一把握住她的手。

她轻轻地扭转头，目光平静地看着他。"我们见过面。"她说。

"是吗？"他说，目光平视路的尽头。

她试图抽回她的手，但他紧紧地握着。她不再努力。他似乎听到她那带一点颤抖的喘息声。

"我们走吧。"他说，内心竟平静之至。他觉得自己得到了什么，又似乎失去了什么。真的，他十年来没为什么激动过。也许这是对的。

他忍了忍，没有动用自己腰间的手铐。他握着她的手，一同抄进他的风衣兜里。他们朝他上班的方向走去。

这样看来，秋风里，他俩像是一对年轻浪漫的情侣。

溢　欲

　　现在他无事可干。他只是坐在那里，并且只感觉自己是坐在这里。像是一架机器，等待开动。

　　他还是很喜欢这里的装修风格的。红色的墙壁配着灰色的地板，既冷酷又温馨，充满了对决和悦目。"窗外的天光突然暗下来了。"他想，并为之愣了一下。街道对面商店的霓虹灯五光十色，透过高大明亮的玻璃窗映进来，使得每一位走进来的顾客都被打上了某种闪烁不定的一致性。

　　他在等活儿。店长还没有叫他。当然，任何一个服务员也都可以叫他。没事的时候，他喜欢看书。他前段时间看完的是萨冈的《凌乱的床》，现在是伯尔的《不中用的狗》。谁都有属于自己的一张凌乱的床，然而，他的床只不过是蜗居在父母一起的、两居室当中那间最小的房间里——有一张凌乱的床——钢丝床。太像样的床几乎就安放不下了。他的床是凌乱的，每天一睁眼，他几乎没有时间去收拾床，再说，收拾了也没什么人去看，没人去检视。他倒是很希望有人去检视一番的，他觉得自己的床还是很干净的——凌乱和干净不矛盾，他想。他干净的气息和青春的温度也许是可以烘热和打动一些什么的，如果是年轻的异性就更加适用。不是说他一定会打动对方，而是如果先见地知道将有年轻异性去检视的话，他会增加自己打动对方的自信，也就是自我怂恿使床变得更加拥有凌乱的合理性。当然，这个凌乱的床与萨冈的凌乱的床是不一样的凌乱。他仅仅是物象学意义的乱，萨冈是心理学、爱情学和行动意义的乱。

他还没有经历过那种凌乱的床。这对他来说太奢侈和遥不可及。他也不认为他会追求这个。当然同时，他也知道，许多事情往往是以不曾追求、但却不期然而来到为结局的。

他还连个女朋友都没有。

这个时候，他刚刚看到了《不中用的狗》。看了一半。

旁边传来儿童的嬉戏声，间杂着某个女童的哭泣。是店子里的东边区域，那里有一间儿童游乐区。这个不清楚是不是店长自己的创意，她觉得还是孩子们喜欢吃肯德基多一些吧，孩子们被家长领来的多一些，那么，在家长排队的时候，或者孩子们吃完的时候，可以独自在那里玩乐一会儿。他看到一个男童从滑梯上冲下来，大概不小心撞到了一个女童，女童就四顾茫然，一只手举着一只汉堡，嘤嘤地哭泣着。

孩子的家长此时应该去洗手间了。他看到小岚放下正在收拾的餐盘，快步走过去，从制服前兜掏出一张纸巾，为女童擦泪，同时低声安慰她。

"我讨厌死了'光头强'，他说他就是'光头强'，呜呜呜……"女童指着那个不小心碰到她的男童说。

他知道光头强是动漫片《熊出没》里的主角。在大学里，寝室里竟然有室友每天晚上看这个。他也讨厌光头强。

"哦哦，不哭，我让李老板收拾他。"小岚抱起了女童。

李老板是光头强的上司。可巧的是，这家店子的老板也姓李。他忍不住咧嘴乐了。

他望着小岚的背影，她的身体随着哄抱女童的颠动而充满韵律。他觉得小岚只有腿和屁股长得比较好看，他觉得它们长在小岚的身体上有点可惜了。这倒不是说小岚面庞长得有多难看，而是如果她一旦转脸面对你，你就会从她的嘴唇和眉眼中读出一种世俗气和势利感。虽然她不过就是一个服务员而已。

女童的妈妈从洗手间走出来，一边看着哭泣的女童，一边整理自己耳边的发梢。她的样子，明显是自己在青春期内还没有贪玩够，孩子就来到了世间。她接过了女童，随手从兜里掏出一个巧克力，女童就在左手巧克力与右手汉堡之间，停止了哭泣，来回看着。

他重新把目光回到书上。"当他重新睁开眼睛时，他看到的首先是书……"他正好看到书中的这句话。他不知道自己怎么会来到一家"KFC"做一名宅急送。大学毕业后，他几乎就要变成一条"不中用的狗"了，没错，时间已经过去两年，他在现实中和网上投了无数次简历，然而似乎没有一个用人单位对他有询问或说话的热情。他在大学里学的是化工专业里的工业催化，不过说老实话，直到毕业，连他自己都不太清楚工业催化是干什么的。他业余爱读书，读文学书，但是要命的是，他同时却又不喜欢写作。否则就不会有那么唯一一次，一个私营公司准备聘他写材料，包括产品说明，被他拒绝了。他是一个行动力强的人，除了读书，他不喜欢生命被文字束缚在纸上。在他身上，这不矛盾。他认为，人生是随意和晃动的，比如读书。但是写作，是一种预谋情节和设计主题的人生。他觉得没有比这更枯燥的事了。

他梦想的其实是自己开一间咖啡馆。就像眼下，在咖啡馆里看书是合乎惯俗的，包括他做老板，在顾客安静或缺少顾客的情况下，他可以拿起一本书坐在宽大的椅子上读，但是在肯德基店子里读书，就等于在迪厅里跳热舞时戴草帽，不伦不类。这倒不是咖啡和肯德基谁贵谁贱的问题，而是咖啡代表一种慢生活，肯德基代表一种快生活。快和读书是天然矛盾的。

这也就像他和小岚之间，他喜欢能够激起他情欲的小岚的身体，但是他不喜欢小岚的俗气。

虽然他知道小岚挺喜欢他。他还算帅气。

就在小岚拿起他的《不中用的狗》胡乱翻一下准备跟他打趣的时候，吧台那边的领班叫他了："送餐——"

他抓起了自己的头盔。

红色的"澳柯玛"在夜色里疾驰。宅急送的小伙子们好在都有一个好听的别称，"骑手"。他喜欢在夜里的大道上，在往来汽车行列中闪转腾挪的穿插感受。街道是巨大的阴道，汽车是它们的褶皱，他一次次穿透世界。有时候他会掉泪，也许是风刺激了眼睛。他难过的是从小那么熟悉的街道，以及闭着眼睛不会迷路的漫长巷陌，如今统统变得那么短，短到不断抵达，又不断消失。夜的楼群是海浪，是怪兽的鳞甲，灯火漂浮出细碎浪花。他曾经有过一次呕吐经历，从上午十点到晚上十点的送餐高峰中，他连续送了三十二份外卖，连续奔波和爬楼梯，最后像一条狗一样瘫倒，他相信那也许不是累的而是晕的，像晕船的感觉。他曾经一一辨认过无数别人的家门，可那次，他几乎迷路，找不回自己的家。

"德堡路二十六号，五单元十二层一号房间。"他看了一眼单子，再次确认地址。据说城市职场人上下班的最大福利是什么？是不堵车，这甚至好于工作让你堵心。送外卖的人最大福利是什么？是找到楼址，发现有高层电梯，而且不用刷卡。

电梯把他推送得像一支礼花一样快速来到十二楼。他揿响了门铃。

半天没有人开门。这是夜里九点一刻。这个时间叫餐，不是吃货就是懒汉，要么馋，要么在家不愿做饭，终于挨不过饿了。不过这个叫外卖的应该不是懒汉，也就是说不是男的，看着餐包里的内容，一只上校鸡块和海王星，代表一点点胃口，又吩咐领班多加一份甜酱汁，一份蔬菜，这就是小清新。

门终于开了。先是探出半个女脸。这半个女脸，忽然就引发他希望看到她完整的面庞。因为这半个女脸竟然已十分好看。只不过年龄看来，不是小清新，比他大六七岁，三十一二岁是有的了。

"你好，肯德基外送，这是订单和发票，请你检查下餐点。"他以标准的职业言辞向她招呼。

十次有九次的经验，顾客是不会查看的。吃货一般都不肯当众验货。那几乎等于让对方验证自己是吃货。

"呃。"她说。把门打开了更多角度，然后小心翼翼打开餐包，一样样翻看着。他看到完整的她果然是好看，冷静，成熟，韵律，亲切。

"土豆泥，忘装了吧？"她抬起头望着他。

"呃，"这回是他迫不及待检视餐包，他仅仅用目光扫了一下，就知道负责装包的服务员是个王八蛋。"对不起，你要土豆泥了吗？"

他马上意识到自己说了一句很不周延的话。

她倒似乎没有介意他的不礼貌的话，自顾说："我总觉得肯德基的土豆泥比吉野家的土豆泥好吃一点，我喜欢你们这种土豆泥，牛奶和胡椒粉的配量正适合我的口味。"

他越发感到不安了。

"呃……"他看了一眼手表，"抱歉，我这就回去取，会耽误你用餐吗？"

她吃吃地笑了一下："不必了，还好这次我没点牛肉。"

"那，我把钱退给你吧。"他从兜里掏出五元钱递过去。土豆泥的价格是三元，她应该找他两元。

"这样啊？"她反倒犹豫了一下，似乎下意识想去找钱包，又止住了，"我没有两元钱啊？再说，这是你自己拿的钱吧？"

确实是自己的钱，虽然三元。也怪他疏忽，当初没有去检视。餐包只要出店，宅急送店员自己没有检视，店里也是不负责短缺赔偿的。

她没有接他的钱。"没关系，这不多给了我一份加倍的酱汁吗。"

这是在安慰他吗。她明知道酱汁是免费的，他想。

"真是对不起啊，下次吧，下次如果还叫外卖，我一定给你补上来。"

他马上意识到这话说得有搪塞之嫌。店里有好几个宅急送，谁会记得就是她，记得给她补上土豆泥？

于是尴尬之下，他掏出一张皱巴巴的自己的名片递上去。

"下次你直接电话我好了，真不好意思。"

然后他连再见也没说，替她摁上了房门，急匆匆下楼了。

其实刚才，他看到她穿的好像是睡衣。

那么松垮的睡衣。包裹着明亮的躯体。

因为他几乎就感觉她是一道白光。

他清楚地记得她项下微起的锁骨，连着一小片凸起的丘陵缓冲带。

他想到他还从来没有做过爱。

但是他曾经有过一次，性的经验。

那是在大学，大二的时候。他看上了一个女同学。那个女同学是南方人，经过热烈的追求之后，女同学勉强答应跟他相处一段时间。其实女同学也不是不喜欢他，他长得那么帅气，个子也不矮。阻碍来自女同学家长，家长也没别的不讲理地方，就是因为他是北方人。女同学是过敏性风疹，平时很好，在南方也很好，可是一到北方就皮肤难受，红肿，痒，吃什么药也无疗效。如果将来毕业后跟他来到北方安家，女同学家长是万万不会同意的。可是他又必得回到北方，因为他的父母需要他照顾。最后此事终于告吹。

可是他怀念那次性经验。怀念不是来自愉悦，而是沮丧。那是在一个午后的山坡上，两人散步，他的冲动是突然和不可遏止的——如果不是女同学弯腰在捡一只橡树的果实时，T恤衫后面露出一截白腻的皮肤。他仓皇地抱住了她，她似乎也并没有拒绝。只是，他的冲刺可能被提前积攒的太多渴望给遮蔽了，来不及爆发就达到终点。他在搂着她战栗的时候，目光无力地看到了地面上的一枚落叶。那时候，他感觉自己就是那枚枯萎的树叶。

那种枯萎而清滑的树叶气息多少年一直忠实地陪伴他。后来他们分手了，原因他一次次揣度过了，不是因为他的冲刺失败，而是气候，北方的气候。北方的落叶坚硬，干燥，脆弱，不像南方落叶的蕴藉，潮湿，绵亘。他曾经无数次寻找机会弥补那次失败，然而女同学终究没有再答应他。也许她也知道彼此未来的走向，他们不可能在一起，而那次冲动，又何尝不是她的一次冲动呢？

对面的房间又传来父亲的咳嗽声。在夜晚里，像是撕裂的风箱。父亲肝癌晚期，生命不可逆转地即将走向终结。他觉得父亲很可怜，因为母亲二十多年不肯原谅他，具体表现为冷漠和厌弃，比如，除了定时喂他吃药，不会给他多端一杯水。父亲喜欢看电视，京剧和足球，可是他卧床不起，如果电视上一出京剧结束，母亲在一边逗猫狗玩，电视上一直播放长时间广告，她也不会想起帮他再找一下足球节目。父亲曾经有过一次婚外恋，这是他后来知道的，是母亲在某次与父亲的激烈吵架后告诉他的，其实那时候，父亲早已由于外力因素终止了那次婚外恋多年了。

但是他不知道母亲为什么一直不肯原谅父亲。

闹钟的滴答声不知何时开始长时间占据他的耳膜，这说明父亲终于安静地入睡了。他再一次嗅到了枯萎而清滑的树叶气息。这种熟悉的气味是间歇性和阵发性的，三两天时不时会有一次。此时，独自躺在床上，他的眼前反复出现女同学、小岚、刚才叫外卖那个女人的面庞以及身体，最后定格在后面的女人那里。他有一种惧怕。他感觉一种陌生的膨起。他每次都想在过程中延宕一些时间来释放自己，然而每次都那么短促，他的惧怕也许来自于此。面对自己都如此苍白和脆弱，如果面对一个女人呢？他再次想到了那个女同学，因此他的怀念根植于沮丧，牢不可破。

倾泻的时候，他奇怪生命是个什么东西。他看过父亲有一次吐血，摊在乌黑的地上，像铁器上的锈迹。他感觉他是父亲吐出的血迹。

每次的过程都那么短，他为此充满忧虑。

他觉得自己不应该是这样的。

"德堡路二十六号，五单元，送餐——"吧台那边有人喊他。

他放下正往后厨扛送的原料箱子，擦了一把汗，心想，她？

不过就是昨天啊。

他对照发票，仔细检视了包装内容，从量上来说，仍旧是一个人份。他戴起头盔，给澳柯玛打着火。中午，外面很热，但是有乌云笼罩整个城市。

他支起摩托车，转过身来，回到店子。小岚马上递给他一件雨披。"嗨，要下雨啦。"她说。她今天似乎终于学会了怎样笑才更好看。

他没有理睬，径直走到吧台："加一份土豆泥，从我的账里扣。"

领班看了他一眼，默默照做。他不再说话，冲出门，驶到车流中。

只过了十分钟，雨哗哗下起来。整个世界开了锅，一片迷蒙。但他知道后载箱是防水的。他的轻骑在街道上溅起两道水花。

三声门铃，这次很快，她打开了房门。她露出一张惊讶的脸。她不知道外面下雨了，他也不知道她是睡得刚刚起来，还是在电脑前连续工作。她的惊讶掩饰不住一种倦容。

"下这么大的雨？"她说。

"这雨停得应该也快。"他回道。他浑身湿漉漉的。

"快进来擦擦脸吧！"她说，似乎做了一个请的手势，也许是想下意识拽他一下。

"不不不。"他急忙说，"这是订单和发票，请检查下餐点。噢，还有上次欠你的土豆泥。"

"你起码要进来一下。"她说，然后又补充笑了一下，"把雨水擦一下啊。"

他相信她的真诚。确实，她应该不知道仍旧是碰巧他来给送餐。她没有按照名片给他打手机，她是打到店子里的专用电话。

他只好脱鞋进来，站在门口的方垫上，她回身取来毛巾给他。他轻轻擦着，一种崭新的、纤织物的缕缕干爽气息渗入胸腔，让他似乎错觉外面的天已经晴了。其实雨仍在下。擦完脸，在她重新转身去挂毛巾的时候，他得以简单看了一眼房间的布局。一室一厅，但是客厅很大，除了对应着电视背景墙而摆放的一排沙发、一只茶几之外，其他空间上，几乎到处都摆满了各种工艺瓷器。当然也有书，只是看不清那些书是跟瓷器有关，还是跟文学有关。

"谢谢，我得走了。"他说，去穿他的鞋子。

"你很急吗？"她忽然想起什么似的，问。

他不知她是什么意思。他看了一下手表："倒是没什么事了，十二点半，这是往常我吃午饭的时间。嗯，还有，平时下了小雨还行，这么大的雨，店子里一般不给人送餐了。"

"那你就进来坐一下吧，等着雨停再走。"

他猛然愣了一下。她要让他雨停再走——他看着她，想起了自己昨晚的所为，脸上热了一下。他知道干宅急送这行的，确实有许多店子愿意招一些帅气的小伙子，而且，也确实有一些女性，专门愿意让长相帅气的小伙子送餐。好像有一个报纸调查统计过，叫外卖的，百分之八十都是年轻女性，剩下的是一些学生。

他不确定她是否真心挽留他。

他犹豫着。

"其实还有一件事，想求你的。"她说。

"呃？"

"你会修理洗菜池那里的下水管吗？"她问。

"啊？"他又一次感到意外。

"大概是堵了吧。你看，我门口以前有小广告贴，专修下水管的，但是被谁把电话号码给撕掉了，新贴上去的那个电话，我打了几天了，一直是关机。"

"哦。"他放松了一点，也失望了一点。这个问题对他而言，应该并不难解决吧。

"我不知道这种事还去找谁，物业不管这种事，我也没有别的电话可以打。不能洗菜，就做不了饭。我自己看了一下，洗菜池下面的管道好像很多啊，互相连接很复杂的，我实在不会弄。"

"我试试吧。"他说。

她很高兴，"那你总该先换一身干爽的衣服吧。"她说，转过身，她又被自己的话语难倒了，"我家里没有男人的衣服，不过去年我网购过一套运动服，因为号码报错了，太大了，我懒得退，只试穿过一次。我估计你穿可以。"

她打开一间柜门，找出了那套运动服。她把它递到他手里，指了指洗手间："你到那里边去换吧。"

他听从她的吩咐，进到洗手间，关上了门。他拽下那套湿漉漉缠身的衣服，摁下洗手间里的自动暖风，让它们把身体吹干。他吸了一下鼻子，原来暖风也会刺激人打喷嚏。他觉得浑身渐渐烘热。他在试探抚摸自己胳膊的时候，手掌与胳膊之间发出干爽的沙沙声。他准备套上她那套运动服，然而刚刚拎起，他就觉得身体下面的分量似乎加重了，他低下头，竟发现那里异常膨胀。

他紧张起来，也恍惚起来。他无法集中精力穿上她的那套黑色运动服，好像他和她的身体会因此重合在一起似的。他关掉了暖风，直到她在外面喊了一声"好了吗"，他才觉得可以把运动服穿好，步子比较正常地走出来。

还好，衣服他穿着不大不小。

在厨房，他大概只用了不到二十分钟，就将下水管修好了。那里确实是堵了，而且，他现在相信，她的洗菜池是三槽一体的集成设计，连通器复杂，她自己是真的修不上的。

她露出了欣慰的目光，像月亮一样欣慰和皎洁。他感觉到，她似乎不愿意隐瞒对他的喜欢。外面的雨已经停了，她说："我把水烧开了，你喝杯茶吧。"

他忽然想起了此行的目的。他说："你不吃饭吗？"

"我已经吃完了，你修管道的时候。"她说，指了一下茶几，"给你留了一个——不，给你剩了一个鸡腿，还有半份薯条。我吃不了。"

他心里热了一下。她有一种成熟的美。成熟的美就是，她颠覆自己的言辞，斟酌使用哪怕一个字，以确保不伤害对方。

他确认她是单身。她家里没有男人衣服。她修理管道不知找谁。至于她是一直单身还是离婚了，他不知道。

就像跟当年的女同学，在山上。猝然的，他控制不住，轻轻抱住了她。

她吃了一惊。

在他准备掀起她衣服的时候，她开始反抗。

"不行。"她的语气短促而又凛然。

"你不愿意让我抱？"他咻咻地，喘息着，放开她，问。

"当然。"

"我喜欢你。"

"谢谢。"

"你喜欢我吗？"

"我，不了解你。"她说。她退回到茶几那边。

"你还会叫我来送外卖吗？"

"你听话。听话的话，我还会。"她说。

"真的？"他问。情欲和情感是一个奇怪的东西，一旦冲破，就一往无前，没个阻挡。

"嗯。"

他几乎无力反驳。他准备去洗手间换掉她的运动服，她阻止了他。

"别穿着湿衣服走啊，下次再还给我吧。"

他们俩同时看着窗外，雨停了。

她果然在一周内，又叫了两回外卖，都是打在他手机上的。当然，一切都好像没有发生过。她照旧付钱给他，包括运送费。他确定他们是恋爱了。他们无话不谈，包括瓷器，包括咖啡，包括他的专业，工业催化里面的活性碳复合体，包括旅游，甚至包括《不中用的狗》。

然而，她还是不给他。最多一次，也许她心情高兴，她让他抚摸了她。仅此而已。

他渐渐变得焦灼。他渐渐感觉到一种危险。他也再次体会到一种恐惧。他固然知道她如此执拗，并不是意味着戏弄自己，但是对他而言，他确实多了一层不安和想象，那或许意味着某一天，她完全可以离开他和另一个人进行恋爱，在情感的伦理中，她可以那样去做。此外，他一直渴望一种尝试，或证明，抵消他不成功的性经验。

有一天，一个大学里的好友突然打电话，因为涉及研究生答辩的事，时间紧，请他帮助整理一些关于工业催化方面的资料。下班后，他在家里上网，在查阅催化方面的信息时，电脑的页面突然给他链接到国内一个网站，关键词指示出"催情粉"。反复看着那几个字，他想了半天。在利用所学的化学知识确认该产品非常有效和对身体无害的情况下，他决定网购一包。他瞬间想到了，他如果把这个给她喝下去会怎么样。

产品仅仅三天就到达了他的手中。接下来，他等待她的电话。这个期间，仿佛是知道他父亲快不行了似的，他为抢救父亲的事每天忙碌，她并没有叫过外卖。半个月后，当他父亲再一次从死亡边缘上挣扎回来，她的电话来了。

她叫的是一个鸡翅，一个膀肋，一个汉堡，一杯布丁奶茶。KFC员工帮他打好了包装。与以往径直而去不同的是，他先将摩托车开到胡同里一个无人之处，从兜里撕开那包催情粉，慢慢倒入布丁奶茶里面，然后用吸管搅匀。他觉得心脏有点跳，这已经是夜里快十点了，他借着胡同里一家网吧窗后的灯光完成了这一切。

他顺着街道风驰电掣，他觉得胸中鼓荡着海浪般的风。

他把摩托车停在她的小区楼下。近几天，他发现他的澳柯玛似乎出了一点问题，液压离合器分离轴承那里总是发出杂音，他担心那里随时会崩碎。他决定最迟不超过下周，要去修理店好好维修一下，或是看看能否换个件子。

丁香树发出迷蒙的气息，清新而宜人，远处有人在遛狗，一切都是那么美好。他再一次确认了后载箱里的食物，什么也不缺，包括他另加的土豆泥。她是真爱吃土豆泥啊。

一个工人打扮的男子走过来问他："五单元是哪一个？"

他看不太清对方的面孔，只感觉他个子很高。"就这儿。"他指了一下自己即将进入的门洞。

"徐宝成住在这里吗？"

"这个我可不知道。你看，我是送外卖来到这里。"他顺手摘下头盔，拎着头盔和食物走在电梯前面。

男子似乎叹了口气，一声不响地跟着进来。他按了十二楼，男子想了想，按了十三楼。

他揿响门铃。她开了门。她真美。他看到她穿了一件白色真丝T恤，紫色亚麻棉混纺短裙，胸口几近喷薄，双腿颀长雅秀，闪着肉感的光泽。他感觉她就是房间里最美的瓷器。

"你来啦？"她说，接过他手里的食物，然后目光看着他，以及越过他，突然有点不解。

他脱掉鞋子走进来，她站在房间里，没有像以往那样帮他递来拖鞋。他直起腰，扭身向后面看了一眼。

几乎是悄无声息地，刚才那个工人打扮的男子原来也进来了。同时他们都听见了重重的关门声。就在他猛然意识到什么的时候，男子从腰里拔出了一把刀。

"不要动。我不会伤害你们，我只是需要一点钱，还有，我一天没吃东西了。"男子的声音十分冷静。

他的反应足够快。就在男子几乎没说完的时候，他拎起左手的头盔重重地砸向他的脸，男子趔趄了一下，顺手冲他左肋捅了一刀。他强忍着剧痛与男子厮打，男子又捅了他一刀，然后趁他愣怔的时候，把他踹倒在墙角。他的头部撞到椅子腿，顿时天旋地转。他流了许多血出来，他感觉自己再也无力起来了。

这一切太快了，也就不到十秒钟。她完全傻在那里。而男子，从兜里掏出一根长绳，把躺在地面的他双手反绑起来。

"我再说一次，不要惹我，我只是需要一点钱，两千元，一千元，三百元也好。"男子说。

"也许他是个逃犯，他需要钱离开这座城市。"他躺在那里这样想。

男子似乎也累了，也许是饿的，他的步伐微微晃荡。"快把钱交出来！"男子对她说。

"我只有不多的钱。"

"少啰唆！"

她顺从地去取自己的钱包。就在这时，男子突然看到了放在茶几上的食物。于是男子坐了下来，打开那些食物。他一边盯着他俩，一边贪婪而凶猛地吃了起来。只几分钟，男子把那些食物吃了个精光。

他躺在那里，不忍看下去了。他忽然想起了一件事。母亲去外地出差了，他今晚应该代替母亲，给父亲擦擦身子。这是每天必须给父亲完成的一件事。

男子吃完了，愣在那里。男子似乎直到现在，才发现他要打劫的这个女事主是多么好看。他用纸巾擦了一下嘴，把她递给他的钱包揣好，慢慢走近她……

她挣扎着，男子把她扔到沙发上。他看见男子拽下她的裙子，然后他看见了自己从来不曾看过的她的雪白的小腹。由那里，在撕扯中，她的雪白暴露得越来越多。一阵剧烈的疼痛袭来，他昏了过去。

……再次醒来时，沙发那边的身体的持续撞击声，使他不用任何铺垫和回忆，一下子就明白自己置身于什么现场。他看了一眼墙上的石英钟，已经是零点一刻了。他记得他临要昏迷时，看过墙上的时间，是夜里十点零五分，也就是说，男子在那里不停地干，连续已经有两个多小时了。

天！他首先感到无比惊恐，然后是惭愧。那个男子竟然连续两个多小时！

渐渐的，他无比愤怒起来，当中夹杂着深重的纳闷。他怎么能这样？他怎么能这样！他目光扫视着房间，后来，他看到男子身边的茶几，看到上面被一扫而空的食物，包括被他一饮而尽的布丁奶茶时，他突然大叫了起来。

他再一次昏了过去……

火车上的速写

　　多少年了，我还是喜欢坐火车。某一次，女友曾经在我乘坐火车的时候从家乡发来短信，说："走到哪儿了？好好体验坐火车的乐趣吧，它最能照应一个人的浪漫理想和文学情怀。"我想她说得没错。自从火车在这个星球上产生以来，有多少普通人和它发生过亲密接触啊，那该是一个天文的天文的天文的数字。光是跟火车有关的文学作品，我想也该是一个统计不过来的数字。大约六七岁的时候，我还没有见过真正的火车，是从一部外国电影中第一次见到火车的。电影的名字叫《火车司机的儿子》，里面的情节和场景给我留下了深刻的印象。后来看过的电影是《铁道游击队》，开始对文学作品的节奏发生了兴趣，那种战斗的迫近感和紧张气氛，与火车运行的咣当、咣当声形成了完美的结合，让我知道在文学和形象的画面之外，是有另一个穿透空间的手段的。再后来，我读到了许多内容跟火车有关或无关、但是标题肯定跟火车有关的小说，比如阿克肖诺夫的《带星星的火车票》、欧文·威尔士的《猜火车》、赛义德·舒尔巴吉的《十二点的列车》、戈迪默的《从罗德西亚开来的火车》等等。当然，印象最深的可能还是列夫·托尔斯泰了，他不仅许多作品中描写了火车并出现火车的场景，而且，他当年还是一个火车的狂热追星族，以接触火车为时髦，许多个人照片的背景都是火车。包括，他人生的临终阶段，也是与火车站发生了联系。

今天乘坐火车还算一件时髦的事吗？这叫什么话，我觉得非但不落伍，反而更加时髦了。当然，这要看你怎么理解"时髦"二字了。我觉得真正的时髦不是你在努力追赶和加入到某种事物，而是你在其中固守着某种似乎将要逝去的事物，最终由固守变为一种理念的引领。在我看来，坐飞机的头等舱也没有坐火车的硬座来得时髦，因为时髦的东西往往是廉价的。呃，不是吗，因为飞机票往往打折，而火车票没有打折的呀。

而且要乘坐那种最慢的火车。我记得读过一篇文章，叫《一人逼停火车提速》。说是在意大利有一名普通职工乌奥拉，同一列火车他坐了好多年，就为了周末回去看他的父母。后来，火车经营部门为了提速，召开听证会，乌奥拉第一时间赶过去，表示坚决反对。经营部门最终败下阵来，强大的经济法则让位给了个人浪漫的思想，也就是说，火车不提速了。乌奥拉的理由是，火车提速后，他乘坐火车的时间变短了，这个过程的盼望、思考和快乐也随之缩短，这是不行的。再说，他欣赏窗外的景色变得潦草，没办法看得仔细，还有，就是不看景色，他手里的一本薄书也没办法读完，这岂不是剥夺他的人生幸福感受吗？最后，火车提速所带来的设备改变和运行方式，会增加破坏自然和土壤，这也是行不通的。

行不通，那就慢慢行吧——不是铁路部门寻求慢慢的工作疏通，而是，火车仍保持原来的速度，慢慢磨蹭着开。

哦，火车，慢归慢，讲故事，还是要尽快吧！

那就讲一些小事……

美少女

我承认，从一上火车，我就注意到她了。

因为我们在同一个硬卧车厢，并且，是邻卧。所谓邻卧，就是同一间半封闭包厢，隔着狭小的过道，她中铺，我也是中铺。

我这中铺来得真不易。当初，辗转托了三个朋友，才提前购到了这张卧票。个中辛苦，不提也罢。反正，我为它耗出的精力，如果转换成单位牛顿，可以铺出十五米钢轨了。

夜色渐渐暗了。按理说，好不容易得到的卧铺，我赶紧洗洗上去睡了就是，可是我偏不。我坐在离卧铺咫尺之远的过道边的小椅子上，爱答不理地偶尔瞥它几眼，仿佛是如此心理：你有什么牛啊？不就是一个让人的身体由直立于地面变为水平于地面而提供了可能角度的一点位置吗！老子偏就不太稀罕你。不过说来也是犯贱，按经验，像这样整宿的旅程，如果我坐了硬座，那是一过了午夜十二点就开始犯困的，剩下的每一分钟，都是一种难挨的煎熬，跟睡眠的抗争，仿佛是最温和的警察向最顽固的犯人寻求招供。那一阵阵困意上来，真是恨不得沿路长亭变短亭，午夜马上变黎明。可是现在的情形呢，我守着这个卧铺，竟然无动于衷，我相信只要它还在我身边，只要还属于我，只要允许我困的时候随时爬上去，那么，我是整宿不睡也不会困的。可见，一个人的困意，部分是心理因素。

当然，现在还没到睡眠时间。远远没到。夜色不过是刚刚暗了下来。更主要的，那个美少女，她也没睡，就坐在我斜对面的别人的下铺那里，摆弄她的手机。

她大约二十刚出头，或者快到二十岁，长长的秀发，穿着很性感。简单来说，因为是夏天，她上身穿一件很凉快的吊带衫，下身是七分裤，那种裤脚刚刚抵达小腿中部的裤子，脚是光脚，穿着一双像似拖鞋的鞋子（我不会叫），白色的，带点儿金色的碎花点缀。

整个人很时尚，也很青春洋溢。

她有时候弯下腰，第一次是捡拾一根掉到地上的连接线，第二次是整理放在底铺下面的行李箱，我无意中看见了她的半双乳。那像是银白色的月亮，被海水遮挡着将要跳出升起，美而稍微惊动你的心。我不断期待着下一次。这绝不是因为我贪得无厌，而是因为你不相信你已经看到的，你不相信它们已如云烟般过眼。或者说，你看到的简直就是过眼云烟，恍如梦幻。

有好长时间我在想，我能不能像故意漠视那张卧铺一样，漠视它的存在呢？我在心里摇了摇头，不能。卧铺是物的存在，是死的，而它是生命存在，是活的。漠视它，就是漠视别人的生命，同时也漠视自己的生命，继而会漠视人类的生命。这是刽子手。

她坐在那里。我坐在这里。车厢里这时开始播放让你晚安前的歌曲《童年》，"池塘边的榕树上，知了在声声地叫着夏天……"接下是朴树的《那些花儿》，"她们都老了吧，她们在哪里呀，幸运的是我曾陪她们开放……"我相信播放歌曲的列车员也是一位文艺青年或老年，这些歌曲明显不是统一制式和流行销售的碟片，而是经由他自己爱好和选择而下载组合在一起的，因为接下来还出现了《我们的生活充满阳光》，"我们的心儿飞向远方，憧憬那美好的革命理想……"太他妈伤感和荒诞了。

附近先后有几个不知耻者近乎勇的男人试图和她搭讪，结果一一碰壁。有一个五十多岁的机关干部模样的男人，主动关心地问："小妹，你从哪里来啊？到哪里下车啊？"我面前的美少女看了他一眼，一语未发，那个男人只好讪讪地走了。还有一个二十多岁的男青年，自认为年龄和她接近，比较有沟通的优势，咋咋呼呼地对她说："哟，你的手机是iPod 4啊？是新的吧，你买的时候是多少价位？"那个美少女只顾着低头打游戏（或发短信？），连头都没抬。

我记得，刚才晚餐时间到的时候，好多人都去了餐车那里，没有去的，也买了乘务员推车来卖的比正常价格贵出数倍的盒饭在吃，她却只是喝了一杯水。现在，在别人开始吃餐后零食的时候，她从包里取出一块普通面包，静静地撕成一片片，放进嘴里。我发现她吃得是那么优雅。

她后来站起来去到其他地方一次，我想她大概是去洗手吧。她回来的时候，我再一次确认她脚上穿的绝不叫拖鞋，因为拖鞋走路时会发出噼噼啪啪拖沓的声音，而她一丁点都没有。我只好仔细观察她的鞋子，无系带这个特点，像是拖鞋，但是鞋子随脚形一般大小，又是高跟的，这真不是拖鞋。我还看到，她的一只脚的脚踝那里，围着一条银亮的脚镯，煞是好看。

终于快到睡觉的时间。我一直犹豫，自己该不该早于她躺到属于我的那个卧铺上。说实话，我真的不困。可是，我又无法确定她何时会睡觉。也就是说，如果她先去躺下，我接着才去躺下，那就说明我不仅在睡觉这件事上希望和她待在一起，就是在不睡觉这件事上，我也是希望和她待在一起的。这岂不是让现在还坐在过道的小椅子上的我显得一直不正常？

我决定虽然不困，但也先去躺下。

事实证明我是聪明的。过了不一会儿，她窸窸窣窣的，在我邻卧的中铺那里躺下了。当然，即便我不聪明，她也一定会过来躺下。

夜彻底黑了下来，只有车窗外路过的灯光，时而映进车厢里。开始时，我睡不着，我说了，我确实不困。尤其是，她睡着后，双腿呈现着自由的休息姿态，其中一条腿上的裤脚已经由小腿中部，无意中蜷到了膝盖以上，在明暗翕忽的光线下，闪出一截修长而温润的白。我辗转反侧。

后来我想，既然不睡觉的时候，我看着她，是一种享受，那么到了该睡觉的时候，我不去看她，也同样是一种享受。一个美少女陪在你身边，你却失眠，那简直辜负了上帝赐予你睡眠的权利和美意。

我很快就睡着了。

一夜无梦。天亮，火车即将到达D城，我收拾包，她也收拾行李。原来我们同时到达目的地。

下了车，出了广场，她走在前，我走在后，相距十多米。

火车上的速写

看来在我回家之前，我们可能还会随时相伴走过一段共同的路。忽然，她停住了，一个路边坐着的乞讨者，向她伸出了枯瘦的双手。

她在裤兜里翻着什么，我亲眼看见她掏出的是一枚一元硬币，不过，她没有把它递给乞讨者，她继续翻，这回是一张十元纸币，她弯下腰，连同那枚一元硬币，一同放到了乞讨者的手心里。

我在后面看着她，我发誓在她弯腰的时候，我没有去看她领口里面，我注意的是她全身的形象。

我们继续前后走着。一个小伙子，扶着摩托车，远远地停在街边，兴奋地向她挥手，她看见了，也立刻雀跃了步伐，向他挥手。他们大概是恋人，小伙子无疑是等在那里来接她的。

他们两人走近后，相对站在一起，不断地打着手势，彼此目光如阳光般炽热。只不过，我看着看着，突然发现了某种特别。他们不说话，四周无声，而那种手势，我突然反应过来，那是哑语。

我觉得美少女简直是一位优秀的指挥家，她上下游动的手势，似乎在指挥着世界上最动听的音乐。

女乘务员

我经常在坐火车的时候，听到旅客们抱怨或开玩笑，说是火车上的女乘务员，为什么就不能像飞机上的空姐那样，人长得又漂亮、服务态度又好呢？

这个问题，我无法做更多解释。不过，我记得爱因斯坦在普及时间的相对论时，有一个有趣的比喻，一个男人与美女对坐一个小时，会觉得似乎只过了一分钟，但如果让他坐在热火炉上一分钟，却会觉得似乎过了不止一小时。这个比喻倒是启发了我，借用反推法，我想，人们乘飞机旅行，时间往往比较快，那么，即便是面对长相一般的空姐，也会觉得比较漂亮；乘火车，时间比较漫长，面对一个漂亮的乘务员，渐渐地也会觉得长相一般。也就是说，未必飞机上的空姐就漂亮，火车上的女乘务员就不漂亮，是时间在人的心理上发生了作用。至于火车上的女乘务员服务态度不好，这个，我目前说了不算。

是啊，一般来说，经常乘火车出行的人，都会将那些在火车上兜售袜子、木梳、护肤产品时亲切有加，而在为乘客换票、铺床褥、回答询问时不胜其烦的行为，与女乘务员联系在一起。但是——且慢……

车刚一启动，她就像一只小燕子一样不停地穿梭忙碌，帮年长的旅客提笨重的行李，嘱咐小孩子不要乱跑，每间隔一会儿而不是等到火车即将进入终点站，就拿来一只干净的抹布擦桌子……她穿着一套利索的铁路夏季制服，整个人显得清爽而知性。

到了吃午饭的时间了。车厢那边不知什么时候变得有一点骚动。我正在窗边看书，《我哥刁北年表》，是一位名叫刁斗的作家写的。这个刁斗，跟我关系很好，我俩认识二十多年了。可是，若论起最初我如何心仪于他，却缘起他解释自己的笔名。是的，他原名刁铁军，众人不知道这个，就像不知道二十世纪八十年代一首著名校园歌曲竟是二十多岁的他所作的词一样，歌名叫《脚印》，"洁白的雪花飞满天，白雪覆盖着我们校园，漫步走在这小路上，脚印留下了一串串……"那次，有人问他，"刁斗"是什么意思？刁斗同志认真地说，单纯就"刁斗"这个名词来讲，它是古代一种行军器具，休息时，将士们可以靠它盛装粮食，埋锅造饭，而遇到紧急敌情时，又可以敲击鸣响，做警锣用，凯旋时，可道具敲击以娱乐。这三个用途，我当年读《古代汉语》时，多少了解一些。不过，刁斗同志接下来又说了它的第四个用途，晚上起夜时，将士们还可以将它做尿壶。这个阐述真是大手笔，我当时就对作家刁斗佩服得不行。这正是刁斗小说风格的特性，烟火气而不失理想，实证而荒诞，率性而不装逼。生活和斗争时都缺不了它。

那边骚动，我只好放下《我哥刁北年表》，去看看怎么回事。原来，一个青年男子，要用一元钱买一份盒饭，卖饭的工作人员和旅客谁都不稀理他，甚至叽叽发声笑话他。大家知道，火车上的盒饭，是比你平时见到的盒饭贵五倍，而不是便宜五倍。一元钱，别说买盒饭，可能连饭盒都买不出来。

可是他很固执，不停地叫着，要用一元钱买一份盒饭。

我所见到的那个女乘务员，这时走了过去，说，请把你的身份证和车票出示　下。

我们知道，火车上就是一个小社会，遇到什么无赖之徒，也是正常的事。

那个青年男子掏出来一张皱巴巴的车票，展示在女乘务员面前。

我凑过去看了一眼，他的车票与我们大家的毫无二致，只是上面多印了四个红色的字："北京救助"。

原来，这哥们是南方出来的一个农村人，一个月前跑到北京想打工，没想到一直没找到工作。直到身上的钱花光，流浪在街头，被北京的救助站人员发现，帮他买了一张车票返乡。他身上分文无有，可是又饿得不行，这一元钱，还是他上车时在站台上捡到的。

那个女乘务员听他讲完，沉默无语，把身份证和车票还给他后，自己从兜里掏出二十块钱，为男青年买了一份盒饭。

接下来，我很想与这位女乘务员拉拉话，你们说是套近乎也行，反正就是对她很有好感。何况，她长得确实挺好看。

没机会。她一直没闲着，一直忙。有时候还去到别的车厢里帮同事们忙。闲下来的时候，我有几次去别的车厢溜达，路过她的小小工作间时发现她也在里面看书，那就更不好打扰她了。直到火车即将到达南昌附近的一个县级小站，我要下车了。当然，火车的终点站是广州，那和我无关。

我提前挪蹭到火车连接处的下车门口，等着。她比我还早地等待在那里。她站在我侧前方，我看到的是她的侧身影。不过，我们的目光是一致的，都是瞥向门玻璃之外。

一辆火车从远处相对开过来，因为那是一个弯路，所以我很早就看见了它。那辆火车在本站不停，它是开往别的方向，只不过在此减速会车。站台沿路的几个工作人员站直身体，准备在它经过的时候做例行的工作敬礼。我面前的女乘务员也站好了，并且整理了一下她本来就并不凌乱的秀发，目光紧张地盯着窗外。在两辆火车交相行驶碰面的几秒钟内，我面前的女乘务员向对面的火车那里招了一下手，晃了晃，然后又招了一下手，在火车走远后，竟也不放下来。

火车上的速写

我实在不是出于和她搭讪，是出于好奇。我说："咦，现在铁路规定这么严啊？会车时，另一车的乘务员也要对它表示敬意？"

"什么啊？"她回头看了我一眼，小声地说，"我和我丈夫在打招呼。"

"哦？"

"他是刚才那辆火车的司机，跑另一条线路，我们每年只能在家里见到一面。其他时候，我俩都是在会车时相遇，彼此招招手。"

我一直那么想和她说话，可是眼下，一句话也说不出来。

龌龊男女

他俩上车时就显出了不同凡响。过道上那么挤，那么狭小，他俩还是要手拉手，相拥着寻找他们的卧铺。

不然我们也不会注意到他俩，他俩是半路上来的。这辆火车是从哈尔滨发车，终点站到北京。晚上八点多，他俩从一个叫双城堡的小地方上车，那时候，火车已经开出了近一个小时。如果是从始发站就一起上车的话，人那么挤，那么多，谁会注意到他俩呢？

就这么一路搂着抱着牵着，他俩总算坐了下来。那个男的，长头发，格子衫，又像是画家，又像是挖下水道的，看不出身份；女的呢，姿色倒是有一点，可惜看不出年龄。大概，三十多岁？

坐下后，他俩开始吃东西。吃东西对啊，我们早已用餐完毕，人家才上车，没吃饭，那不吃点东西干什么？我就听那个男的说："来瓶啤酒？"

女的不放声，过了一会儿，说："不喝了吧。"

语气中带了一点不乐意。男的左右看了看，说："那咱们到餐车去吃啊？"

如果不是他妈的第一次坐火车，任谁都该知道，餐车这时候早就关门了，你去帮餐车服务人员打扫卫生恐怕还来得及。

那女的说："拉倒吧——"声音很长，口音不知是哪里的，邪浪，怪异，不动听。

我就揣摩，那女的其实想喝啤酒，但是苦于没有可口的菜肴吧，所以回答得不情不愿。那男的之所以放话去餐车吃饭，看来是比我更早地掌握了女人的心理。

"不去也行，那餐车上的饭菜，是世界上最难吃的饭菜了。没味道。"

"刺——"啤酒打开了，听起来是罐装啤酒。"刺——"又一声。

"我一点都不渴。"女的说。

"喝吧。"男的动员。

车厢里渐渐弥漫着一种味道，让人禁不住掩鼻。敢情那男的刚才说餐车饭菜没味道，现如今他们弄出一种味道了。如果我没猜错的话，他俩在吃烤臭豆腐。

"你有餐巾纸吗？"女的问。

"我不是刚给你买了一个手绢吗？"

"我用它擦？"

"手绢不就是擦脏东西的吗？"男的说。

女的应该是站了起来，大概找她的手绢。男的立刻说："哎，我这有一张彩票信息报，过期了的。"

女的把报纸撕碎，接下来擦着什么。我一直看着窗外的夜色，自始至终，我只看了他们一眼，就是他们上车的时候。

"那个手绢多少钱？十二块？"女的嘴里嚼个没停，问。

"十二块五。"男的说。

"我又不是没有手绢，只不过洗了，还没干。"

"手绢怕多吗？再说，那才几个钱？"男的说。

女的又不放声了。男的接着说："不过也是，那个手绢，我是挑最贵的给你买了，花色不错，一般的也就五块钱。"

"哎，你说你朋友小宝头上的疮，到底是什么啊？"女的问。

"是鬼剃头？要么是牛皮癣？不知道。"

"我在供销社做出纳的时候，我们一个销售员头上也长了那个东西，妈呀，我看了一眼就不敢看第二眼，吓人。"

……

他们俩就这么乱七八糟地边吃边聊，一顿饭吃了快两小时。

晚上十点，车厢熄灯了。旅客们早已安静下来，在各自的卧铺上休息。满车厢也就有一两个旅客，在想什么心事的，睡不着，默默地坐在靠窗的小椅子上，望着窗外的灯火。

我在熄灯前就躺在卧铺上，准备睡觉。可是他俩就在我的邻卧对面的小桌边，声音太近。熄灯后，我想这下可以安静地睡觉了。

果然，他们俩也爬到了卧铺那里。只不过，那个女的打了一通手机后，两个人又开始聊。

这回是在打情骂俏。男的说："你过来睡啊？"

女的说："你放屁。"

男的说："我是说你到我的铺来睡，我到你那里睡。"

"为什么？"

"车是向我这边开的，紧急刹车的话，没有墙壁堵着，你万一摔倒地上怎么办？"

对了，我补充一下，听声音来源，他俩分别是睡的上铺。

"好，那我过去。"女的说。

一阵窸窸窣窣的声音传来，女的大概是爬过去了。爬过去不说，男的不知怎么了，女的嚎了一句："别惹我啊！"

男的说："小样。"

男的大概没有兑现他的话，也就是说，女的过来了，男的并没有过去。他们俩还在那里聊。

有旅客大声地咳嗽一下。还有旅客故意翻身叹气的声音。

他俩如置空室，旁若无人，继续打闹说话。并且，声音并没有丝毫降低。我看了一下手表，眼看午夜十二点了。浑身似乎汗都出来了。

接下来更让人抓狂不已，那个女的，突然说记起包里还有水果，她要吃水果。

那男的又爬下床去，给那女的找水果。翻了大概半天，又爬了上去。

是吃苹果的声音，咔嚓咔嚓的，在夜里像极了玻璃碎裂的声音。

然后女的又上厕所，磨蹭半天，回来后打了一通手机，手

火车上的速写

机里安慰她的朋友，一个大概是嫁不出去的老处女，同样夜里睡不着，两个人聊了半小时。我听到女的打电话经常重复的一句话就是："你把心态放好，知道不？这是最重要的。"

好容易打完电话，我感觉终于消停了，可他俩，继续打情骂俏，继续聊……

我从来没有遇见过这么精力旺盛并且废话连篇的人。他们不知是哪里人，口音很怪，并且，连他们俩的口音都很不一样。这让你感觉，满车厢好像是一群乌鸦在那里说话。

凌晨大概是四点或者五点，我终于睡着了。夜里火车路过许多小站，但我后来就记不清了。他们俩是何时睡的，我也不知道。我只知道，我似乎刚刚睡着，就又被一阵小小的喧哗吵醒了。

这次声音很小，仍旧是他们俩的。他们要下车了，火车经过了一个小站。男的说："我的鞋呢？"

过了不一会儿，女的也说："哎？我的鞋怎么也不见了？"

他们俩找了半天，根本找不到。如果他们不下车，那么火车就会甩掉他俩的目的地继续开。他俩只好像上车时那样互相搀扶着，赤脚走下车。

有几个旅客嘿嘿地笑了起来。我听到一个旅客说："四点半火车到了一个什么站的时候，我看见一个下车的旅客随手把他俩的鞋给扔下去了！"

我透过车窗看他俩，乡间的路很泥泞，他们俩像是两只落汤鸡。

小男孩

一对夫妻，知识分子模样，半路带着一个小男孩上了火车。那个小男孩，我印象很深，大眼睛，皮肤白皙，才六七岁的样子，怯生生地跟着父母来到卧铺。

小男孩的裤腿一只放着，一只挽起，仿佛是他妈妈刚才抱他上车，不小心给撸起来的。他还背着个小书包，大概读小学一年级吧？

坐下后妈妈就给他读童话故事。我简单听了一下，故事大概取自《格林童话》。他的爸爸，戴着一副眼镜，斯斯文文，在一边看报。只不过，看不多久，就要出去一趟。我其间也离开座位一次，发现他站在车厢连接口那里吸烟。

我来到这里，也是吸烟。既然吸烟碰在一起了，又彼此卧铺靠得那么近，算是邻居，烟友，就和他聊了几句。

他是上海人，暑假，领着爱人和孩子去北方乡下的岳父家消暑。然后，我们聊聊天气，聊聊时事，掐灭烟头，回去。

因为妈妈给男孩读童话，应该不喜欢别人在旁边聊天，我就坐在车窗前，看外面路过的街道、市镇，还有建筑。

我感觉路过的每一处建筑和行人，不管是现代建筑还是蹩脚屋舍，不管是开车在路上的人还是挑水在乡间的人，他们与他们，与建筑内的生活形态，都有着千丝万缕和互相交通的联系，以及故事。也就是说，那个开车的人，备不住就是乡间挑水男人的同学，他们曾经认识，但是时空阻隔了他们，他们彼此找不见，但是，因为我坐在移动的火车上，我连接了他们。

火车带给人的想象力就在这里，它让人换个角度看人生，平时走在大街上，我是产生不了这样的联想的。

窗外看不到人的时候，我就看一些建筑或街道上的字，那也很有意思。比如，在一条街道的斑马线那里，我看到地上有几个白色大字，以前应该是交通提示"安全岛"的字样，可是随着岁月和脚步的磨蚀，字竟然变成了"女人鸟"。还有刚才，我远远看见一处高矮错落的楼房那里，有一个大招牌写着"白玩城"，吓我一跳，什么东西可以白玩啊？可是接下来两秒钟，火车继续开，我才发现那个招牌是被别的建筑遮挡了，现在暴露出来的是完整的字："电玩城"。这让我的心稍微放下一点。

小男孩呢，他妈妈给他读故事的间余，他也眨着大眼睛，向车窗外面瞅。但是，他妈妈呢，就会不失时机地抢白她丈夫："又出去吸了一支烟！你一天要吸几包啊？"

那个男人，确实很能吸烟，按我一天一包的水准，根本不是他的对手，他应该是一天两包。你看，上车才不过两小时，他出去五次了。

吸烟确实不好，我知道。中国的烟民们，绝对是个个舍己为公的好汉。伤害自己身体，遭受别人歧视，病了没有医保，可还是坚定地要为国家贡献税款。我刚刚看过一个报道，说是仅中原某省的一个中烟公司，一年达到的利税就是三百六十多个亿！全国各地烟草行业加在一起呢，那利税就不知道能造多少艘航空母舰出来了。

我虽然吸得比他轻一点，可也没好到哪儿去。所以，他妻子抢白他的时候，我也跟着很不好意思。那个小男孩呢，就看看我，再看看他爸爸，不说话。

"你觉得火车新的好还是旧的好啊？"妈妈问那个小男孩。

"我觉得，嗯，妈妈，你为什么这么问啊？"

"我想听听你的想法呗。"

"嗯，我喜欢旧的火车啊，那说明它出了好多的力。"小男孩说。

"呵，你说得对。妈妈也是这么想。"

小男孩就立刻放松下来似的，问他问题时，哪怕他坐着，小肩膀也挺起来，回答获得肯定时，肩膀才明显地恢复原状。

那个男人，隔一会儿，还是要出去，出去吸烟。只不过，频率稍稍拉长了一点。女人在他回来时，继续数叨："你说，吸烟有什么好处？每天二十块钱的软玉溪，你戒了，换成每天早晨吃一只海参，也吃出来了啊！"看来，女人不是心疼花销，是真的替男人健康着想。

男人很尴尬，认真地读报纸。

我为了避嫌，为了说明不是我引诱他出去吸烟的，所以接下来，他出去的时候，我不去；他回来的时候，我才去。真是应了一句禅语："君从去处来，我向来处去。"

我自己去吸烟的时候，窗外都是一望无际的田野，看久了，就没什么可看的，于是我就看车厢内。车厢连接处的门边，印着几个字："塞拉门"，我不知道什么叫塞拉门，记得这是近几年火车上才时兴的一种门吧，想了半天，不知道怎么用，也不知道它的好处。在墙壁的另一边，有一只供吸烟者扔烟头的金属盒，镶嵌在那里，旁边印着几个字："吸烟处"。

除此，再没有什么文字可看了，如果要看，就是列车时刻表了，那也不在这里，而是在乘务员工作间的门口。

小男孩其间来过这里一次，他左右观察一下，我想可能是他好奇，究竟是什么地方，能吸引他爸爸时不时过来一下。我冲他笑了一下，他仍旧不说话。

我回到卧铺准备小憩的时候，那个小男孩在我脚底下露出半个脑袋，又出去了。我之所以对这一幕印象深，是我看见他的小耳朵那里夹了一支黑水笔，让我感觉可笑。

他的爸爸好像克制了许多，顶多出去一次，就再也没有连续出去吸烟，而我只是躺着而已，并没有闭上眼睛睡觉。

不久，火车到站了，我们都在收拾行囊往门口走。塞拉门那里我看不出什么先进性出来，仍旧很拥挤。既然很挤，那就只好等前面的人慢慢走下去。我的目光不经意地再一次挪到"吸烟处"那几个字上面，突然发现它后面增加了两个字，是用黑水笔添上去的，看起来又歪扭又工整——

"吸烟处分你"。

后面是一个大大的感叹号。

回头找小男孩一家三口，他们已经不见了。

畸　道

一

左子凌在奉天接到他父亲的来信是一九三八年春初的一天下午。父亲在信中以严厉的口吻示意他立刻回去完婚。虽然眼下已面临毕业，同学们在尖厉的警报声和卖报人的摇铃声中各自忙着未卜的前途和去向，根本无人注意到他，但他还是感到一种难言的苦楚如芒刺在背。

他将那封简短的信迅速看了三遍。窗外疲惫的阳光让他感到无比躁闷。

父亲已经不止一次敦促他了，此次甚至为他择定了喜庆日期。父亲在最后这封信中不无决然地醒白他：何去何从，但请自便。

两天后，左子凌决定回到千里之外的硌山村完婚。

火车载着他穿过春季一个湿湿的雾夜。黎明的时候，他搭乘一辆遮篷马车回到自家门口。驾车人离去时的一声清脆的鞭响，让他实在地意识到自己应该踏前一步，扣动那橙黄色的门环。

父亲对他的出现没有表现出太多意外，这已然在他意料之中。他那略显浮肿的面庞被连日来迎接吉日的操劳奔忙渲染出某种自信。家丁们凑上来向左子凌问候，左子凌几乎重复着用一种单调的鼻音敷衍过他们。一些陌生的男女乡人在大院内穿梭忙碌，脸上露出不经琢磨的笑容。左子凌知道，他们的兴奋是发自心底的。在一种农事闲落、性情凋敝的季节性苦闷中，能够遭逢本地最大户主的喜庆活动，足以使他们欢娱和快慰。

左子凌表情沉郁、步伐缓慢地踱遍了整座四合套院。雾已散尽，炊烟开始袅袅升起。阳光从青灰色的墙脊洒下来，场院上好像铺满了金色的谷子。廊道和石阶上被人用细喷壶洒过，隐约残留着淡淡的水痕。远处的山谷里吹来一阵清风，左子凌并未感觉到，场院南边两座高大敦实的炮台遮住他以及背后的一切。眼下这个以经营药材为基业的左家大院，几年前不乏各色人等光顾：杨靖宇带领的小分队，不三不四的乡痞，往来无踪的胡子——排着马队的胡子从这里拉走足有三车的玉米和大豆。杨靖宇需要一些为战士们疗伤的药品，因为所存多为中药，所以只拿走一点平热散和云南白药。此后，左子凌看到父亲几乎花费半年的时间，修筑了两座炮台，同时雇来六名家丁。

山道漫漫，车马辚辚。左家大院能随着岁月的推移逐渐殷实起来，全部倚仗父亲的茹苦奔波。父亲在年轻的妻子去世多年后竟没有再续弦，这不能不让人吃惊。

左子凌这样想着，忽然感到面部隐隐发热。

婚礼在第三日黎明如期举行。卯时左右，迎亲队伍从硌山村向邻村进发，不久又绕道返回。彩虹轿车在山路曲行中沾满了榆树和枯草的混合气息。鼓乐师的伴奏自始至终未曾停歇，这刺激得随行的马匹中不时传来厚重的响鼻。左子凌在轿内与新娘相坐很近，父亲在二十年前为他定下的一桩指腹为婚的情缘终于得以实现。他将目光从彩绫纷飞的窗口投出去，内心有一瞬间感到原始的自足。披着红盖头的新娘悄悄用一只手理正腰间颠乱的环佩，一路上这已经是第三次了。左子凌平静地看着，内心涌起些许感动。如果没有以后的离家求学，他想，自己是该在余霞消隐时的暮霭和牛群归栏的哞叫中，在邻村用柳笛来召唤她的。

鼓乐声的骤然停息，使左子凌的思想出现短暂空白。下轿了。一个嘶哑的老者的声音再度响起。左子凌在老者的指引下，来到场院的天地桌前，面北叩首，接着站起来，踏前一步，轻轻揭去新娘的红盖头。

在他按照当地风俗，转身将红盖头系在房檐的一瞬，耳边传来众人对新娘的轻轻的赞叹声。左子凌看到一片湛蓝的天，一只油黑的燕子在房檐上一掠而过。

掌灯时分，一阵出奇的郁闷使左子凌感到焦躁不安。他避开众人的喧闹，独自向村外走去。看不见月亮，只是远处山顶后面扩散出淡淡的清辉。黑暗的田野让他重温年幼时的某些传说。鼻息中混入清新的异味，那是吸入了被白天的阳光所融化的雪的覆盖下的菖蒲草气息。他几乎不假思索地想起了远在奉天的一位年轻女子。

瑜。

迈动的脚步开始回挪。空气中传出野草倒伏的摩擦声。左子凌想，也许，用不了多久，我会离开这里的。

回进场院大门，他平静地看了一眼烛花跳荡的东厢房，转身回到自己卧房。

当天晚上十时许，日本守备队进驻硌山村。

1990年8月，经过硌山村全体村民一致选举，左河山再次当选为该村村长。至此，他已经成为全县境内任村长历史最长的一位。

二

冈村少佐来到左家大院，是在翌日黎明时分。

从谷底里蒸腾的雾气一点点弥漫开来。除了一两声鸡的啼鸣，整个村子沉浸在一片寂静之中。左子凌早起来到父亲的起居室，父亲正安坐在一张椅上用早茶。室内弥漫的熏香使左子凌感到一种暖意。他不经意地看了一眼几上的香炉，那里已经残留一截香灰了。饮食有度，起居有节，这是父亲多年来养成的习惯。父亲在年轻时读书颇多，只是因为家庭贫困，在别人的怂恿下一度做过胡子。左子凌隐约听人讲起过，他的母亲是多年待字闺中时被父亲抢来的。另一种说法是，母亲当年是怀情暗慕于父亲的，她不相信这个文雅魁伟的年轻人会真的终身沦为流寇之辈，主动向家人坦言愿意嫁给一个胡子，不仅违反礼法还会遭人嗤笑。母亲只好与父亲私下商定演出一幕被抢的悲剧。命运之神似乎不愿迁就他们的人生构想，三年之后，母亲遗下幼小的儿子早逝而去。父亲为了治愈母亲的疾病曾经四方奔波，他搞来各自配方复杂的中药。屋子的每个空隙似乎都常年涸满了熬药的古怪气味。无法确认这是不是父亲以后经营药材的一个契机。母亲在次年迟来的春天离去了。她的娘家得知这个消息后喑哑无语。他们只能认为女儿在异乡受尽了抑郁的折磨而离世，并为此痛惜和哀叹不已。只有母亲自己知道，她短暂的三年生活是幸福和美好的。"好"往往就是"了"，"了"往往才是"好"，这是命定的某一类劫数。

左子凌曾几次试探地询问父亲能否续娶。他觉得父亲渐添的霜鬓和蹒跚的步履时时隐现一种寂寥之气。终于，父亲在他最后一次轻声的发问中怫然作色：我们夫妻之情，甚于父子，你不要多说了。左子凌记起父亲长置案头的一册线装古书，是沈复的《浮生六记》。他感觉父亲是在同命运做某种信念的抗衡。这种顿悟的意念像大海一样瞬间包围了他，让他满怀崇敬又若有所失。

此时，左子凌站在父亲面前。起居室只有他们两个人，左子凌感到隐隐的愧怍。

一阵高亢的狗吠声被断然止住，不久，一个家丁轻轻走进来：老爷，有日本人要见。

左子凌看到父亲沉吟了一下，目光在家丁的脸上凝定一会儿，然后仰起，漫不经心地说了一句：知道了。几上香炉里的熏香快要燃尽了，父亲轻轻为它续了一支，然后缓缓走到会客室。

来人几乎和家人一样动作轻捷没有声息。廊前花格窗的光线渐次明暗，冈村少佐和一个卫兵走进来。门外的日光大亮了，室内斑斑缕缕的光线中升腾着水一样的细密尘埃。冈村少佐穿着一身用皮带捆扎得非常利落的制服，冷峻的面庞反衬出目光的些许谦恭意味。父亲命家人奉上茶水，然后用杯盖轻轻抿了抿自己的杯沿儿，缓缓地说：本大院连月银资匮乏，生意入不敷出。如若募捐，恐难奉出。

哪里。冈村衣领处的纽扣折现出一丝纯铜光泽，随即消失。

至于谷粮，也所存不多。眼下未到收获季节……

先生多疑了。冈村的话音里流动一股潜在的笑意。不需财力物力，只求您一人之力。我知道府上少爷是奉天铁路技术学校的高才生，在下此行奉命修建一条由县城通往这里的轻便铁路，还请左少爷出山亲自设计筹划。

空气中出现短暂的沉默。左子凌双颊隐隐发热，内心像是潜伏着一个马达一样由远及近地轻微振动起来。冈村少佐相当年轻，他的一口流利沉稳的汉语使左子凌感到某种吸引力和震慑力。连日来他的心情一直在懈怠和躁闷中发酵，此时才注入一股猝然的紧张。他隐约地感觉到置身在一种半真半幻的情境之中。他想起此次回乡之行的那个湿湿的黎明，似乎是多舛的命运向他揭开了不祥的一角。

这里是穷乡僻壤，山水相连，地势陡险。公路尚且不多，不知修铁路做什么——父亲沉默中轻轻地笑了起来，说。

因为此地的矿藏。冈村的语气相当坦直。左子凌看到父亲微微惊了一下，手中的茶杯无声息地一倾，一线亮体瞬间滋润了半壁茶杯。

哦？

据家父早年所著《东北矿产分布概要》一书，此地硼矿资源位列东北第一。其他如金、铜、锌等矿产也藏量颇丰。这些都是"大东亚共荣圈"，亟待开发的事业，我相信先生和左少爷会鼎力相助的。

你父亲早年——

二十世纪初发生在中国东北地区的日俄战争中，一名驻中国的文职官员。冈村说。他的坦直和略略仰视的目光似乎要牵引着内心的话语继续说下去，但是他适时停住了。

这该是一个侵略世家。左子凌想。在省城灰色天空和杂乱电话线覆盖下的马路上，在邮局内，在商店里，人们经常可以目睹这些年轻的异域军人，他们接触事物的目光有一种病态的执拗和高傲。左子凌常居校内，环境和习惯使他除了对这些军人有一种潮湿的腐殖质样的怨怼外，还有一种冷眼旁观的意味。冈村少佐这时将目光移向他，左子凌感到肩上的窗外阳光立时增加了重量，内心像是一股深洞中下坠的风，目光如阳光下的尘埃一样涣散和飘忽不定了。

冈村少佐从卫兵手里接过一只精致的包装盒，上前放到赭红色的八仙桌上，然后稍微欠了一下前身，转身和卫兵离去了。

左子凌看清那是一盒日本昭和式奶酪。

续任村长伊始，左河山倾注全部心力一如既往地投入到那项硌山村人们渴望已久的事件的筹划之中。他决定在圆满完成这一使命之后，功成身退。

这一年的左河山，丝毫没有意识到八月的夏季是出奇炎热。

三

夜幕仿佛是被归林的倦鸟叼衔而至。

随着朱漆宅门沉重的合拢，左子凌听到一个长长的叹息充当了振动后的回响。父亲的身影在薄暗的庭院中几乎与树干同僵，这使左子凌的内心闪过一缕莫名的疼痛。

这里当真有矿吗？一周前，左子凌在饱吸了一口庭院中清新的雾气之后，不无随意地向父亲问道。廊前一扇暗亮的窗棂蒙蔽了岁月的风尘，在阳光并不强烈的早晨有一种湿冷的效果。

如果铁路修到这里，你认为怎样？父亲没有回答他，沉默了半晌之后，反问道。

左子凌以专业的敏感喃喃自语，如果……那样，北接凤城、奉天，东至桓仁、通化、延吉，纵深至大兴安岭，南经安东进朝鲜釜山，水路通日本下关。

左子凌说完后，连自己都微微吃了一惊。沿线各地特殊物产的运输链条竟历历在目。及至想到连接邻省军事通道的战略意义时，左子凌连拂去襟前的草芥都犹豫再三才举起手臂。

父亲就是在这个时候嗓音沙哑而剧烈地咳嗽起来。

此时，户外的暮霭更加深重地弥漫起来。左子凌重新将目光投出去，时间流逝造成户外天色的偏差使左子凌恍若隔世。新娘在晚饭后来到这屋已经是第三次了。她的纤秀的服饰与结婚那天亮丽依然，不同的是端庄的面庞在散发着淡腥气味的油灯下显得忧郁凄楚。她的手轻轻垂在衣襟下摆的玉佩旁，失血的洁净让人感觉它已失去抚摸一切的渴望。左子凌静立风中如墙垣般凝固的背影阻滞住她如水的目光，一阵灯火摇曳之后，左子凌听见一声细若游丝的叹息伴她悄然离去。

左子凌呆立在那里，眼前再次浮现出一个年轻女子的面庞……

单调枯燥的学习生活在省城那所高墙壁垒的学校内渐渐令人莫名厌倦。对于一个各门课程都在优秀之列的铁路建筑专业学生来说，有限的学习内容和匮乏的书籍资料来源已无法激起他求知的动力。闲暇之时，唯一使左子凌内心涌起某种尝试和跃动渴望的，是孑立在操场一角的几只如铁轨般平行的双杠。每到夕阳西下、钟声漫起的黄昏，左子凌都独自信步那里，将自己颀长的身影在上面悠成一只永远转不圆满的风车。一阵清风吹过来，左子凌的衣袖在光滑的双杠上颤动成一种节奏，让他感觉袖口内钻进一只硕大的蝴蝶。他顺着风的来向望去，在一排稀疏的桦树底下，一个抱膝静读的女孩的侧影无声地映入他的视线。

他决定从那里走回去。那种恬静闲适的画面使他对刚才的自己感到无比疲惫。女孩对他的悄然莅临浑然不觉，一只半黄的树叶从空中倏然飘落在她身旁后，左子凌听到一声缓慢而从容的翻书响动。清风拂乱她耳后的纤发，在黄昏的薄暮中，一抹白皙凝腻的颈子隐约闪现。远处的操场已显得空旷寂寥了。左子凌感觉忘却时间流逝的女孩眼前的字体，已该渐渐同远处的景物一样漫漶成一片缥缈的雾气了。那时候，他不知怎么涌起一股用手轻轻捂住她双眼的渴望。

女孩感觉到他了。在她扭头回视的一瞬间，左子凌看到一双略带惊慌却并不躲避的目光。

无法记忆起经历的日子中一切现实和想象的细节。左子凌知道，真正用双手轻轻捂住一个人双眼和她对生活未知的懵懂是在几个月后的一天下午。那是一间普通的小家碧玉式少女的卧房。钢蓝色的窗栏杆无声地滑入街上市声的喧嚷和午后透明的阳光。质地纯朴洁净的窗帘如同人松懈的意念一样悬垂着，它使左子凌预感到生命中即将发生的某种转折。那时候，他看到一双略带惊慌却并不躲避的双眼。瑜，他喃喃地唤道，用手轻轻地捂住了它们。在他终于解开怀中温热躯体的衣饰的一刹那，他嗅入一缕淡淡的馨香。那是在他的家乡，广袤的雪野被阳光融化后小草弥散的青春气息。

左子凌在一个偶然的机会结识了瑜的大哥，一个身材魁伟相貌堂堂的男人。他的一些莫名其妙和诡秘莫测的举动，令左子凌在偷偷和瑜约会的窘迫不安中有一种对比之下的坦然。一个酷似下午的迷蒙的清晨，左子凌忽然觉得瑜好像同自己说过他从事一种特殊的职业。这使左子凌在那个酷似下午的清晨里一连打了好几个似是而非的呵欠。

瑜轻声地安慰地否定了他这种想法。她说：地下共产党员？你或许是在梦中这样想过吧？

他看了看瑜的眼神，他记得瑜也同样看着他。后来他把目光挪向别处。

夜已经如铅一样沉重了。堂屋里的某个角落里，传来一只耗子嗑动尖硬木器的吱嘎声。半掩的松木门扇上，月光投映出庭院桃树的点点枝杈，斑驳陆离一如年久的裂痕。左子凌凝视着那里，不由得想起了连日来倍显苍老的父亲。

晨阳升出山巅后最是浑圆的那一刻，父亲赶着一辆平板马车从城里风尘仆仆地赶回来了。车上载着一袋袋散发浓郁异味的中草药，它们使得几摊新鲜的马粪落地后淡然无嗅。父亲面色涨得通红，一例的金色的晨阳令周围人的面庞与他并没有什么不同。左子凌在和家人将这些麻袋抬进仓库的时候，从里面散落出一枚暗红色的冰冷的子弹。

父亲若无其事地弯腰将它拾起来，揣进自己的青布衣兜里。

只那短短的一瞬，左子凌再一次印证自己为什么能在一个湿湿的黎明非常冷静地回来的原因了。这或许正是父亲的威严所在。

几乎所有的人都能感觉到，潮湿的季节酝酿的一场雨水将至了。

次日凌晨，左家大院少了两名家丁。

第三日傍晚，又同时少了三名家丁。

父亲站在异常清冷的场院当中哈哈大笑起来。木栅前的黄狗不知道这种怪异的声音是唤它还是斥它，只好在晦暗的阳光下不安地来回走动。

父亲再一次咳嗽并且吐血。左子凌看见庭院里的青砖地面上，一滴鲜血在那里如同一枚暗红色的冰冷的子弹。

距离与对方签约的日子愈来愈近了。左河山知道，如果不发生什么意外，签约仪式应该在三天内如期举行。

贫穷落后的硌山村将为之焕然一新。

四

转眼间已是芒种时节。阳光使野外的群山日渐丰满起来。谷底的河水缓缓流淌，和煦的风在它上面溯流掠过，摩擦出不为人知的纤细声响。季节性的工事使大片大片的农田濒于荒芜，在视线的极尽处，一条闪着刺眼光芒的轻便铁路蜿蜒深入山谷中。大批劳工聚集在铁路旁边，宛如数不清的蚂蚁麇集在一根颀长的肋骨四周。这样的时候，左子凌即使坐在家中，也能隐约听见冈村少佐领唱的那首渐飘渐遥的《协和进行曲》：

> 我们共居此土，
>
> 而为此土之民。
>
> 这真是美丽的因缘，因缘……

两个多月来，左子凌明显地消瘦了。他的凹陷的眼眶使目光在转动时显得不太灵活，满布的血丝犹如一张浮在湖面上的网，打捞出的只是一种迷惘和悲伤。

父亲早在清明节那天去世了。这分外使得白色天空飘落的小雨如泣如诉，路上凝重纸钱淡赭色的焚烟欲断欲绝。左子凌无法容忍自己具有的健全记忆，他将庭院和房门上所有尚未被风雨蚀褪的红色喜字一一揭下来，哪怕在无意中将目光触上去，他都会感到内心蓦地一缩，眼前浮现出父亲临终时大口吐出的鲜血。现在，左子凌可以安静地坐下来，再次捧读那册纸页散零的《浮生六记》了。这让他有所庇荫地假想起父亲，父亲和母亲那一段实在的生活。父亲若是九泉之下有知，他会知道作为儿子的自己结婚后，从未和那个女人合寝过吗？左子凌为此感到难过。正是父亲某种朴正的性格和执拗的情绪影响了他，使他在成就一种情感的同时，又践踏一种情感。左子凌唯一庆幸的是，自己在父亲生前一直用心维持了一个循规蹈矩的学生形象。事实上，他一直暗暗关心的是，瑜是否已经有孕。

信早在一个多月前就发往奉天了。左子凌无法忘记自己临走时瑜流连难舍的神情。一个亲戚病故了，左子凌说，我回去照看一下。他不知道为什么要说这种不吉利的话。但他清楚，这是诸多理由中唯一适合充当借口的一个。眼下，左子凌已经没有任何别的企求，他只盼望能早日收到瑜哪怕是半片纸的回信。他不止一次设想瑜在省城灰暗的马路上，怎样怀着匆遽的神情躲过车辆，将淡蓝色的信封投进日本管区内红色的邮筒里。

这或许是一个遥遥无期的等待。左子凌想。

午后的阳光使人恹恹欲睡。院子里唯一留下的那个家丁，来回走动的身影给左子凌心头蒙上莫名的阴翳。他觉得自己从春初那个湿湿的黎明归来之后，这里的一切都充满了纵横交错的玄机。他无法相信这个家丁是为忠诚于父亲才留下来的，这使得他在无数个万籁俱寂的夜晚设计图纸时感到阵阵烦躁。现在，随着工程的迫近尾声，一种难得的轻松掠过左子凌的全身。他放下手中的书，看一眼窗外的日光，心想，这样令人舒畅的天气，或许我应当到户外走一走。

院子里的黄狗就在这时狂吠起来。

崎岖的山路上，左子凌坦然无比，丝毫不曾意识到身边伴有两名日本兵。视线下，广袤无垠的田野在阳光的照射下显出潜伏的生机。由于失却人力的耕种和莳弄，黝黑的土地上繁衍出片片无名的青草和野花。一只蝴蝶从身边飞过，翕动的翅膀在空中泛出灿黄色光泽。谷底的河水仍然缓缓地流动着，阳光在那里被切割成无数碎片。面前，南北两座山麓中蜿蜒而来的铁轨与河道上坚固无比的水泥桥礅颓视着，它们等待着最后的接轨。左子凌知道，这是不可能的了。他绞尽脑汁利用地形变化和视觉偏差设计出来的工程，就是为了让它们徒具视觉上的圆满和美观而不被事先发现——它们的地形落差和对接角度距离太大了。任何人都无法将这条在事实上处于畸形的铁路对接起来，除非他决心让一列列火车惊蛇一样颠覆谷底——没错，花费了数月时间，这是一条从设计开始到结束，完美地代表了废弃的畸形铁路。

冈村少佐站在炽亮的阳光下，他的脸上沾染了一些泥土的痕迹。并不宽大的衣袖和膝盖在他身上瑟瑟发抖，左子凌知道那不是因为风而是因为激动。他现在觉得冈村年轻而白皙的脸真正是属于孩子的。他设想自己是孩子手中一只自愿挣断生命之线的风筝。风筝飘向蓝天，孩子是一张颓丧懊恼的绝望的脸。

一个日本兵向他举起黑魆魆的枪口。

远处，视线里飘摇渐进一个袅娜的身影，左子凌看清那是自己的女人。她的手里摇举着一封淡蓝色的信件，左子凌知道那是午后刚刚送抵的。女人在跑上一截土坎时向这边张大了嘴巴，手里的信像蝶一样随风飘入湍流的河水中。

左子凌想起刚才离家时并未向女人告别。他感觉自己是一只在主人疏忽时走失的家禽。他的内心油然升起一股拥她入怀的欲泪的感觉。

一绺殷红的鲜血先于他的泪水汩汩地从胸口流出来。

平井久吉先生今年七十八岁了，曾经在侵华战争中参战于中国，被俘后经改造回国。此次，作为合资修建中国硌山村铁路的日方某株式会社代表，他表示愿意同此地人们精诚合作。

签约仪式正式结束并生效后，左河山突然失踪了。

五

子夜时分，女人从冈村少佐的下榻处跌跌撞撞挪回家门。

所有生活希望都如褴褛的衣衫一样被粗暴撕破。凌晨时，古旧的房梁发出一声颤响，女人的身影在窗纸上如灯火样摇摇欲灭。

唯一留下的那个家丁破门而入。

女人重新活了下来。九个月后，她生下一个男婴儿。她已经无话可说了，她懂得怎样用泪水来浸泡沉默。她尽心地抚养着心灵中伤疤一样的幼小生命，她想在自己临终的时候，把无数琐屑和艰难日子中流水一样的往事回溯给他。

日本守备队不久撤出硌山村。

几天后，人们在暴涨的谷底河水边发现了左河山自溺的尸体。

是一个放牛娃最先发现的。他再三对后来的人们说："我开始以为他是平井九吉呢！"平井九吉临走时曾独自在河边踽踽而行。

人们都说是呢真像。

没人知道这是说左河山和平井九吉相像，还是什么和什么相像。

刘寄奴

讲一件真实的故事吧。

在讲之前，不能不提到刘寄奴。

辽宁东部的高皮村，曾经是一个很有名气的大村，有五百多户人家，两千六百多口人。说到这里，我身边仿佛有人在问，得了吧，那叫什么大村？排不上吧。在中国南部经济发达地区，叫一个村子都有近万人呢。是啊，我说，你那是南方，我这是东北啊。东北，地大物博，人烟稀少，是吧？高皮村摆在那里算是一个很大的村了。不对不对，那人说，你别以为我没去过东北，在那里，容纳五百多户人家的村子很常见，你说的高皮村也算不上大村。我说，你知道吗（我想，我必须说服这个人。在讲故事之前就被人家驳倒，那这个故事还有什么讲头？何况我要讲的是一件真实的故事）？我找一个大家都知道的村子做例子。河北的冉庄知道吧？发生过著名的地道战的那个冉庄。它那里打过那么频繁的战斗，聚集过那么多抵抗的身影，被称作大村。可它当年只有四百零七户人家，二千二百二十七口人（不信可以查阅我手头这本二〇〇四年第三期《文物春秋》）。辽宁东部的高皮村，户籍和人口都比冉庄多许多，难道不是一个大村吗？

那是六十多年前啊，那时候村子的相对人口当然少了。反驳的声音说道。

是啊是啊，我要讲的也正是六十多年前的事。

那你就讲吧。

当然。

讲刘寄奴。

没错。

高皮村的王大地主，数日来一直心神不宁，头晕脑疼。这几乎成了他的非器质性和具有阵发特点的一大心病了。说句公道话，他两年来就是如此。昨晚，他又做了一个噩梦，梦中情状之惨烈狰狞，不忍回顾。所以天一放亮，他就穿好马褂，蹬上勒口鞋，做出一副要走远路的样子，绕着村子转了一圈（路途确实挺远，我说过，高皮村是一个大村子）。他先找到李大地主，说："事情不能再这样下去了。"接着他又拉来徐大地主，说："我们总得想想办法。"最后，他把全村十九户地主召集到一起，落寞而坚决地说："否则，下一次再出了事情，不是在我身上，就是在你身上。一个也逃不掉。"

众地主分别沉吟了一会儿，又三三两两议论了半天，最后望着王大地主说："你说得有道理，但是有什么办法？"

王大地主说："怎么会没有办法？而且并不复杂……"

众地主说："那你说吧。"

刘寄奴

王大地主说："怕你们不听。"

众地主说："怎么会不听？"

王大地主说："真的是怕你们不听。"

众地主说："我们应该是会听的。"

王大地主——（这时候，有一个声音又在我身边响起，虽不很大，但我听得真切。这个声音说："你会不会讲故事啊？叫你讲刘寄奴的，你怎么搞的？再不讲我们不听了。"）

别，下面就讲。

刘寄奴是南北朝时期宋武帝刘裕的小名儿。刘裕这个人，在历史上口碑还是不错的。他出身贫寒，卖草鞋为生，年轻时从军，后在刘牢之麾下做了一名参军。刘牢之是何许人？一般人可能不知道，但是一提起著名的"淝水之战"，大家就都知道了，刘牢之就是在那场战役中大破前秦苻坚的东晋名将。刘裕（干脆说刘寄奴）后来帮刘牢之做了许多事情。对刘寄奴个人来讲，他从隆安三年（399年）第一次参加军事行动，到义熙十三年（417年）灭掉后秦，在不到二十年时间里，对内平息战乱，先后击败了孙恩、卢循的海上起义，消灭了桓玄、刘毅的军事集团；对外则致力于北伐，取巴蜀、伐南燕、灭后秦，从一名普通军人成长为战功赫赫的统帅，直至做了皇帝，这是多么了不起的事情！

同样了不起的，是刘寄奴这个人崇尚节俭，不爱珍宝，不喜豪华，拥有宫中的嫔妃人数是历史上最少的皇帝之一。曾经有地方官打溜须，给他献上珍贵的琥珀枕，后来在战斗时，他听说琥珀能治疗伤口，就命人把琥珀枕砸碎研末，分给战士们治疗伤口。他曾得到过美女姚氏，十分宠爱，可是当臣下谢晦劝谏他不要因女色而荒废政务时，他当晚就将姚氏送出宫去。

可惜，刘寄奴在位仅三年，便去世了。真是天意有恒，而人世无常啊。

说到刘寄奴，还可以讲起一个人，那就是辛弃疾。辛弃疾在他的一首词里，提到过"寄奴"的字样。词是这样写的，当然为避免全面抄袭之嫌，我只温故上阕：

> 千古江山，英雄无觅，孙仲谋处。舞榭歌台，风流总被，雨打风吹去。斜阳草树，寻常巷陌，人道寄奴曾住。想当年，金戈铁马，气吞万里如虎。

这首词名叫《永遇乐·京口北固亭怀古》，后人把它评价为辛弃疾第一名词。因为它不仅表达了强烈的爱国主义思想，在语言艺术上也有特殊的成就。里面的用典和佳句，直到今天还流行于时尚言辞之中，生命力绝对是顽强（写到这里，我禁不住神思翩翩，唉，什么时候咱也能弄出这么一篇有生命力的文章啊！）。

词里面提到的"寄奴"，就是刘寄奴。辛弃疾一生命运多舛，自不待言。单说他一一八一年被罢官，隐居江西乡下达二十余年，直到一二〇四年又被起用到镇江（也就是京口）任知府，为北伐做军事准备。不久他写了这首著名的词，借词中提到的刘寄奴，托自己一腔愁绪和壮志。只不过这也只能让人徒添奈何。因为，他是反对宰相韩侂胄立即出兵的计划的，认为时机不成熟，犯轻敌冒进之忌。结果不久，他就因此又被罢官，回江西乡下隐居，终于两年后忧愤而死。

宰相韩侂胄命运也自然不好。他不听辛弃疾劝告，于一二〇六年草率出兵，结果大败而归，转年，被人杀死了。

在古代，人们相信一种奇怪的心灵感应术。传说有一位书生，每天晚上把一些文字写在纸上，第二天发生的事会跟他写出的字一一吻合。宰相韩侂胄铩羽而归的命运和朝廷一蹶不振的军事结局，竟在辛弃疾《永遇乐·京口北固亭怀古》的下半阕里得到了完整的暗合和体现。不相信的朋友可以找来细读，世间之事，真是奇了！

接着讲刘寄奴。

接着讲刘寄奴不是人。不，我的意思是说，刘寄奴口碑很好，事功卓著，怎么会不是人？我要讲的是：不是人的刘寄奴。

说白了吧，讲作为植物的刘寄奴，它是一味中草药。

任何一个中药师，没有不知道刘寄奴这味草药的。它性味苦温，主活血、通经、止痛。要说起它的别名，恐怕掉不下二十个：金寄奴、乌藤菜、白花尾、炭包包、斑枣子、九牛草、田基黄、香草、崔舌草、地耳草、苦连婆、千粒米……有时候我想，草药刘寄奴为什么会拥有这么多的别名呢？大概就是有太多太多的人喜欢它吧。但凡一个人喜欢一样事物，总愿意亲自给它命名，并且是独家命名，以示权威和尊严。奈何中国太大了，东纵西横，北高南低，腔调不一，风俗各异，自然人们喜欢之下给它的命名就各显神通。庆幸的是，刘寄奴的这些名字倒也流传下来了，只不过产于南方的名字，北方人不知；生于北方的名字，南方人未闻而已。但只要一提本名刘寄奴，没有不知道的。

《本草纲目》《唐本草》《日华子本草》《千金方》《本事方》等数十种医药典籍，也没有不对它加以认真的论述的。

很厉害。

刘寄奴一般野生于山坡上，树林下，属玄参科植物，叶互生。每年八月份将它连根拔起，晒干，除去根部泥土，打成捆，即可入药。

刘寄奴具体——你还要讲多久？

快了，听好。

刘寄奴具体在哪一年引起前文提到的辽东的高皮村大地主们的关注，已经没法说清了。反正，那至迟是二十世纪三十年代的事情。不知最先是哪个地主把刘寄奴从山上请入家中，蓄收种子，抛撒田园，继而大量种植生产的，不久，这种场面就波及开来，全村十九户地主们全都在自家发展了这种产业。除了打一些够吃的粮食，余下的土地全部用来种植刘寄奴了。那时候，地主们已经有了比现在成熟得多的市场经济意识，他们知道，粮食除了糊口，再就一钱不值，而刘寄奴带来的财源却是滚滚不断的。

原因只有一个。在战乱年代，刘寄奴可以用来治疗跌打损伤，金疮出血；在和平年代，刘寄奴可以治疗妇女月经不调，小便不利。二十世纪三十年代，正是一个战乱频仍的年代，又何况，战乱频仍当中的妇女们，也同样会大量患上和平年代的月经不调和小便不利。刘寄奴由此众望所归，身价扶摇直上。

辽东高皮村渐渐出名了。说来也怪，可能是地理位置或是土壤和水质的缘故吧，变野生为园植的刘寄奴只适于生长在高皮村，其他县份或哪怕是邻村，试图在田里种植刘寄奴竟一概无法成活，要么遭遇虫害，要么茎枯叶落，要么秋而无果。高皮村种植刘寄奴，在辽东完全成了一个垄断性的行业，如此，它引起外界对它的一再垂涎，就不是什么稀奇事儿。

几乎每年秋天，刘寄奴收割的时候，就会有接连不断的各路劫匪骚扰。他们不是抢刘寄奴，是抢劫村里的随意哪一个地主，以此勒索他交出少则五百多则一千块的大洋。否则，轻则割掉地主的一只耳朵，重则放火烧掉所有的刘寄奴。高皮村的十九个地主，几乎每个人都被勒索不止两三次之多了。眼下刘寄奴成熟在即，村里的地主们又一次惶惶不安，这不，王大地主昨晚做的那个梦就与此有关。他梦见劫匪杀死了他的父亲（他父亲早就死了，连王大地主自己也快六十岁了，但他仍害怕不已），又抢走了他的孙儿，最后绑架了他，要他交出一头牛和一头马合起来才拉得动的一车大洋（奇怪，他从没有见过这样的牲口拉车方式），否则，就一枪崩了他。王大地主醒来，大汗淋漓。思忖再三，他出了门去。

王大地主对众地主说："你们真要我说，那我倒有一个主意。"

众地主屏神静气，又跺脚连连："你就别卖关子了！"

"我们在座的每一位，每年捐出一定的钱饷，共同建立和豢养一支武装队伍，保护自己，抵抗劫匪，岂不是好？"

众地主这一个说："哎哟，是啊，与其被人家劫去大头钱，还不如每户均摊，舍点小钱确保平安啊，其实是用不上多少钱的。"那一个说："就是就是，村里的穷小子和穷长工有的是，拿枪可比端锄头轻快多了，我们雇用他们就可以呀！"

事情就这么定了。

不到两星期，这支队伍竟顺利地建立起来了。总共五十多人，尽是一些农家子弟，还有一些猎户。辽东多山，野兽群起，自然猎户也多，他们玩枪弄炮起来，个个骁勇。至于那些农家子弟呢，多是一些中农和富农。原来高皮村的地主们，平素对农民压榨并不厉害，农民对他们的态度也谈不上什么仇恨。多流汗水多得佣金，也算是共同致富的一种了，道理简单得很。再说，这可比长年给地主打粮食种刘寄奴什么的赚钱多得多（那些事情有他们的亲人在做），何乐而不为呢！

这些被招募的志愿者中间，只有一个人比较特殊，那就是首倡者王大地主的大儿子王往多，这纯粹是他自愿。王往多从小体弱多病，但是贪玩，尤对舞枪弄棒情有独钟。他虽没什么实战经验，但运筹帷幄的兵书没少读，巴不得有机会一试身手，何况，他父亲屡受要挟，他早就对那些劫匪恨之入骨。王大地主万没想到，招募队伍的事弄来弄去，竟把自己的儿子招了壮丁。但是后悔也晚了，一是队伍已经建立了，二是王往多大有壮志不酬、生命不留的以死相逼的趋势，最终王大地主拗不过王往多，只好仰天长叹，由他去了。

王大地主捐钱最多，加之又有亲生儿子入编，不用说，这支队伍的头领非王往多莫属了。

他们从外地秘密购进了一批枪支弹药，又从自家拉来了一些马，事情就算大功告成。

但接下来还有一些细节问题引起不停的争论。首先，是

刘寄奴

队伍的服装问题。既然叫队伍了，总得有统一的服装，不然跟那些劫匪们打起仗来，还不得同人家弄混了？有的说穿泥黄色的服装好，但是见过一些世面的反对者说，那样不好，跟国民党中央军的服装弄成一个颜色，保不准人家生起气来收拾了咱们。有的说，那就直筒裤，披斗篷，反对者大声说，咱又不是西班牙斗牛士！后来有人说，穿白色的服装算了，白色好，显眼，独特……就在差不多定下穿白色服装的时候，有人小声嘀咕着，白色不好，几十个人穿这种衣服，怎么看都像是一支送葬队伍，再说，再说白色不耐脏，还得经常叫老婆洗。最后敲定了，那就用玄色，黑压压一片。马裤，马褂，配同色短檐帽，肃杀而精神。

接下来要争论的问题是，队伍叫不叫"骑兵营"？因为有二十几匹马在队伍里，所以有人力主叫"骑兵营"。反对者说，剩下有三十几个人没有马，还是称"步兵营"妥当。这个问题还没争论明白，有人又说，队伍里有二十几支步枪和单筒猎枪，应该叫"长枪营"。反对者的理由不言自明，那还有三十几个人使着"左轮手枪"和"南部十四年（即王八盒子）"呢，应该叫"铁血短枪营"。

争来争去，有一个共识，那就是虽说五十几个人属于"连"的建制，但大家都异口同声称作"营"。最后，还是营长王往多一锤定音，他说：不管怎么说，咱们的队伍都不以主动出击为目的，那就干脆叫"辽东自卫营"。

因为节俭弹药的缘故，辽东自卫营每周一次的演习，舍不得放枪放炮，只好进行一些列队和爬山等体能训练。但是过不多久，他们就真刀真枪去应付那些土匪们接二连三的骚扰了。

两年间，辽东自卫营均以勇猛和大获全胜而告终。只损失了两匹马，伤了一个人的腿。

如果一九三八年的冬天在辽东不是那么冷，继而在辽东没有连下两场罕见的大雪，我要讲的这个故事就不会存在了。但是，我说过了，恶劣天气已然那么降临了。

杨靖宇将军所率的抗日联军缺粮已经一周了。如今，奇冷的天气将近零下四十度，连树皮都被冻住了，接连而下的两场大雪，更是将地面的野草统统覆盖。这就意味着，下一步能够找到胃部充饥的替代品都成为严重问题。鲁迅先生在此前十四年发表的一篇谈论戏剧的文章里信手写道："人类有一个大缺点，就是常常要饥饿。"抗联将士们是看不到这篇谈论悲剧的文章的，但是，饥饿确实是笼罩在他们身上的最大悲剧。

讲到这里，我不禁信马由缰地想，其实，除了饥饿，东北抗联当年面临的大悲剧又何止一个呢？此外还有：第一，敌我兵力对比太过悬殊。东北三省所有抗日联军最高峰时候人数加在一起才区区三万余人，敌人的兵力几十倍于此。我们在中国革命史上耳熟能详的抗日根据地计有晋察冀、陕甘宁、晋冀鲁豫等等十几处，唯独没有东北抗日根据地。这是为什么？主要原因就是东北抗日联军直接盘桓和战斗在日本驻扎东北重兵的眼皮子底下，常年重压，加之与党中央失去联系，喘息已属不易，何谈建立稳固的抗日根据地？第二，常年缺衣少药。同常年缺少粮食一样，缺衣少药的主要原因在于，日本部队在东北土地上实行"归田并户"政策，也就是将几个村子的老百姓强行赶到一个村子居住，以此类推，孤立抗日联军，切断他们

刘寄奴

与百姓之间的任何联系。这种情况下，东北抗联既无法开展像其他抗日根据地一样的如火如荼地进行的军民大生产运动，也无法进行正常的部队后勤自给自救。如此战斗，真不知怎样去打？第三，常年自然环境恶劣。这个就不多说了。红军长征爬雪山、过草地是两年时间，东北抗联在几乎同样的恶劣条件下坚持的是十四年。其艰苦卓绝程度，若非亲历，实难与旁人语。

便是这样，东北抗联从最多三万多人打到最后剩下一千来人，总歼敌十七万人。更重要的，它有效地牵制和遏止了日本四十万关东军精锐部队难以进入正面战场，从而为减轻关内及中原大部国土军事压力，为全国抗日战争乃至世界反法西斯战争的最终胜利，做出了巨大的贡献。

遗憾的是，东北抗联的伟大历史功绩，长期以来并没有进入中国主流抗战史，外界也没有给予应有的重视和评价。我想，这大概是因为东北抗联的高级将领们大部分都牺牲了，极少有幸存到新中国成立以后的吧？须知，历史有时候也是看现实的脸色行事的。当年壮烈牺牲的不止杨靖宇，不止赵尚志，不止李兆麟，不止赵一曼，据统计，军级以上干部有二十多人，师级以上干部有一百多人……说远了。继续讲本文的故事。

抗联第一军第一师二团三连连长詹江敏受命下山找粮食回来时，他所率的二十几个人过不去柞树峡了。不是因为雪厚路滑过不去，而是探子回报，前方刚刚驻扎了一个中队约四十人的日本兵。詹江敏此次下山找粮，可谓历尽千辛万苦，九死一生。一路上，他已经打了一个阻击战和两个遭遇战了，牺牲了三个战士。但总算搞到一些粮食，三十斤一褡裢的苞米，总共搞了二十褡裢，约六百斤。就着雪水和马皮，俭省点吃，这也够一师部分官兵吃半个月了。现在的问题是，柞树峡是通向抗联主力部队的唯一路口，詹江敏要不要率队冲过去？如果冲过去，就可以找到主力部队，那就不是挽救自己的问题，而是挽救了主力部队。如果不冲过去，那就原地休息，坐吃山空，把搞来的粮食吃光再做图谋。

这是一个不用多想的问题。詹江敏肯定选择前者。

那么，如何冲过去？

战士们已经又冻又乏，体力不支，每个人身上连褡裢带枪支等辎重，负重近五十斤；再说日军人数众多，武器精良，这仗怎么打？

这时候，有人跟詹江敏提起了王往多。

詹江敏受阻的地方离高皮村不过四里路。詹江敏决定前去招编王往多。

见了面，说明情况，王往多哈哈大笑。

王往多拿着马鞭指着詹江敏："你一个区区连长，我一个堂堂营长，你如何招编得了我？军伦不通。"王往多所说的"军伦不通"，就是不通军事伦理，不通军事常识的意思。

詹江敏说："我们是抗联部队，受共产党领导的。"

王往多说："党领不领导你，我不知道；反正我知道，你领导不了我。"

谈话将近一个小时，毫无转机。詹江敏只好说："那能不能将你的部队借我一用？"

王往多未置可否。过了一会儿，他话题一转，突然问："我听说上磨村老胡头的独生闺女腊水在你队伍上是吧？"

詹江敏说："那又怎样？"

王往多说："这样吧，你若想让我永久归顺你，须让腊水永久归顺我；你若想借我一用，须让我先借她一用。"

王往多说完就转身去了。一阵风刺过来，他还不由得打了一个喷嚏。

腊水全名胡腊水，刚满二十一岁，现在詹江敏连队做卫生员。当年她的母亲被日本人杀害了，她一个人偷偷跑出来参加抗联。这一次下山找粮，她主动请缨，一是她熟悉地形，二是提供粮食的接头人是她的一个远房舅舅，这样做起事来会免却许多节外生枝。只是眼下，詹江敏万没想到王往多会提出这么一个条件。胡腊水姿容清丽，这是远近闻名的。

就像詹江敏决定冲过柞树峡还是不冲过柞树峡这个问题不用多想一样——王往多提出的问题，也是一个容不得詹江敏多想的问题（即便如此，他还是沉思了短短一会儿）。詹江敏对王往多说："王营长，据我所知，胡腊水已经心有所系，她是否愿意一生归附于你，我做不了主。但是让她陪一陪你，我想问题不大。"

王往多听完就哈哈大笑。

詹江敏也哈哈大笑。

"一言为定？"

"一言为定！"

那场战斗打得极其惨烈。是夜袭战。我无力详述战斗的整个过程，只知道一点，它的发生和结束最终改变了一个地名，"柞树峡"从此在辽东更名"无人峡"。

日军一个中队四十多人遭到全歼。辽东自卫营五十多人还剩下一半，由王往多匆促之下带回高皮村了。詹江敏所率连队二十多人，只剩下九个人，牵到日本中队三匹战马，将粮食运回抗联第一师。

回去后，詹江敏立即面对严厉的军法惩处。

是手下有的战士告发了詹江敏。罪名是轮奸妇女。

也就是说，詹江敏指使胡腊水到王往多那里并遭到对方凌辱后，回到营地，詹江敏竟再一次占有了她。

詹江敏对告发事实供认不讳，但同时做了自我申辩。抗联第一军第一师党委认为，詹江敏申辩无效。

如果仅仅将胡腊水指派到王往多那里并导致失身，詹江敏也许罪不足死；但是，接下来他所做的事情，属于奸污妇女，并带有轮奸性质，按抗联军纪，立即枪决。

詹江敏死的时候，年仅二十八岁。

詹江敏生前申辩的是，由于做了大量的思想工作，并取得了一定的谅解，胡腊水深明大义，同意去王往多那里，但是回来后，她又深感后悔和委屈，独自躲在无人处抽泣。詹江敏只得再次前去安慰。但那时候，胡腊水一头扑在他怀里，死死搂住他不放了。詹江敏倾力呵护爱抚，两人相缠相绵，情到深处，不知怎么就做了那事。

詹江敏很想看到胡腊水在面前，亲自为他申辩。遗憾的是，在柞树峡那场战斗中，胡腊水同其他战士一起壮烈牺牲了。

事实上，抗联一师极少有人知道，胡腊水是詹江敏的恋人。两人暗地里保持恋爱关系，已经两年多了。

刘寄奴

这个故事，是我六年前下乡采风，听一位八十多岁的老抗联战士对我亲口讲述的。

他叫栾青风，当年在抗联一师做通讯员。

据他回忆，当年杨靖宇将军不久知道了这件事，他一直准备找机会为詹江敏平反，但是不料一年多之后，杨靖宇将军也以身殉国了。

我曾查阅过詹江敏此前的有关资料，很简单，只说他是辽宁省宽甸县人，毕业于东北陆军北大营军官训练班，因与教官政见不合而被开除，后参加抗联。喜读书，崇英雄，曾作有诗句以自勉：读书但读稼轩书，做人当做刘寄奴。

我曾把本文讲的这个故事写成文史资料，寄给辽宁省宽甸县政协文史委员会主任宋占方先生那里，做历史汇编与留存。宋占方先生认为它作为文史资料，在形式和体例上不够规范，嘱我认真改正。我是一个懒惰而惮烦的人，心想，那又何妨把这篇文章冠以别名，作为小说而另寄出去呢？

感谢宋先生并请他见谅。

回头看来，这篇叫作小说的东西写得确实漫漶无边，支离破碎，甚至不知所云。是的，我不太会讲故事或是写小说，但我说过了，我只保证它是一个真实的故事。

一般来讲，写文章需要首尾照应，我开头和题目叫"刘寄奴"，后面明显跑题了，那么，就再加上这么一句吧：

刘寄奴每逢夏天花期来到，开白色小花，远望如绿色草丛中覆盖一层厚厚的白雪。因此，除了它的众多别名之外，它还有一个名字，叫"六月雪"。

弥　漫

一

丁文森下班回到家，脱去他的羽绒服。外面走到半路上下了点小雪，这时竟然化了。奇怪，雪花落在身上并不觉得沉，现在一变成水就仿佛增加了重量，可东西还是那些东西呀。丁文森拎起他那件加重了分量的羽绒服，把它挂到卧室门边的衣帽架上，这时，妻子毛军对他说：

"刚才咱家来了个人。"

毛军说到这里就停住了，欲言又止的样子。丁文森不知道毛军是什么意思，但人们通常说"一个人"，往往指的是男人，不会是女人。如果是女人，往往需要格外费力地指出来。比如报纸上公布代表名单，女人一定要在后面加括号注明：女。还有少数民族，也是如此。把女人这样单独注明起来，真不知是格外尊重还是格外歧视，或者，她们就是属于另一个族别吧？

丁文森想了一下，问："谁？"

"不认识，"毛军说，"他说他明天还来。"

"他干什么呢？"

"他说让你以后做事小心点。"

丁文森看了毛军一眼，他看不出她的眼睛里有什么温暖的色彩，也就是说，眼仁和眼膜黑白分明，那是很年轻的一双眼睛。丁文森走进饭厅，把灯打开，他才看见饭菜已经被毛军留好在桌子上，只等他一个人吃了。这倒并不怪他这一阵子单位忙，每天回家很晚，而是因为毛军又围绕想同他离婚的事与他冷战，吃饭都不同时坐桌，不过看在暂时夫妻的分上，不让他饿着罢了。

丁文森这时才想起穗穗。他问毛军："穗穗呢？"

"她睡着了。"毛军说，"下午有一阵发烧，吃了点儿药好了，刚才还在玩拼图板，现在睡着了。"

穗穗是丁文森和毛军的女儿，九岁了。这倒并不是说丁文森和毛军的婚龄超过十年，而是八年半。他们在穗穗长在毛军肚子里快五个月了才结婚。也就是说，他们有过婚前性行为，而且不是一般的婚前性行为。毛军那时候年纪比现在更小，她一阵热衷黑色的衣服，一阵又热衷白色的衣服；一阵喜欢很浓的卡布其诺咖啡，一阵又喜欢喝很寡淡无味的白开水；一阵对激烈血腥的枪战片感兴趣，一阵又对宁静深沉的基督教感觉好奇……她喜欢的似乎永远是事物的两极，矛盾体，正反面，而不是其他。这让丁文森有时候感到世界经常是摇摆的。

穗穗长到四岁时，丁文森和毛军才发现她的智力有问题，属于残智儿童。她没事时嘴里总是认真地喊丁文森"爸爸"，如果问她干什么，她就不作声了。丁文森曾教她简单的数学运算，一颗糖果，再加一颗糖果，她知道等于二。但是丁文森从两颗糖果中取走一颗，问她还剩多少时，穗穗就大哭起来，认为他拿走了她的糖果。

丁文森曾考虑和毛军再生一个孩子，虽然在经济上对他是个压力，然而，更大的压力在于，还没等他劝说毛军与他达成共识，毛军已经出现了婚外情。丁文森见过那个男的几次，不见也不行，因为他是本埠医院的儿科大夫，丁文森经常为女儿发烧感冒的事去找他。丁文森不去找他，毛军也得去找他，这是没办法的事情。

那个男的姓黄，离异，大家都叫他黄医生。他本人不是很认同人家这么叫他，但是正像丁文森因女儿发烧感冒而不得不亲自去跟他接触一样，他也对此毫无良策。他现在不是儿科的主任，否则黄主任会比黄医生好听一些。他的职称是主治医师，可现实中没有人直呼他黄医师。那样听起来不像是搞医术倒像是搞巫术的。

丁文森承认自己没能很好地把握住自己。也就是说，几乎在毛军出轨的一周后，他也与一个女人有了那种关系。其实，他和那个叫贺茗晨的女人很早就认识了，甚至可能在毛军与黄医生之前。只不过，他们的关系一直没能得到实质性的进展，不是得不到，而是不想得。他有顾虑。丁文森不是那种玩世不恭的男人，他骨子里很有一种为人处世慷慨赴义的劲道。与社会上流行的两性之间"开始于床上，结束于床上"的情感相比，他是反其道而行之，只要上了床，这个女人就成为他生命中的一部分了，他要为此负责。所谓负责倒并不是意味他要娶她，而是在情感的连续性和有效性上有所准备。也就是说，比如碰上他为妻子毛军过生日的时候，贺茗晨打来电话要他陪她去喝咖啡，他能不能陪她？如果不能陪，他将怎样另找时间前去弥补？要命的是，贺茗晨恰恰不这样想。贺茗晨觉得，你只有陪好了自己的妻子，才有放松的心情来陪自己呀，否则心情郁闷，提心吊胆，大家都玩不痛快。人生不就图个快乐嘛。贺茗晨越这样开导丁文森，丁文森越想不开，他觉得她是在掩饰自己，为了不让他难过。也就是说，她大约是爱他的，由此，他也只好爱她，并且不碰她，好为她负责。两个人的心思完全想拧了，却拧在一起，似乎反倒分不开。

贺茗晨最终把丁文森弄到床上，她连一点思想准备都没有。那天上午丁文森喝了酒，神情很靡顿的样子，怎么看都不像一个会有兴致做爱的人。而贺茗晨呢，此时也不想要，因为她早晨刚被自己丈夫折腾了一次。丁文森的酒气很大，贺茗晨只是又不满又疼惜地凑近他脸前说："嘴里的味儿好难闻啊。"丁文森就一下子扑上去了，把贺茗晨的后脑勺撞在床头上碰得很痛。贺茗晨的意识为此空白了一次。不过，躺在床上二十分钟后，她的意识又空白了第二次。

后来贺茗晨才知道，原来丁文森的妻子不久前出轨了。

当然，丁文森的妻子毛军不久也知道了丁文森的事情。两个人都没有什么好瞒的。丁文森甚至是故意让她知道。他对毛军放任自流，以表示他并不在乎她，殊不知时间久了，竟然就真的对她有点麻木，这正如"谎言说上一千遍会变成真理"一样。而毛军呢，对他倒是实心实意的不理睬，他这样，有点正中她下怀的意思。现在问题出来了，因为毛军吵着要离婚，丁文森不同意，法院做调解，争议出现在谁是过错方的问题上，而这又直接牵涉到调解无效时的离婚财产分割上。若说按感情出轨吧，可能是丁文森时间在前；若说按身体出轨吧，可能是毛军时间在前。毛军指责丁文森说，是你先出现了问题，你是过错方。丁文森指责毛军说，我只是动动想法而已，无伤大雅，要讲来真的，还是你的时间在前。毛军反驳说，我那是身在曹营心在汉哪，和你相比，哀莫大于心死，感情发生转移才属罪大莫及。

两个人就这么争讲着，谁也战胜不了谁。自然，婚姻就像两头怪兽朝不同方向拽动的一辆破车，要么怪兽筋疲力尽，要么破车终会散架。

眼下，丁文森边一个人吃饭，边想毛军刚给他说过的那个事情。实际上，丁文森两天前曾接到过一个匿名电话，那个人说的是同样的事情：让他做事小心点。丁文森追问为什么，那个人没说，倒是反问一句：你说为什么？

二

丁文森第二天下午下班同样晚了点儿。年末单位事多，除了向上级汇报各种数据、资料、接受检查之外，还要筹备几个会议。同时，他所在的化工检验所的化验室，因为另一个同事老邓得了肺癌，在家治病，所有的工作只好由他一个人干了。丁文森有时候觉得一个人陷在一生的工作里，犹如一只蚂蚁彳于于无边的沙漠中，焦渴而无望。他感觉不到一丝一毫有意义的事情在带动他，更不要说在吸引他。他读到过几十年前某一部书上写到的话："工作着是美丽的"，现在，他只要一想起工作就是为了养家，为了自己不被饿毙，就觉得浑身无力，恰如两天没吃饭一样。

走在大街上，丁文森稍微有点神思恍惚。他上班的单位其实离家很远，不过自从与毛军冷战以来，他就宁愿这么步行。这也就意味着，他愿意早离家和晚归家。

穿过一个闹市区，丁文森正极力摆脱路两边摊床上的香酥鸡、猪头肉、拌牛柳等浓厚气味所勾动的食欲，踽踽独行时，斜刺里一个身影拦住了他。他定睛一看，原来是他小舅子毛菊。他的这个小舅子，身材矮瘦，为人乖戾，别看比起他一米七六的个子矮了半个头，打起架来却是一把好手，这还是丁文森跟他姐姐毛军谈恋爱时就领教了的。那时候，他经常跟一些女孩子厮混，几乎隔一周就换一个女友。他要是对哪个男青年看不顺眼或是有谁胆敢同他争风吃醋，他是连半天也不会耽搁就带领一帮人把对方大打一通。平日里，丁文森不愿意见他，要是逢年过节全家人团聚在毛军父母家里，那是不见也得见的，只是心上嘀咕毛军父母怎么生出这么一个儿子。再有，他们把毛军起了个男人的名字，却把儿子起了个女人的名字，真不知是怎么搞的。丁文森知道毛菊结婚后的禀性并没有改变多少，听说甚至还偶尔吸毒。他有时候也跟自己的朋友或同事交流起对小舅子的看法，得出的结论竟然惊人的一致，那就是，大家彼此的小舅子几乎全都是蛮不讲理、飞扬跋扈的主儿。看来，这种现象很值得研究一下，归纳出一种"小舅子"文化也未尝不可。

毛菊喊："姐夫，你才下班？"

丁文森说："是啊。"

毛菊说的第二句话就是："姐夫，你不要对我姐姐不好。"

丁文森从毛菊身上嗅到一股酒气。丁文森随口说："没有啊，她这工夫还在家里给我做饭呢。"

丁文森的意思是说，我对你姐姐挺好的，不然她能为我做饭吗？再说，这是我们俩之间的事情——丁文森这个想法还不待延续，就感觉脖子下的衣领被人狠狠地揪住了，毛菊在他眼前摇晃着说："你应该给她做饭，明白吗？你应该为我姐姐做一顿饭！"

丁文森虽然身处的是闹市的边缘，又是傍晚，可是下班的人毕竟不少，又有往来汽车灯光扫射，他一个有组织关系的大男人被一个无业游民揪着，终是不雅。一急之下，他也一把抓住毛菊的衣领，让毛菊放开他。毛菊想都没想，松开了手，但是随即两手一捋，攥到了丁文森拽他衣领的腕子处，向下一扳，丁文森立刻疼得"呀"了一声。他只好用另一只拳头砸向毛菊。

两个人当街打了起来。丁文森边打边想，前几天因为一点琐事，他气得动手打过毛军一次，这事一定是让毛菊知道了，才来显示他毛家人的霸气。两个人打得都很大方，都有些想教训对方的意思，却一时半会儿争不出高下。道路很快被堵塞了，汽车不停地按喇叭，却没有一个人下来拉架。毛菊好几次想把丁文森扭翻在地，怎奈丁文森好歹高出他半个头，又因打架这事是最消耗体力的，只几分钟两个人就疲惫不堪，没多少力气了。毛菊最后只好狠狠地住手，指着丁文森说："我今天不是喝多了酒，管保叫你趴下当车轱辘。"

丁文森说："我和你姐姐的事，你以后少管。"

说完丁文森就走了。围观的人有听出这是姐夫和小舅子打起来的，就嘿嘿笑。毛菊立刻指了那些人说："哪个再笑的？"大家只好噤了声。丁文森自感丢不起人，也没管毛菊是否和那些人继续纠缠，只顾走自己的。

回到家，坐下来吃饭，穗穗跑过来，看他一眼，然后跑远，最后又跑过来，说："爸爸的脸怎么了？"

丁文森只觉得腕子没力气，握筷子手都抖。被穗穗一说，他凑到镜子前看，原来额角被毛菊打出个青包。毛军这时也从她的卧室走出来，看见丁文森的脸说："怎么啦？"

毛军和丁文森好长时间就分卧室睡了，这时她走到客厅，不知怎么竟给丁文森一种处在候车室之感。丁文森咕哝一句："没什么。"他想他那个该死的小舅子也未必没吃亏，又补充一句："走路，两个人不小心撞到一块了。"

"撞到一块能撞得这么凶。"毛军说，她还没明白是怎么回事，走上前要为丁文森抚摸额头。他们姐弟俩的动作姿势太相像了，丁文森感觉毛菊穿着他姐姐的衣服又向他伸出拳头，他赶紧用胳膊挡了一下，说："没事没事。"

穗穗对着电视里的一个镜头在挤眉弄眼地笑。这是她从没有过的表情，丁文森不知道她从电视里得到了什么样的交流。他顺便瞥了一眼，原来电视上正在采访一个同样是举止可笑的弱智儿童，丁文森的心情立刻沉重起来。

晚上睡觉的时候，丁文森想和毛军亲热一下。他们还没有正式办离婚手续，也就是说，毛军还承担着相应的义务。丁文森不知道该怎样把毛军哄到他的卧室，因为毛军佯作不知，推说穗穗这一阵子睡觉总做噩梦，她要陪着她。丁文森躺在自己床上，虽然有些困乏，却还不肯睡去。毛军正在那边给穗穗讲童话故事，一般来说，这就是穗穗将要入睡的前兆。丁文森替毛军在想，如果今晚自己没做出那个亲热的暗示倒也罢了，既然做了就要等到底，万一毛军被他挑起念头，等孩子入睡后发现丈夫也入睡了，岂不要恼羞成怒。女人啊，就是那么一点窗户纸样抵挡的本事。

丁文森还是睡着了。他太乏了。也许是和毛菊打架累的。过了约半小时，他一下子醒了，看见毛军卧室灯黑着，一点声音没有，估计两人也已经睡了。丁文森精神抖擞起来，他蹑手蹑脚走到客厅，小声喊了毛军两下，没有回应，他只好说了一句："哎，你看这是什么？"

毛军走出来，问："什么啊？"她原来也是太困乏了，没来得及脱去外衣就陪着穗穗睡着了。丁文森说："叫你过来嘛。"

毛军只好走过来，很强打精神的样子。丁文森将门关上，抱住毛军，毛军用力挣脱了。丁文森再抱，毛军气得踢了他一脚。丁文森干脆动起和她弟弟打架的本事，跟她扭在床上，毛军宁死不从，把他的手背都抓了一道印子。丁文森这才知道毛军是真的不想和他发生什么关系，看来她的眼睛里真的只有黄医生。丁文森想到这里，手下再一用力，只听哧的一声，毛军的衣服领子不小心被撕碎了。

毛军生气地说："给我赔吧。"

丁文森自知理亏，问了一句："多少钱？"

毛军说："发票还留在那里呢，二百三十八块。"

丁文森想了想，真的就去衣兜里翻出二百多块钱，递给了毛军。毛军看了一眼，伸手接过了。这也难怪，他们两个人的钱早就分开算了，虽然住在一起，生活开销却全都是AA制，丁文森弄坏了人家的衣服，自然要付出赔偿。

而毛军接下来也反思了一下自己尚未解除的义务。尽管不愿，她也只好去做，生活提供给人的道理如此简单。

毛军临要回到自己卧室之前，猛然想起了什么，尽管她也觉得这句话是非常不合时宜，却也不容含糊：

"那个人傍晚之前又来了，他说一直找你。他要你做事小心些。"

丁文森手里正提着自己的那条短裤。他不知道自己要做什么。

三

丁文森决定要搞清楚，那个人究竟是谁，他到底要干什么。

一连三天，丁文森下班有悖常态，早早回到家中。既然那个人喜欢找上门来，也就是说，情知躲不过，他也就乐于居家迎候。奇怪的是，这三天风平浪静，车马无喧，连个邻居都不曾打扰。

丁文森所在的楼是一处独楼。所谓独楼，当然不是说丁文森自己独住一座楼，而是那座拥有几十户居民的楼是一座独楼，未形成群体建筑的小区化管理。丁文森和毛军的单位都是事业单位，工资可保，但分不起房，这还是丁文森他们单位附近的一个部门，自己集资盖家属楼，临了有一个职工工作调到外地，又偏巧与丁文森的一个亲戚是老同学，才将这个房子转手卖给他的。就是这样，也比市面上的商品房便宜许多。一转眼，丁文森在这座房子里已经住了六七年了。

丁文森住在这座楼里不仅独，而且孤。那些住户都是别的单位的，人家是一个系统或整体，只有他们一家三口跟人家素不相识，遗世索寞之感可想而知。丁文森以前想，毛军是个孝顺女儿，一直想要赡养老人，他们俩曾打算将来卖掉这座楼房，搬到老人那边同住，彼此也有个照应，因为老人那边也非常寂寞。现在看来，事情已不可行，按毛军离婚申请上的意思，她要独占这座房子。

丁文森眼下思考的问题是，他住在这座独楼里，一般人根本不知道。别说是彼此陌路的生人，就是他单位的领导、同事，包括寻常的一些亲戚，也根本不知道他住在这里。丁文森在单位里只是一个小小的化验员，没有人给他送礼，也没有人打他溜须，自然无人登门造访。他的朋友也不多，亲戚也不热，即便是碰上实在挨不过去的事情到他家里来，下次也都忘记了地形和位置，何况这样的事情在丁文森的生活中一年顶多只碰上一次。那么，丁文森想，那个陌生人究竟是谁，他怎么知道自己住在这儿呢？

据毛军帮他推测，可能是他被跟踪的结果。这话初听有道理，可是一秒钟后便值不起推敲。既然跟踪了，就说明对方眼里一直出现丁文森这个人，那怎么不当面跟他说，还要回回扑空呢？尤其是又过了两天，丁文森吃完晚饭出去散步，等他再回家时，毛军又一次告诉他：那个人又来过了。

他到底要干什么？！丁文森忍不住大声喝问，仿佛会把那个已经走掉的人从看不见的地方重新喊回来似的。

毛军也无所适从地摇了摇头。人类的表情有一个特点，就是一个人展露一种表情时，总会给另一个人带来之外的感受。毛军在展示她的无所适从时，丁文森突然感到这种无所适从等同于一种遥远！丁文森想，怎么偏偏这几次他不在家，那个人才来找他，又偏偏都由毛军告诉他。丁文森想求证于同时在家的穗穗，问问她是怎么回事，然而，这又怎么可能呢？穗穗说什么都是不能被当真的啊……

丁文森凭直觉认为这几天原来是毛军在威胁他。前思后想，他并没有得罪过什么人，也没有做错过什么事，唯一的难解之结，就是他和毛军行将离婚的财产分割问题。他知道毛军为了钱，什么事情都做得出来。

丁文森记得以前经常看过这样的电视新闻，某个妻子给丈夫买了保险，后来谋杀了丈夫，骗取保险赔偿金。联想起近日的种种表象，包括那天毛菊半路拦他打架，丁文森越发相信这是毛军、毛军的弟弟、甚至还有毛军的情人黄医生合起伙来威胁他，逼他让步。

不过，实在来说，毛军威胁是威胁，还不至于真的杀他。

这么一想，丁文森也就轻松了。

丁文森轻松了就可以去找情人贺茗晨见面。贺茗晨给他打过许多次电话了，前一阵子都被他推托。他觉得一个女人如果不爱他那挺可怕，但一个女人爱上他那同样可怕。贺茗晨在一家公立的幼儿园做幼儿教师，长相可以，体形更可以。曾有许多家长（当然是做父亲的）借教育孩子的机会频繁跟贺茗晨接触，都被贺茗晨以公事公办的态度打发掉了。时间长了，围绕她产生的流言蜚语自然很多，但她却并不在乎。丁文森弄不懂贺茗晨为什么会喜欢自己，因为自己实在是一个太普通的人。丁文森认定贺茗晨喜欢自己的理由如下：贺茗晨约他出来的时候，他偶尔会拒绝；可他约贺茗晨出来的时候，她从来就没拒绝。

但这一次，贺茗晨在电话中说：不行。

为什么？丁文森问。

贺茗晨在电话中说，瑞士刚刚搞了一个全国比赛，看谁把手机扔得更远，主办方就奖给谁一只新的手机，你说可笑不可笑。

丁文森不知道这句话里有什么含义，他问，你说什么？

贺茗晨说，南斯拉夫新改的国名你知道吗？它们不到一百年改了七次国名。一位五十多岁的当地人自我解嘲说，他出生在南斯拉夫联邦人民共和国，他的儿子出生在南斯拉夫社会主义联邦共和国，他的大孙子出生在南斯拉夫联盟共和国，现在小孙子要出生在"塞尔维亚和黑山"了。嘻嘻嘻嘻……

丁文森说，小贺你到底怎么了？

贺茗晨把电话撂了。

这是个星期天，丁文森心情有点郁闷。一般来讲，每逢星期天，他们两个人都要去郊外的植物园约会的。那里有山，有水，有几十家餐饮娱乐场，他们最喜欢去的一家叫"渔夫广场"。说是"广场"，其实就是一排排单独毗连的屋子，可以烤鱼。而且，屋子有炕，不是电热板，是那种木火烧起的热炕，人坐在炕上，很舒服。尤其对男人来说，有了那种热，会格外气升丹田，血脉贲张……

丁文森觉得回到家里也没什么意思。毛军一定又把穗穗送到娘家了，她去跟那个什么黄医生会面。想起黄医生……丁文森呸了一下，他决定自己去喝酒。当然不会去"渔夫广场"。

丁文森独自把酒喝到一半的时候，接到贺茗晨打来的电话。他这时想她的愿望已经不是太强了，因此就不太想理她。出于关心，他还是问了对方一句刚才怎么了？

我丈夫当时在身边，我不便说话。贺茗晨说。

哦。

我只好装作是学生打来的电话，跟你开一开玩笑。

丁文森没说什么。他知道她的丈夫大刘，据说是一个痞子。

喂，你听到吗？

听到。丁文森嚼着花生米。

我们以后可能要注意了，不会很容易见面。

为什么？

他好像知道了我们俩的事，昨天他还扬言，谁跟我有事，他就要杀了谁。

丁文森左右看了看。酒馆里冷清得很。

你出来吗？丁文森问。

当然不会。

那你打什么电话？

是让你以后……小心一点儿！贺茗晨说完就把电话撂了。

丁文森自己摸了一把脸，又看了看摸脸的那只手掌。他现在有点儿弄明白了，连日来威胁他的那个人，到底是谁。说到底，妻子毛军虽然正跟他闹离婚，但还不至于连他的生命也要夺去。那样对她也没什么好处。贺茗晨的丈夫就不一样了，甚至连贺茗晨是怎样想的他都搞不清楚，毕竟人家两口子是法定夫妻，也许，她丈夫知道的消息正是她告诉的呢。丁文森又记起以前看过的一个新闻，情妇打电话告诉情夫，她丈夫要杀他，情夫说，我不怕。情妇过几天又打电话说丈夫要杀他，情夫还说我不怕。等到第三次打完电话的时候，她丈夫果然去把他杀了。后来电视一采访，得知情妇打电话的时候，她丈夫就在旁边，而且是她丈夫让她打的。情夫再三说不怕，她丈夫只好把他杀了，因为丈夫感觉太没面子了。那个冤死鬼呢，他屈就屈在根本不知道情妇的丈夫就在旁边，还以为情妇偷偷给他打的电话呢，他当然只能说不怕了……丁文森眼下想，刚才贺茗晨给他打电话，她丈夫大刘会不会在旁边呢？听口气不像。那么下一次呢？下一次会不会？这有点儿不好说。下一次，丁文森想，我应该说，好，我听你的，我会注意。

丁文森是这么想的，也是这么做的。接下来好几天，他都没有搭理贺茗晨。不完全是怕，而是不想主动找麻烦。人家已经说了嘛，让他以后小心点儿，这话虽然不是亲自从大刘而是从贺茗晨嘴里说的，但那也未必不代表贺茗晨的意思——或许贺茗晨是另有新欢却又怕他继续纠缠——所以打出她丈夫的名头。也正好，丁文森近日为全市化肥生产的质量检验工作忙得不可开交，一切除工作之外的事情都没有心思打理。他现在很想念同室的老邓，当然他不可能来上班了，听说他的肺癌越来越重。那么，今年能新分配来一个大学生就更好，或者，还有更好的美梦，那就是自己能换个工作乃至晋升。

丁文森这一天进到楼道内已经是暮霭沉沉了。刚才打扫卫生的老头冲他打了一个招呼，问他吃了吗，他才又感觉自己下班太晚了。这个念头存在于他的脑海里没多久，他已经慢吞吞来到了二楼。他家在二楼。他按了一下走廊里的老式电灯开关，正要掏出钥匙开门，一个人从身后站过来，问：

"你叫丁文森吗？"

丁文森回过头看了那个人一眼，是个男人，三十多岁，个子同自己差不多，穿着一件布面的羽绒服，目光阴鸷，眼角有一道伤疤。丁文森马上意识到什么，他说："是。你有什么事？"

"我们来找你好几次了。"

丁文森不知道他为什么说"我们"。走廊里很静，丁文森不相信旁边还埋伏其他人。他暗暗把钥匙揣回兜里，回身面对着那个羽绒服男人。

羽绒服男人说："你是不是记得有一次，几个人一起敲过你家的门向你问路？"

丁文森一下子想起来了，那还是在毛军第一次告诉他有人找他之前。那一天，他一个人正在家里拖地，有三四个装扮不一的男人敲门，问一个叫王栋的人是不是在这里住？丁文森当时把门开开，有点不耐烦地说，不认识，你们敲错了。

"现在告诉你，那些人就是我们，其中有我一个。我们来确认你的住址和长相。"

"你们要干什么？"丁文森又问。这时候，丁文森的房门突然开了，原来是屋里的毛军听见走廊有说话声，就好奇地推门看。她看见丁文森领一个男人站在那里，却看不清那个男人是谁，因为这时走廊灯突然自动灭掉了，她以为是他的同事。毛军将两只手在围裙上蹭了蹭，丁文森立刻闻到一股馒头的气味。毛军说："站在门口干吗？进来吧。"

丁文森说："不用。"

"进来吧。"毛军说。

丁文森把门连同毛军用力推回去了。他想，这个男人是因为贺茗晨的事情来的，进了屋说出话那算个什么事。因为走廊暗着，他就又把灯的开关打开。

与此同时，丁文森的房门又开了。穗穗用力地端着一盘苹果，探头探脑地对羽绒服男人说："叔叔，进来坐吧，给你吃苹果。"

丁文森再一次把门关上。停了一会儿，他不知怎么心里涌上一股酸楚。他问面前的那个人："你叫什么？"

"叫我雷子好了。"羽绒服男人说。

"你们到底要干什么？"

灯又灭了，这回是雷子走过去把灯光揿亮。"就是要最后一次告诉你，"雷子的话竟让丁文森大感意外，"南联农资公司的那批化肥，你不要找什么毛病！"

丁文森想了一下。春耕在即了，当地企业的化肥生产已如火如荼，全面铺展。按照国家规定，化肥质量需当地有关部门严格检测，不允许劣质化肥卖到农民手中。丁文森所在的化工检验所，已经采集到全市所有的农资公司生产的化肥和农药样品，正按序在他的化验室进行检验。南联农资公司生产的一部分化肥，已严重过期。国家规定农药有效期两年，可他们只是更换了包装敷衍了事。

丁文森没说什么。知道了陌生人不是为贺茗晨丈夫的事而来，他稍微有一点轻松。然而，也多了另一些沉重。

"你刚才回家的时候，应该看到楼下停了一台黑色轿车，那里面全是我们的人。"

这个丁文森倒没有注意到。也许它没有眼前的重要。

"你如果不听话的话，就会给你颜色看！"

"是南联公司叫你们来的吗？"丁文森问。

"这个我们不知道，反正有人安排我们这样做。"

雷子说完，灯又灭了。丁文森听到短时间就远去了的脚步声。

四

早晨一上班，丁文森照例走进他的化验室。那是一间仓库式的办公室，到处堆满了电脑、仪器、试管等玻璃器皿。此外，就是规格不一、形态各异的密密麻麻包装好了的化肥和农药产品。它们作为抽样产品来自全市。丁文森有时候觉得自己是一个坐镇指挥的将军，他指挥着全市所有农耕土地的施肥、生产，让无数农民为此忙碌，有时候他又悲哀地觉得，自己的一生就是混在这些农药堆里，他也变成了一种一次使用掉的农药，毫无特点，任人挥洒，苦不堪言……此时，化验室内正弥漫着刺鼻的农药气味，丁文森不知怎么一下子想起了老邓。老邓在这里干了半辈子啦，成天泡在这种气味里，保不准他的肺癌就是与此有关……

上午，丁文森再一次仔细地察验了南联农资公司的那批化肥样品，事实表明，这些化肥的有效成分每千克不足百分之三十，已严重过期，按有关规定，要立即封存。至于罚款，因为尚未销售流通，不构成违法所得，可以暂不考虑。

丁文森中间接了两个电话，被告知事情。一个是朋友的弟弟结婚，另一个是同学的父亲病故。丁文森想了一下，分别打了电话请人捎去礼金。这种红白两事同在一天的活动，丁文森以前也遇到过，他基本是不去的。一个人在一天里心情得到两次极端转换，这让他感觉一生仿佛在一天里过完。

快到中午的时候，所长让他把今天的化验结果报给他。丁文森如实地把南联农资公司那些过期化肥的化验单打印下来，签上姓名，交到所长手里。所长看了一下，问："南联公司的过期化肥总共有多少？"

"据检查应该有七十多吨吧。"丁文森说。

"这么多？"所长吃了一惊。

"嗯。"丁文森仓促地点一下头，他也觉得这不是个小数目。

"好，"所长说，"我明白了，这个事情我们要按规定办。"

丁文森走出房间。从这个时间直到下午六点二十分，丁文森没有觉得有什么不妥。下午六点，他准时走出检验所大门；六点零八分，他走在邮政局门前；六点十三分，他经过甘露桥，桥下面有一个卖糖炒栗子的摊位，他想买两斤栗子回去，可不知怎么想想又算了；六点十八分，他拐入宁静路，这条路正像它的路名一样，车辆并不是很多；六点二十分，在一辆大货车呼呼地与丁文森同向驶远之后，一辆黑色的捷达轿车从身后超越丁文森，在他身边停下来。丁文森还没明白怎么回事，车门一开，跳下来三个人，围住丁文森不容分说大打出手。丁文森被打得晕头转向，毫无招架之力，最后不知怎么跌倒在地，后脑勺被狠狠踹了一脚，然后那三个人快速钻入轿车扬长而去。

回到家里，丁文森的手机响了。他放在耳边，一个声音低沉地说："就是让你放明白一些。"

刚才打他的三个人中没有穿羽绒服的那个雷子，但是现在，丁文森听出这是雷子的声音。

"这不关我事！"丁文森把胳膊支在沙发扶手上，他头痛得厉害，全身也难受。

"那就是我们打错了，下次吧，下次重新打一次。"

"我只管化验，处理方案由领导定。"丁文森说的是实话，所以他并不觉得自己说话有小人意味。

"对啊，"雷子在电话里笑了一声，"你们领导确实把这事定下来了，南联公司下午已经接到了处罚通知。但是我要告诉你，我们对处罚通知不感兴趣，我们只关注化验结果。"

丁文森明白了，对方暂时还不想将所长怎样，他们要收拾的是自己。

"因为在这个时候，"雷子忽然又冒出一句，"领导相信的只有你。"

丁文森愣了一下。他感觉雷子一定是话中有话。虽然，他设想以雷子这些人的文化水平，说话并不一定懂得什么叫双关，但还是给了丁文森一个启发。他想，听雷子的意思，自己的领导也未必喜欢自己这样做，但人家毕竟是领导，必有他的聪明之处和做事规则。丁文森这样做，其实也是在难为他的领导，只不过人家不动声色和不好表白罢了。雷子说"领导相信的只有你"，其实不就等于说"领导看这事你该怎么办"嘛。

这样独自一分析，丁文森感觉自己再一次被几个人给包围了。

对方不知什么时候撂了电话。

毛军一直在旁边奇怪地看着丁文森，她隐约从电话里听出了什么。丁文森满身泥巴，脸色苍白，精短的头发上沾有一丝血迹。毛军说："是我说过的那个人干的吧？"

丁文森点了点头，又摇了摇头。

"你这个样子，先别吃饭，赶紧去医院看看。"毛军说，她用手抚了丁文森额头一下。

丁文森说："不用。"

"这个时候，医院可能下班了。我打电话帮你找黄医生吧？请黄医生帮你联系安排一下。"

"我说了不用。"丁文森突然十分生气地说。

毛军只好不再作声。在这短暂的沉默里，丁文森却猛然想到，他确实应该去一个地方，但不是医院。

十五分钟后，丁文森打车来到辖区派出所。在值班室，一位着装严谨的民警接待了他。

丁文森详细讲述了被打经过。那位民警认真地做了笔录。末了，民警问他："你记住那辆车牌号了吗？"

丁文森摇了摇头。

"打你的那三个人，你认识他们吗？"

"不认识。"丁文森接着说，"我只知道此外还有一个他们的同伙。"

"叫什么名字？"

"叫雷子。"

这回是民警摇了摇头。"你这等于没说。"民警说，"你还有别的有价值的信息提供吗？"

"我觉得这件事情背后，有相关的利益集团在操纵，他们在做更加危害社会的事情。"丁文森把他推测的南联公司可能雇用打手的事情，跟民警说了一遍。

"你能断定是他们干的吗？"民警问。

丁文森不知道该怎样回答。他想起他曾问过那个雷子，是不是南联公司叫他们来的，雷子说："不知道。反正有人安排我们这样做！"

民警见丁文森犹豫，又准确地问："你有证据证明是南联公司干的吗？证据？"

丁文森只好摇了摇头。

民警似乎想起了什么，他走到丁文森身边，让他展示他的伤情。丁文森只觉得腿、腰、肩都很痛，可是民警查看了一下，并没有什么伤痕。至于他的头部，民警最后仔细地端详一下，说："不太好办。"

丁文森吓了一跳，以为头部有什么重创，他到此为止都没敢自己摸过一下。他问："怎么了？"

民警将丁文森的头发拨了拨，然后又重新看了一下："你的头皮被擦破了，但是面积只有三平方厘米啊，没事。"

"没事？"

"嗯。按照国家相关规定，头皮擦破超过五平方厘米以上的，才算轻微伤。你这连轻微伤都算不上。"

"这是什么意思？"丁文森恼羞而好奇地问。

"就是说，"民警望了一眼窗外，似乎短暂地走了一下神，然后不急不缓地对丁文森说，"把人打成轻伤，要追究刑事责任，也就是说可以判刑；把人打成轻微伤，这属于治安处罚，不能追究刑事责任。你这连轻微伤都算不上，一般来说不予立案。"

"那什么叫轻伤呢？"

"颅骨骨折、肋骨骨折、鼻骨粉碎性骨折，这些都是。"

丁文森略略吃了一惊。他记得小时候看战斗电影，耳熟能详的一句话叫"轻伤不下火线"，他那时候心里讥笑，以为轻伤不过是一点儿表皮伤，谁又能为此下火线呢？没想到，听民警一讲，连骨头折了都算轻伤，可见当年那些战士们多么勇敢。

"像我头上这样的伤呢？怎样才算轻伤？"丁文森不依不饶地问。

"头皮撕脱伤面积达二十平方厘米。"

丁文森揣想了一下，那差不多是整个脑袋的面积了。他感到一阵眩晕。"这么说，我这是被人家白打了？"

"那倒不是。关键看你能否提供给我们足够的线索和证据。"

"那又怎样？"

"我们就可以找到他们。"

“找到了又怎样？”

“给予口头警告和训导。”民警做了一个结束谈话的姿势。

那还不是等于被白打了。丁文森心里想。

五

丁文森一个人在化验室继续检验南联公司的另一批化肥和农药时，他开始意识到问题的严重性。

那时候，窗户已经是开着的，户外的空气并没使得室内显得多么温暖，因为这是二月，是一个早春。视线里，土地还干涸得发黄，树梢也不见朦胧的绿色，可是在天地之间，在人的鼻息里，隐隐有一种久别的气息，像是跟牛奶或幸福有关的东西，一点点缭绕。丁文森知道，这叫春天。

春天来了，快种地了。丁文森想。可是室内的那些白色的化肥，让他感觉是铺在心头的一片冰雪。经过采用四苯硼酸钠容量测定法，丁文森吃惊地发现，南联公司不仅仅存在化肥过期的问题，他们最新生产的一批农药，竟然属于甲胺磷、磷胺农药和高毒性有机磷农药，而这类农药，国家农业部已于今年元旦开始严格禁止销售和使用。——这可是了不得的大事！作为一个从事农药检验十多年的化验员，丁文森明白，其实早在多年前，国家已明令禁止使用DDT、六六六、除草醚等农药，而像这种甲胺磷、磷胺、高毒性有机磷农药，虽然联合国早就禁止，可中国因为国情原因，放缓期限直到今年才开始禁止。然而，这终归是实质性的进步和转折。它们如果再继续被使用下去，数不尽、望不断的土地会一年年板结、失效，河流会被污染，农药残留物会通过农产品在人体内一代代蓄存，乃至影响生育和成长……

可是眼下，南联公司怎么可以这么干？丁文森在办公室内踱着步子，烦躁地想。原来他们不只化肥过期，原来他们不只化肥过期。看来——一个念头冒出来，雷子这些人之所以曾经殴打了他，并不仅仅是针对化肥过期的事，那里边也在提醒他下一步遇到事情该怎么做。

这一想不要紧，想过之后，丁文森忽然觉得他的难受期已经提前经过，因为他已经被人打过了，现在没什么可怕的。他觉得这有点类似一个叫海明威的外国作家说的："今天死了，明天就不会再死了。"需要在他手里检验的，是一批比上次数量多得多的违禁农药。丁文森知道他该怎么做，那无疑是如实打出化验结果，签上名字再次递交到所长手里……

六

丁文森第二次被打是在一天上午，星期天上午。那完全可称是光天化日之下。阳光很好，空气很好，街道很好，人也很好。丁文森去超市里给穗穗买一盒蛋卷。他最初看到一种包装很精美的蛋卷，职业习惯使他查看日期，蛋卷的外包装印着如下字样："生产日期标于包装背面右上角"，可当他按提示找到那里时，却看到上面印着这样的字样："讲究卫生，用后不乱丢"。

丁文森觉得哭笑不得。这真是一种东方式的虚伪或智慧。

丁文森只好选了另一种叫作"米老头"的蛋卷，虽然它的价钱要贵一点。

走出超市没几步，几个男人就从不同方向悄悄围上来了。丁文森只觉得最先是背后的腰部被人猛踹一脚，他踉跄几步总算没跌倒，但眼看着手里的蛋卷像被磁铁吸走一样飞了出去。接着他就听到噼噼两声，然后两颊一片潮热，他这才反应出被人扇了耳光。他用尽力气想挥舞拳头予以还击，可突然觉得自己就像一支报废的圆规一样，全身手脚被几个人死死架住。

"你就是没玩儿够是吧？"丁文森看见其中一个人掏出一把刀子，在他眼前晃动。那把刀子长长的，尖尖的，在阳光下闪着银光。丁文森觉得目光一阵抽搐。他搞不清，一把刀子，只具有世间最简单的形状，何以生发那么大的威力。这时从超市门口闪出几个超市的保安，他们以为有人哄抢摆在门口的货物，见与他们的判断风马牛不相及，便又重新回到超市里边。说实话，即便是置身光天化日和行人的目光之下，丁文森还是感觉这些人很可能杀了他。这样的事情不是没有，甚至还屡屡发生。

"你们千万不要乱动！"丁文森紧张地说。他自己乱动不了，所以他本能地希望大家都跟他一样。

"知道你做了什么吧？"拿刀子的男人恶狠狠地说，他出其不意，用一只拳头猛地打在了丁文森的太阳穴上，丁文森还不等喘息一口，他的头部就被旁边的几个人给按住了，紧接着，那个拿刀的男人把刀尖抵在他的鼻头上，一点点划动，血瞬时淌了出来。

丁文森压抑地叫起来。他不敢剧烈地喊叫，他怕面部动作幅度太大会促使对方把自己的鼻头割下来。好在对方适时收住了手，他们用刀逼着丁文森，不让他靠近，然后齐刷刷转身跑掉了。

五分钟后，"110"警务车来到了现场，大概是围观行人中的哪一个报了警。警察来到丁文森身边的时候，丁文森正用手帕捂住鼻子，他的那里已经不出血了。那几个歹徒早已跑得无影无踪。警察问询了围观的人有没有认识跑掉的人当中的某个，没有一个人应声。警察只好把丁文森引上警务车，拉上车门，向公安分局驶去。

在公安分局的一间宽敞明亮的办公室里，一胖一瘦两个警察开始了解情况。在正式问话之前，两个警察请一位女警察用乳酸依沙吖啶溶液，也就是黄药水，替丁文森把鼻子上的血清洗干净。丁文森详细讲了一下刚才事件的经过。讲完之后，他停顿一下，他想借此表示他即将要讲的事情的重要性，也就是说，他想就上次被打的事同时向警察托出，但是胖警察的一句问话，使他觉得讲出来也毫无必要。

胖警察问："你认识打你的那几个人吗？"

"不认识。"丁文森说，"不过我知道一个叫雷子的，可他没有出面。"

"叫雷子的全市有两千多个。"瘦警察说。

"他们为什么打你？" 胖警察对瘦警察点了一下头，表示对他同伴的回答有同感，然后他问丁文森。

"南联公司生产的化肥和农药有问题，我是化工检验所的化验员，因为怕我据实暴露情况，所以他们指使人来打我。"

"你这样讲，有证据吗？"

"你们难道不会去调查吗？！"丁文森忍不住悲愤地嚷道。

　　丁文森的话似乎提醒了胖警察，他走到了丁文森面前，低头端详了丁文森的鼻子一会儿，然后掏出香烟，点着吸了一口："告诉你啊，这样的事我们很难去调查。一、你说的那个什么公司生产有问题化肥和农药，这事不归我们管，至于你怀疑他们指使人殴打你，这需要你拿出充分的证据来证明存在这种关系。二、我刚才验了你的伤，根据最高人民法院、检察院、公安部、司法部的《人体伤残鉴定标准》，你的面部划伤长度不足四厘米，所以连轻微伤都够不上，这样的事情根本不可能立案，更谈不上去侦查。"

　　"把我打轻了是吧？"丁文森说，"如果打成轻微伤就好了。"

　　"打成轻微伤也不能判他们刑，如果抓到的话，只能按《治安处罚条例》处理，拘留他们几天，然后罚款——嗯，数目不能超过二百元。"

　　"不超过三百元吧？"瘦警察插话说。

　　"不，二百元。"胖警察说。

　　"就这样？"丁文森问。

　　"就这样。"瘦警察说。

　　"也就是说，"丁文森站了起来，他的腿有一些疼，但是不用看，他知道那肯定是表皮伤，"我现在拿不出证据，但即便拿到了证据，你们抓到了他们，也不能把他们怎么样，是吧？"

　　"我不是一直说这个问题嘛，你看，你把话又给绕回来了。"胖警察多少有些同情丁文森，"我再说一遍，把人打成轻伤乃至重伤的，肯定判刑，噢，我补充一下，这种情况下证据不足的，由公安机关去补充侦查；把人打成轻微伤的，只能拘留和罚款；连轻微伤也算不上的，那就——那就——"

"那就白打了。"丁文森拉开分局的玻璃门，他要走了。

两个警察什么也说不出来。

"这是谁规定的？"丁文森又探回头问了一句。

"《刑法》。"瘦警察和胖警察几乎同时说道。

七

丁文森接到电话时并不感到十分意外。他知道迟早会接到电话。只不过，事情已经过去三天了。电话仍是雷子打的，打在他的手机上。雷子的声音似乎显得极度烦躁，他说："哥们儿，事情要完了。我们的老板对我们很不满意，南联公司第二批农药的处理结果这几天就会下达，如果是不好的消息，你恐怕就死定了，最次也是废掉了，绝不会是前两次那样的下场。你记着！"

电话撂了之后，丁文森按照来电号码查询了一下，知道那是一个街头公用电话。

丁文森不知道接下来该做什么。他什么都不想做。贺茗晨这些天打了几次电话约他，都被他推辞了。他现在有点儿后悔当初对待南联公司化肥和农药的态度，可是，那不光是他的工作职责，那更牵涉到无数土地污染和人的身体健康呀。何况，他的自尊心也摆在那儿，再怎么也不能让别人一扳就倒。他觉得值。只不过这种值，换不来什么价，因为他感觉没有一个人肯帮他，或理解他。他也不知道该求助于谁。他现在有点明白，像雷子这些人，其实是很熟悉法律的，否则不会在法律量化的范围内精确地行使他们的动作。同时，他们也熟悉四两拨千斤的道理，以看起来最小的物理打击引发最大的心理后果。而心理决定行为，由此逼使他就范。不是吗？丁文森想，就凭他们在大街之上人群之中扇过他两个耳光，虽然够不上轻微伤，但失去的尊严简直不亚于受了重伤，法律难道只能可笑地对他们予以批评和劝导吗——那不如说是更加鼓励了他们。丁文森分析这两次为什么被人打时对方能屡屡得逞，一是他们人多，这样哪怕他盯住一个人扭打，其他人也会拉开他；二是他们有刀子，有刀子就使他连打都不敢打。丁文森想到这里突然灵感一现，我为什么不弄一把刀子呢？这样，就是打到不可开交处，他们捅我一刀子，我也可以捅他们一刀子，我受伤了走不了，他们受伤了也走不了，这样就不会让他们顺利地打完人逃之夭夭了，也就不会让警察找不到人和线索了，也就会顺藤摸瓜立案侦查，直到水落石出。

最次，丁文森恨恨地想，也让他们尝尝我的滋味！

这个想法竟然一下子鼓舞了丁文森，使他不马上实施简直就对不住头上被他大口吸去的空气。他立刻去农贸市场和日杂商场转了一圈，对比再三，买了一把雪亮锋利的刀子。摊主说那是杀猪的，当然用来杀羊也行。丁文森回忆了一下雷子那帮人对他掏出那把刀子的模样，他觉得自己这把比那把漂亮多了，也残酷多了。尤其是刀柄，手握上去简直像按照他的手形订制上去似的，觉得有无穷的力气在凝聚。

丁文森回到办公室，用两张厚牛皮纸将刀刃包上，刀柄露外，掖在腰带下，衣服一遮，谁也看不出来。

丁文森不知道对方什么时候会找他，因为他去问过领导两次，对南联公司第二批产品的最后处理意见还没有下达。但看样子不会太晚，也许随时都可能下达，这样，他那把刀子随时都揣在身上。

晚上回家的时候，毛军还在做饭，丁文森打了个转儿，一个人下楼，来到附近小学的一个操场上，掏出那把刀子，在月夜里练了练。不练不行，丁文森知道好多人其实拿了刀子都不会使，弄不好还割伤了自己。他练习横刺，下抢，上挑，刀子在空气中发出细微而踏实的风声。还真是实践出真知，练了一会儿丁文森悟出，要想刀子出击有力，并不仅仅靠胳膊的力量，而应该用身形变化加以配合，以腰部带动力量。接下来，丁文森又假想了一下，对方猛然从侧面攻击怎么办，突然从身后袭击怎么办，直到他把各种意外找到应对的方法，才揣好刀子回家。

一进楼道，丁文森就感觉缓步台那里发出一声细响，好像有人埋伏在那里。丁文森想，不会这么快吧。他沉着地摁亮灯光，慢慢走上去，什么也没有发现。进了屋，丁文森对着窗口发了一会呆。他家是二楼，一楼装着防护栏，而他家没装。他不是不想装，他去年就准备装了，但是楼上不让。楼上住着老两口，都七十多岁了，男的是精神病，靠老伴每天哄着。丁文森去年找来安装工人准备安防护栏的时候，那个精神病就大吵大闹，威胁要跳楼或割颈，理由是小偷会顺着二楼防护栏爬到他家里去。丁文森要他家也装一个，精神病说没钱。丁文森万般无奈，说那我出钱帮你装，精神病哭了，他说那万一楼道着火了怎么办？楼道着火了他本来可以从三楼窗户跳出去，可装上防护栏不把他堵死在屋里了吗？

这事闹得很大，许多人来看热闹，甚至"110"巡警都给找来了。丁文森最后缠不过，只好作罢。

现在，丁文森又在想这个问题。那些扬言要报复他的人，如果趁他和家人夜里睡觉，从一楼爬上来怎么办？他可不想为此连累毛军和穗穗。可是，要想说服楼上人家允许自己装防护栏，那就几乎同雷子这些人不再纠缠他是一样难的事。看来办法只有一个，让毛军领穗穗这些天回娘家住去。他自己好办，睡觉警醒点儿，出门有防身刀具。再说，穗穗白天有时候还在楼下玩儿呢，毛军有时候一个人离家出门，他们如果被人跟踪伤害了的话，可就麻烦了。

丁文森把这个想法跟毛军说了，毛军近日来也陆续听丁文森讲过一些他的事情，虽然更多地被丁文森隐瞒了。丁文森让毛军领穗穗回娘家的理由当然不能说怕夜晚有人从窗户进来，那样会显得他太草木皆兵，胆小如鼠，他只说为她们平常的出行安全着想，而他没事，他身上有刀子，再说他毕竟是一个男人。

毛军有些被感动的样子，她摸了摸丁文森的衣襟，又摸了摸他的袖子。丁文森态度那么坚决，她只好离开。当天晚上，丁文森一个人躺在床上，四周很小的声音哪怕是自来水管发出的动静，都会让他侧耳谛听好久。他左思右想，翻来覆去，几乎一宿未合眼。

第二天上午在单位，被失眠折腾得睡眼惺忪的丁文森正在读一份材料，就接到雷子打来的电话，话筒里只传来一句"你死定了"，然后挂掉了。丁文森立刻知道南联公司的产品一定是彻底被清理和查封了。他坐在椅子上，渐感额头冒出一层细汗。他环视房间，房间比平日里显得更加阔大，空旷，让人没有藏身之感。想了再三，丁文森终于决定放弃步行，他打车来到了距单位不足三百米的一家律师事务所，向律师咨询他的对策。

"没有更好的办法。"那位律师自称是一位海归派，可看起来年纪并不大，衣服穿着很像一位画家。

"他们已经再三威胁要杀我，我相信他们很快会干出来。"丁文森说。

"可是，在事情没有发生之前，你不能说他们有罪，你只能说他们对你进行了恐吓，而关于恐吓，我们现在的法律并没有设立'恐吓罪'这一款。"

丁文森想说什么没说出来。

"说起来也是奇怪啊，"海归派的身体在转椅上转了一下，"欧洲许多国家都设有恐吓罪，呃，不说欧洲了，就说亚洲吧。据我所知，在新加坡，如果有人说'我要杀了你'，这个人马上会被判三个月牢；而日本呢，早在一九〇八年就设立了恐吓罪……"

"我想找到提前防范的办法。"丁文森小声嘀咕一句。

律师的表情昭示着他想听听丁文森的高见。

"我难道不可以提前请求公安机关保护我吗？"

"哈哈哈哈……"律师几乎笑出了眼泪，他用手指着丁文森，"我不是笑你啊，我是笑你这句话产生的后果。你的意思是最好有两个警察每天二十四小时贴身保护你是吧？不，哪怕上班时间，每天八小时。这样，我们十三亿人口，需要二十六亿警察，因为我们每个人在生活中几乎都遇到过这样被人威胁的话……这是国情。但是我告诉你，因受到威胁而让警察提前保护你，这根本做不到，谁也做不到，也许除了省长、部长、国家领导……"

"我贴身揣一把刀子用来防身可以吧？"丁文森说。

律师坐好座位，断然止住了他："那可不行。《治安处罚条例》规定，私自携带管制刀具，是要被处以拘留的。"

丁文森只好苦笑着开了句玩笑："那样就会有警察保护我了。"

八

丁文森接到贺茗晨打来的电话，贺敬晨刚说了一句"喂？"丁文森就说，"我去不了。"

贺茗晨说："我找你有事。"

丁文森说："什么事？"

贺茗晨说："电话里说不稳当，太复杂，你来见面说吧。"

贺茗晨这一阵子打了许多次电话约他，都被丁文森推了，他确实忙，再说没心情。这一次，见贺茗晨说得这么郑重，丁文森只好去了。

他们在一家宾馆里见了面。午后的阳光有点刺眼，丁文森只好把房间的窗帘拉了拉。坐下后，丁文森问："什么事啊？"

贺茗晨一屁股坐到丁文森怀里："没什么事啊。"

"那你叫我来干什么？"

"人家想你了嘛。"贺茗晨委屈地说。

原来如此。丁文森看着贺茗晨，她的头发有些潮湿的亮光，散发香气，半明半暗的室内光线下，她的面容也一半显得梦幻，一半显得天真。她显然是刚刚洗过澡。丁文森感觉她玲珑曼妙的身体坐在自己怀里，不能不激起他的一种欲望。于是，他把她抱到床上，和她一起脱光了衣服，躺在被窝里……

两个小时后，丁文森醒来了。他太疲倦了，因为晚上几乎休息不好。贺茗晨早就睁开眼睛了，却不敢起身，怕吵醒他。现在看到丁文森看着她，就低头亲了他一下，说："你再歇一会儿吧，我给你烧水喝。"

贺茗晨跳到地上穿衣服，他们的衣服也都堆叠到一起了。丁文森刚要伸出腕子看看几点钟了，猛听见贺茗晨大喊一声："啊！"

丁文森第一反应是看房门，那里有没有什么动静，他担心贺茗晨的丈夫大刘这个时候会闯进来。等到他定下心去看贺茗晨时，看到贺茗晨光着身子弯腰盯着一件东西："这是什么啊？"

丁文森看了一眼，是那把刀，刚才脱衣服放在那儿。"有人要杀我。"丁文森回答。

"啊？这么恐怖啊？"贺茗晨小心翼翼躲开那把刀，戴上她的乳罩。

"所以这一阵子你不要老是来约我。"丁文森说。

"谁要杀你呀？"

"我怀疑是南联农资公司的胡经理。"

"为什么？"

"因为他的化肥和农药有问题。"

贺茗晨一听，立刻来了气："一个公司的破经理，他的胆子竟然那么大，他不想好啦？"

丁文森有时候不爱听贺茗晨说话，可能是做幼儿教师做的，说话过于娇气不说，有时候简直就像没头的苍蝇，话题到处乱撞，没个由头，让人哭笑不得，答也不是，不答也不是。但是刚才这一句，却一下子给丁文森提了个醒，使他一瞬间佩服上了贺茗晨。"是啊，"丁文森心想，"他胡经理不想好啦？"

丁文森以前从没想过这个问题。他看了一眼手表，时间还早，于是一骨碌坐起来，套上衣服裤子，洗了把脸，把那把刀子又重新掖在腰间。

"你要干什么？"贺茗晨问。

"单位四点钟还有个会，我不能缺席。"丁文森说，甩上门，噔噔噔下楼了。

二十分钟后，丁文森独自来到了处于闹市区与郊区接合部的南联农资公司大楼内。他记得几年前因为工作曾陪同一位副所长来过这里，但是早已记不得胡经理办公室在几楼了。他装作彬彬有礼的样子向门卫打听一下，门卫耐心地告诉了他。

丁文森在三楼的一个房间门口敲了敲门，里面很快传来一声"进来"，听语气对方以为是自己的员工。

丁文森走了进去。胡经理就坐在他的眼前，屋子只有他一个人。丁文森轻轻吸了口气，说："你不认识我吧？"

胡经理是一个近五十岁的中年人，个子不高，但看起来很精明，像是乡镇企业家那样的精明。丁文森觉得几年不见他有点儿老了。

"你是——"

"我是化工检验所的化验员，我叫丁文森，这些天经常有不明身份的人拦住打我，还威胁要杀我。"

"哦。"胡经理欠了一下身子，"你什么意思？"

"没什么意思。"丁文森回身伸出胳膊去把房门关上，却不料动作刚刚完成，腰间的刀子咣当一声掉在地上。

丁文森看见胡经理的脸一刹那白了一下。丁文森只好慢慢弯下腰，装作此前是故意示威的样子，把那把刀夸张地拾了起来，然后握在手里，找到一个沙发坐了下去。

"我明白了，"胡经理说，"你以为是我干的吧？"

"你如果这么说，我还真懒得去反驳。"丁文森觉得刀子在手，心里从容和镇定了许多。

"这事我听说过一些，但具体是谁干的，我们也很恼火！"

"胡经理你把话说明白一点儿！"

胡经理掏出一支烟扔给丁文森，也不管他接不接和抽不抽。丁文森急忙用两只手接了，刀子险些第二次掉到地上。胡经理自己点着烟抽了一口。

"自从你们检验所两次下达不合格和违禁产品通告后，我们南联农资公司一直抱着积极配合和及时纠错的态度，考虑下一步该怎么办。说老实话，我去年生病去外地疗养了一段时间，过期化肥更换新包装的事情是我手下一位销售副厂长干的，我已经批评他了；那些超标农药问题，责任在我，因为国家农业部关于有毒农药禁销的文件是二〇〇七年一月一号开始执行的，也就是一个多月以前，时间太短，我还不知道是怎么回事。那么事情发生后呢，我们公司一方面按规定封存产品，另一方面呢，春耕时间抓紧点还来得及，我们积极筹备转产或生产新的合格产品……"

胡经理说得很慢，也很斯文，既像是给属下员工做报告，更像是给上级领导汇报情况，在这种情境中，丁文森只好听了下去。

"但正所谓林子大了什么鸟都有哇！"胡经理的嗓门高了一些，"就在我们准备生产新的合格产品投放市场的时候，我听人说起了你的事情，说是我们南联农资公司雇凶杀人。唉，全市生产化肥和农药的企业不止十几家啊，我们历史上一直算是龙头企业，有多少人巴不得南联公司立刻垮台呀！在这个时候，我们产品被整顿，又传出我们雇凶杀人，这不就是想在社会上完全搞臭我们，把我们驱出市场嘛……"

丁文森没想到胡经理会这么说，或者说，他没想到事情还会存在这种可能。丁文森坐在那儿想跷一下二郎腿，又觉得这样对气氛显得过于随便了，就只好那么僵硬地坐着。

"我估计，"胡经理继续说道，"说全市十几家企业都能跟我们竞争，那也不现实，但起码有那么两三家强势企业吧，对我们虎视眈眈。小丁，你应该多花精力调查一下，看看到底是谁家在雇凶杀人，然后放出口风，造我们的谣！"

丁文森听不下去了，他也不想再听了。他一直找不出话题插进去，但是胡经理刚才的一段话，让他找到一条通道，闪出自己明亮的口实：

"我不管是谁，谁再动我一下，我就叫他死。"丁文森坐在那里，把刀在沙发的硬扶手上狠狠拍了一下。

胡经理愣愣地看了他一眼。

"胡经理，你说，"丁文森问，"雇人打断一个人的一条腿需要花多少钱？"

"我不知道。"胡经理摇了摇头。

"我打听过了，也就几千块钱吧。那我再问你，雇人杀死一个人需要花多少钱？"

胡经理再次摇了摇头。

"我也打听过了，也就几万块钱吧。"丁文森终于还是跷起二郎腿，"我还以为得花几百万块呢，我的意思是说，胡经理，如果收拾一个人得花几百万块，那么你是老板，你有钱雇得起，我雇不起；可要是就那几万块钱，你雇得起，我也雇得起！你信不信？"

丁文森看见胡经理的脸这回红了一下。

"除非有人杀死我，听说公安局那边小伤小闹的不立案，但如果出了人命，他们可就要追查到底了，那时候任谁也活不了；如果杀不死我，我就要杀死他，"丁文森说着站了起来，走到胡经理面前，用刀尖对着他，"你信不信？"

"别，别指着我。"胡经理在桌子后面站起也不是，稳坐也不是。

"不管怎样，我就认准了你了——"丁文森看着胡经理束手无策的样子，第一次感觉威胁一个人确实挺好，"我如果再被人动一根毫毛，首先杀死的就是你——听懂了吗？"

"唉……唉……"

"听懂了吗？"

"听、听懂了。"

丁文森拂袖而去。

九

毛军晚上回来了。她把穗穗放在孩子的姥姥和姥爷家里，一个人回来了。那时候，丁文森刚刚一个人对付完晚饭，坐在沙发上看电视。电视上一个省长正在讲话，要大力抓好社会治安。社会治安现在太乱了，据调查，老百姓对它的关心程度已经超过了钱存在银行里毛还是不毛。

丁文森说："你回来干什么？"

毛军说："我担心。"

丁文森问："你担心什么？"

毛军走到窗前，指着外面："我担心晚上你睡觉，坏人会从一楼爬上来。"

"那又怎么样？"

"我回来陪你。万一那样我帮你跟坏人一起搏斗。"

丁文森正在换电视频道，听毛军一说，又把频道换了回去。好像他没听清毛军说什么似的。

毛军却不说了。过了半天，她忽然来了一句："我和黄医生黄了，我离开他。我们不适合待在一起。"

"噢。"丁文森挠了挠头。

"我觉得还是你对我好，关心我。"

丁文森看了毛军一眼，他觉得她的眼睛里确实有一种感动和温情。

毛军靠到丁文森身边，说："我昨天在我爸妈家碰到我弟弟毛菊了，我们一起吃的饭。我对毛菊说你再别冲你姐夫那样了，他不容易，什么时候你找到你姐夫，大家在一起说说话，吃吃饭。"

"噢。"丁文森把脑袋找了个舒服的沙发位置靠上。

"穗穗的姥姥说，秋天，把穗穗送到外地一家特殊教育儿童学校，我表哥的一个朋友在那里当校长。他说，穗穗这样的孩子没太大问题，将来弄好了完全可以生活自理。"

电视上开始放一个探索知识的节目。

"咦？那天我看到一则新闻，说是宇宙中新发现了一颗小行星，叫什么'阿波菲斯'，它要在二〇二九年撞上地球，美国科学家正在考虑怎样改变它的运行轨道，别碰上我们。"

丁文森不作声。

"'阿波菲斯'是什么意思，你知道吗？"

毛军回头看丁文森，他已经睡着了。他闭着的眼睑下，似隐隐映着一颗泪。

十

丁文森觉得到处都有人盯梢他。生活的不安定感在加剧。随着每一天的过去，他觉得危险就进一步来临。他以前以为生活像是一只热气球，他站在外边，围着它走，很快可以看清它的全貌，现在看来根本不是。他每走一步，热气球就膨胀一下，他越走，它越膨胀，这是成正比的。直到他被他想看清的东西完全覆盖和笼罩。

他确实有点儿搞不清到底谁要杀他。然而，有人要杀他，这应该是实实在在的事。丁文森有几分后悔那一天去找了胡经理，他觉得自己已经打草惊蛇了。他好像对胡经理讲过类似的话，谁再动他一下，他首先杀的就是胡经理，因为他认定了是他干的。现在想来，这不是逼胡经理就范吗？胡经理觉得横竖是一回事，会加大决心除掉自己的。而且，他会干得更隐蔽，不留痕迹，让自己不为人知地死掉。这些人为了钱和利益，为了扫清和报复他们的障碍物，什么事干不出来？

可是，如果万一不是胡经理指使的人干的呢？比如，他们的竞争对手，甚至生死冤家，敌对面，他们在做暗度陈仓和移花接木的卑鄙勾当，陷南联公司于不义之地，那么，就更加可怕了。他们听说丁文森威胁过胡经理只认定他干的，就会更加幸灾乐祸并加大动手力度。他们也许不足于取自己性命，但是，那些打手们狂妄的刀子会掌握好分寸吗？一刀捅下去，怎样会致残？怎样会致命？这真是天知道！

——何况，丁文森愤愤地想，为什么，我就活该挨那一刀子？

一连三天了，丁文森再没接到任何电话。这显然是不正常的事情。以他的推测，这事不论是谁干的，都不会善罢甘休。那么，一连三天没有电话，只意味着一件事实，对方把上次电话看成最后通牒，剩下的就是伺机动手了。

丁文森这几天走在路上十分小心。他的感觉和行动变得十分敏锐，他不认为这是多余之举。说到底，一个人善于保护自己的生命和安全，哪怕失之乖戾，也不是什么丢人的事，恰恰是无上光荣的。还有什么世间的东西比生命和生命的尊严更宝贵的呢？

有一次他中午没有回家，独自在一个快餐店里吃饭，看见有一个人很可疑。那个人点了菜，却又不吃，站在门口向外瞭望。看他瞭望的样子，又不是等什么别的食客，因为他只摆了一套餐具。丁文森一边暗中观察他，一边悄悄换了一个座位坐下。他刚才的座位挨着墙角，一旦动起手来容易被对方逼于绝境，而现在就好多了，有回旋余地，再说离后门也近，便于撤离。后来，那个人还是匆匆忙忙吃了一点就走了。

还有一次，是傍晚，穗穗不知吃什么腹泻了，丁文森出去给她买药。走在大街上，一辆出租轿车突然无声地从他左边抢过，横在面前。丁文森大惊，以为那里会冲出来人，他一耸腰，已经把刀子掏在手里了，却见那辆出租车打了左转向灯，原来只不过是在他面前掉一下头，回去拉一位招手的乘客。

还有一些次数，丁文森明明看到有人在身后跟踪他，可是他一去寻找，那人就不见了。这些跟踪的人好像经常更换，像值守一样。甚至有一次，丁文森认出其中一个就是雷子。雷子，他们好久不见了，丁文森想，来吧，不管是谁，老子已不是前两次了！

时间说不好是快还是慢地一页页度过。周末的一天傍晚，丁文森应约去看望老邓。老邓可能已经不行了，处于弥留之际，正在医院急救。同事们给丁文森打来电话，约好一同去看望。丁文森接电话的时候刚好吃完饭，于是他撂下筷子，像往常一样，怀着复杂而警惕的心情走上街头。

华灯初上，夜色迷离。这个时间，属于生活状态紊乱时间，也就是说，街上车流不息，人来人往，既有刚刚下班往家赶的人，也有吃完饭从家里出来散步的人。还有扫马路的人，"吵——吵——吵"，一下一下的扫帚声像是站台上的火车汽笛，带给人一种生活的清新或疲惫。

丁文森在人行道上匆匆地走着，他在保持目光向前方扫望的同时，心里不由暗暗感慨起了老邓。他想他这一生，最大的愿望是退休之后，能像年轻人一样拥有一部手机，走到哪里捏到哪里。他想起老邓有一次跟单位出去旅游，背了一大包他老婆手绣的裤腰带，人家走到哪里都尽情玩儿，他走到哪里却四处兜售他的"纪念品"。就是节俭了一辈子的人哪！临了，连退休都没熬到，就……

一阵脚步声骤然从身后传来，追赶丁文森。丁文森从对老邓的怀想中转过神，意识到这种声音对他构成什么，于是本能地向前方跑。但是后面的脚步太快了，简直像神话一样快，丁文森猛然被人从身后一把抱住。挣扎中，说时迟，那时快，丁文森用熟练得不能再熟练的动作，掏出刀子，向后一擘肘，把刀子捅在身后人的肋上。

"呀——！"丁文森听到意料中的一声大叫。

他回过头，定了定神，在夜色下仔细一看，竟然是毛菊！

"姐夫，"毛菊一只手无力地扶着丁文森肩膀，另一只手拍着丁文森的脸，声音断续而痛苦，"我就是看见了你，想跟你谈谈我姐姐的事……"

这个时候，丁文森满眼在街上紧张寻找的，是一辆救护车。

太阳与斑马线

一

"108号，第108号！是谁？"

"到。"

叫"108号"的男子从场院的人群中走出来，他身体疲惫，面容憔悴，但是目光从容镇定。他抚了一下嘴巴，那里的小短髭已经好多天没刮了。

"你叫许晚志？"

"是。""108号"答道。

"一个高中物理教师，好哇，经我们了解，你的工作单位和地址真实有效。不过，你到深圳来干什么？"

"旅游。"

"旅游？净说好听的，我看你就是在闲逛。好啦，下次不要再让我们碰见你，你现在可以走了。"

"哦，谢谢。"许晚志喃喃道。他的眼睛似乎还不太适应太阳的光线，他只好侧歪着头。

"下一个，322号——"

许晚志穿过嘈杂的人群，掸了一掸衣服和裤子上的灰尘。他重新看了一眼身后的管理员们，他们有的在忙着撕票据，有的在忙着盖章，有的在提着对讲机巡视。这里是东莞市樟木头收容所。此时，那黑暗的房间，冰冷的水泥床，泔水里的剩饭，仿佛一幅褪色的相片，正在离他的感觉远去。他舔了一下干裂的嘴唇，重新迈动脚步。

"哥们儿，哥们儿——哎，朋友！"一个低沉而急促的声音在身边响起。许晚志循声望去，约五六步外的一扇带铁栏杆的窗户里，一个和他年龄相仿的小伙子正冲他招手。

许晚志迟疑了一下，走了过去。

"哥们儿，好哥们儿，求你了！我知道你没事了，你自由了。你现在有钱吗？"

除了银行卡内的一点钱不在身上之外，许晚志兜里的钱早已在进收容站当天被管理员罚没了。他现在一分钱也没有。

"哥们儿，求你了，你过两天给我送五百块钱来，帮我把管理费交上去，这样，他们才会放我出去。这钱算我借你的，出去后我一定还你，好吗？"

这个人剃着小平头，颧骨很高，皮肤粗粝，眼神机灵，他在说话的时候经常飞速地瞥一眼旁边。许晚志不知说什么好。这个地方，他一辈子不想再来第二次，再说，他不知道他以后的时间是否多的是。

"哥们儿，我一看你就知道是好人。我也是，我是喝多了酒躺在公园里被他们抓来的，你帮帮我！"

许晚志想了一下，只好点点头。

管理员从远处走过来，许晚志扭开身子。那个求他的人马上说道："我已经求过三个人了，他们一个都没回来。这个月16号我就要被转到博罗县的收容站了，那样我就完了！——我相信你！"

许晚志用袖子擦了一下脖颈后的汗。他离开了。

"记住——我叫梁原，山西人！"

两个小时后，许晚志拦了一辆驶往深圳的货车。下车后，他来到一家工商银行。他从自动柜员机里取了两千块钱，然后打车来到了位于南山区的一家机械设备生产厂。在大门口，一个穿灰蓝色制服的保安拦住了他。

"拜托，我想打听一个叫苏米的女工。"许晚志的神情露出些许犹疑。

保安站在滑动式栅栏门里，瞅都不瞅他一眼。

许晚志只好递上五十元钱："拜托，我从家乡来，她是我妻子。"

保安接过钱，回到岗亭里，向里边要了一个内线电话。

过了五分钟，一个走路说不好是袅娜还是歪扭的女工，从工厂车间走出来。不待走近，保安就冲她喊道："阿开，你跟这个人说话，他找什么……苏米。"

阿开走过来，看了许晚志一眼，说："苏米早就不在工厂了。"

"那她在哪里呢？"许晚志问。

"她开始和我们一起做工，后来干得好，调到办公室里……再后来，她离开了。连我们都很想她。你是她什么人啊？"

许晚志并未回答，他接着问："你知道她到哪里了吗？"

"不知道啊。她不是回老家了吧？我们都觉得她做不长久。"阿开好像很困的样子，那实在是做工累的。

许晚志不言语了。苏米没有离开深圳，她最后给他写的信还盖着深圳的邮戳，他只是不知道她在深圳哪一个地方。

"别的人还知不知道她呢？"

"不知道。我们大家都不知道了。"

"那么，你们知道一个叫容小兰的人吗？"

"不知道，从没有听说过。"

"那好，"许晚志落寞地说，"谢谢你。"

整个下午，许晚志游荡在街上。他的目光像一条在水中不停寻找食物的鱼，四处游动。迎面而来或是店铺里的每一个年轻女子的身影，他都不落空地看一眼。他现在仍记得苏米两年前离家时穿的那身衣服，他开始只凭这个来辨识，就像在一堆眼花缭乱的塑料当中仍能靠磁铁吸住铁屑一样，但后来他放弃了。深圳街头的年轻女子太多太多了，倒不是这些女子会穿着跟苏米一样的衣服，而是他不相信苏米还穿着两年前的衣服混迹其中，看来年龄和性别才是她们共有的特征。他三天前在街头逡巡的时候，被路过的治安队员抓了起来。他没有暂住证。他不知道拥有一张暂住证从某种意义上对他意味着什么，那不是一种相对可靠的保证而恰恰是一种离散，他的家不在这里！

夜晚，他回到了寄居的那家小旅馆。旅馆老板打着饱嗝替他打开了房门。这是一家据说宿费低得不能再低的简易民宅，被后期改建成二层楼，巷子周围高高低低的全是密集的同类建筑。像这样的地方，外人称其为"城中村"。深圳有无数的原住民每天即便不做什么，也可以靠出租房屋来过一辈子。这个旅馆老板五十多岁，头发花白。他问许晚志："怎么样？三天没见到你了。"

许晚志摇了摇头。他懒得跟老板讲他这三天的经历。

"喝一杯？"

"不了，我在外面吃过了。"

老板看一眼墙上的钟，十点缺一刻。他忍不住对许晚志说："这个时间，正应该是上街找人的时间。"

许晚志忖度了一下老板说话的含义，"不，"他说，"她不会那样。"

老板呵呵地笑起来。他自负地摇摇头，"我见得太多了，年轻人。你知道全国各地每年到深圳寻找老婆的有多少人？成千上万。你想想，凡是需要被找的女人们能在哪里？不是站在大街上，就是躲在屋子里。"

许晚志沉默地咬了一下嘴唇。

"深圳当地那些结了婚的女人们，呃，包括我老婆，她们几乎要组成联合阵线了。她们要是当选为人大代表，就会顺利促成一部法规产生：《禁止三十岁以下外来女人入境法》。"

许晚志疲惫地和衣躺到了床上。老板同情地看了许晚志一眼，给他的暖瓶重新换上开水，熄了灯，然后出去了。

许晚志睡不着。他猛然有一种想家的感觉，那么强烈。继而他知道他错了，如果说家的概念是由夫妻组成，那么苏米在深圳，他的家也应该在深圳，可他为什么此时却睡在旅馆里？原来他是一个无家可归的人了。自从苏米中断音讯之后，他在几千里之外的东北家乡，夜晚常被梦魇缠绕。他常被一个声音唤醒，那是苏米的，她向他求救，让他快来身边解救她。他开始一直相信苏米是病了，无人照顾，只是病情太久了，让他产生怀疑。后来他担心她会死于意外，但是，苏米的父亲打消了他的忧虑：她不久前还去信跟他说，她现在一切都好。只不过，来信并没有署明深圳的详细地址。

"凡是需要被找的女人们能在哪里？不是站在大街上，就是躲在屋子里"，旅馆老板的话萦绕在许晚志耳边，它代替了苏米的呼救声，让许晚志在极度疲乏之中昏沉地睡了过去。

第二天，许晚志找遍了和平路、建设路、人民南路。

第三天，他找遍了春风路、湖贝路、翠园街。

第四天，他又找遍了文化公园、晒布路、文锦路。他几乎找遍了整个罗湖区。他的两条腿已经肿了起来。

第五天他将要出门的时候，旅馆老板看了他一眼："还要出去？"

"是的。"

"这个，"老板停了一下说，"你预存的房费已经没了。"

"还要续交是吧？"

"你看着办。"

"交多少呢？"

"还是五百元吧。"

五百元。许晚志想起了什么，"今天是多少号？"

"十六号。"

"糟糕。"许晚志叫了一声。

梁原和许晚志坐在拥挤的公共汽车上，他一直兴奋地和许晚志交谈着，问许晚志到深圳干什么，许晚志如实跟他说了。车窗外是连绵的工厂，密集的工人宿舍楼，偶尔有几棵高大的木棉树划过去。

"老兄，你可真能沉住气，再晚来一天，我就真的去博罗县扛木头啦！"

许晚志沉默地笑着。

"他妈的，我快有一个月没碰到妞啦……噢，你比我还久，照你说的。"

许晚志打开车窗，掏出一根香烟，尽情地吸着。

"我真得好好谢谢你。"

风把许晚志的头发吹得很乱。短短的时间，他的脸庞已经被南方的阳光晒黑了。

"叫我说，你该先找一个工作再说。"

"我不想在这里生活。"

"不，你现在就在生活，生活到处都在。你有一个工作，你才能跟这狗娘养的世界发生联系，这有助于你找你的那位……苏米。"

几个小时后，他们来到一家出租车公司大门口。梁原让许晚志在路边等他一会儿，他一溜小跑钻了进去。

足足有半个钟头，不见梁原踪影。许晚志只好又掏出一根烟来吸，他刚点着打火机，一辆淡蓝色出租车在他面前使劲地摁着喇叭。

他看了一眼，竟然是梁原坐在驾驶员的位置上。"老兄！"他换了一套干净的衣服，牛仔裤，花衬衫，格子西服。许晚志觉得他上身看起来不对劲，但梁原已经替他推开了车门，"上车。"

出租车行驶在宽阔笔直的红岭路上，许晚志觉得全身自由了许多。他问："这是怎么回事？"

"我的工作。"

"这么快就找了一个工作？"

"哪里，我只是找回我弄丢的工作。"

许晚志不作声了。出租车开到一幢大楼下面慢慢停下来。街上人来人往。梁原从头上的后视镜上面摘下一副墨镜，戴在脸上，扭头对许晚志说："下去。"

许晚志走下出租车，问："怎么回事儿？"

梁原踏动了油门，出租车慢慢甩开许晚志："老兄，这里是笋岗的深圳人才大市场，你总不能做个饿死鬼，进去碰碰运气吧！"

许晚志怔怔地站在那里。不过，出租车又很快亮起尾灯，倒了回来。"老兄，把这个带上。"梁原从车窗伸出了一只手。

许晚志接过，是一只半旧的手机。

"只能委屈你了，让你这样的帅哥拿这么破的手机，不过我可不想找不到你。再见！"

出租车箭一样冲了出去。

三天后的一个傍晚，许晚志用那只手机给梁原打了一个电话，电话马上接通了。"喂？"

"看来我的命也不赖。"许晚志说。

"什么工作？"

"跟你一样，干我的老本行。"

"哦？教师？哪家学校？"

"不，是家庭教师。"

二

这一阵子，苏米跟龙乔生几乎游遍了香港和澳门。对于龙乔生来说，拿出一周或两周的时间，只不过是他从多年来繁忙事务中拨冗的一次休息和度假。可对于苏米来说，这却是一种新奇和陌生的游历。旅游似乎具有这样一种特点和妙处，那就是让人暂时忘却时间，仿佛空间的转换可以脱离时间的羁绊而另行存在一样。对于人的心灵呢？未尝不是这样。苏米觉得，她跟龙乔生在一起的日子，并不会耽延日后跟许晚志聚合的时间；她的这一段生活，也不会影响将来回到许晚志身边的生活。这如同一些珍宝被暂时封存起来，放到银行保密柜里，它自不会丢失，它的主人也不必时时牵挂，待到需要的时候再重新取用，于情于理并无不可。

在香港，苏米与龙乔生下榻在佐敦道的圣地亚哥酒店了。圣地亚哥酒店很著名，但苏米没想到它的大堂那么逼仄，更没想到进了房间后，房间会是那么狭小。本来苏米觉得两人同居一室已令她尴尬了，进了房间一看，龙乔生订的原来不是普通双人间，而是豪华双人间，屋子里只有一张大床。

那一夜，房间临窗下面的吴松街灯火通明，彻夜不息。对街的楼宇陡然峭立，月光泻照，但是拉上窗帘后，谁也不知道这个房间发生了什么。苏米感觉龙乔生像一个不知餍足的孩子，整个床上成了他贪玩的游戏场。当然，有时候也在床下，甚至卫生间。后半夜两点，苏米实在太困倦了，她说："拜托，哪怕只让我睡一会儿。"她果然睡着了，并且，龙乔生果然只让她睡了一会儿，苏米醒来看表，竟然只睡了十几分钟！第二天早晨，苏米进卫生间洗脸的时候，她刻意对着镜子端详一下自己的容颜。她很美。她比龙乔生还要大三岁，但是他们一夜的欢腾使她证明了，她的美让她的年龄更具有狡辩力。

第二天他们去逛了浅水湾和海洋公园。晚饭他们是在歌赋街的九记牛腩吃的，这里离皇后大道不远，从楼梯街穿过就是。它的著名在香港数一数二，连梁朝伟、刘嘉玲、关之琳等演艺明星都经常光顾。苏米发现龙乔生的吃相很优雅，完全不像是从社会底层打拼上来的人所具有的教养。并且他看似一掷千金，竟也有俭朴的一面，而那俭朴完全是自然地照应了他心灵中不易发现的品性。他给苏米叫了一杯高级饮料，可自己动作不凡地享受着白开水。他不吸烟，也几乎没有酗酒的嗜好，从食肆吃完饭出来，他让苏米不要走在靠大路的外侧，而走在自己的内侧，防止车辆碰到她。一个迎面的乞讨少年向他伸出手，他几乎是怀着温情从怀里掏出一张五十元的港币，郑重地递给了他。

他们在香港一共逗留了五天。之后他们由港澳客轮码头乘船去到了澳门。在参观澳门著名的大三巴牌坊时，苏米很自然地产生跟宗教有关的联想。圣保禄教堂的前壁，最高处是一个清晰的十字架，下面的耶稣圣婴像显得那么沉重。苏米刚刚为自己和龙乔生的行为感到内疚，但她马上又想，基督教既然允许人们忏悔，那就说明它是允许人犯错的。换句话说，一个人犯了错将来再去忏悔一下就可以了，没什么大不了的。再说，她确实是被命运和环境牵绊得无奈才这样的，而不是故意要跟良心过不去。这样，上帝实在要有什么想法就先让他有去吧！

苏米和许晚志本是一对青梅竹马的恋人。大学毕业后，他们结了婚。不料，苏米大学毕业后分配的单位不久就解体了，苏米下岗在家，日子愁苦不堪。那时候，苏米的一位初中同学容小兰找到了她。容小兰正在深圳找工作，也没有结果，她鼓励苏米拿三万块钱，跟她合伙到深圳开一家中药材铺。到了深圳不久，谁知道容小兰竟然拿了苏米的三万块钱偷偷跑掉了，再也找不到她。苏米无颜回乡，暗下决心将被骗的三万块钱挣回来再回家。结果，两年过去了，她先后去饭店送过外卖，去工厂打过工，经历过无数辛苦也没有赚到什么钱。最后，因为身材优美，面庞清秀，她被一家服装公司看中，为这家公司做服装展示的走秀模特。这种待遇本来还好，可是在一次"T"台表演中，苏米不小心从台上跌倒在地上，摔伤了右腿，预计两个月不能表演。服装公司不愿白养着苏米，断然与她解除了工作合同。在此期间，苏米认识了单身的有钱人龙乔生。

她还记得与龙乔生的第一次会面，是在深圳阳光酒店的一间半封闭式包厢里。龙乔生戴着黑边眼镜，看起来很年轻，西装革履，皮肤白皙，刀条细脸，嘴巴和唇线稍显宽大，但是鼻梁上的眼镜似乎弥补了五官的不足。他倒不能说长相难看。他的目光犀利而转动沉稳，有一种人生欲望经常得到满足的优越感。

"我叫龙乔生，你的两次演出我都看过。你可能不记得，你最后一次从台上摔下来的时候，是我第一个上前扶起你。"

"哦，谢谢你。"苏米说，"我确实不记得。"

"今天是想冒昧跟你说一件事。"

苏米立刻有些警惕地看着对方。

"对我保持警惕是对的，"龙乔生不慌不忙地说，"人们都说我不是一个好人。"

苏米仍旧看着对方。

"直说了吧，今天说的就是这个事——我想包养你。"

苏米大大地吓了一下。"包养"这个字眼苏米早已听说过，起码在眼下，起码在深圳，这是有钱人的风尚。她随即感到一种受侮辱。

"正像你想的那样，这看起来不是什么好事，"龙乔生仿佛有一种特殊的力量能看透的内心，对他来说，世界和人生没什么秘密可言，"当然，这也绝不是什么坏事。"

"请你打住。"苏米说。

龙乔生停了一下，然后，他继续说："你在确尼公司的事情我知道一些，原本我想以朋友的身份跟你们的总经理斡旋以便帮助你，但是后来我打消了这个主意，这几乎是无济于事。因为我知道你需要一些钱，并且是很多的钱。"

"你怎么会知道？"

"如果不是这样，你不会面临眼下的境况，也就是说，不会冒着被开除的风险。事实上也几乎等于如此了。"

苏米摇摇头自己笑了一下。

"半年，给你五十万。你看怎样？"

苏米的反应何止是吃惊。她对这个人一点都不了解，他说的又都是如此陌生的话题。这个世界真是疯了！

"我说的都是真的。"龙乔生看也不看苏米，他蓦地从包里掏出一堆钱，推到苏米面前，"这是首付十万，另外四十万半年后付清。"

苏米那只受过伤的肩膀猛地搐动一下。她一时不知道目光放向哪里好。

"我原本想带了验钞机来着，但是那不是对我的不尊重而恰恰是对你。放心吧，这些全是从银行刚提取的。我们可以签协议，彼此明验身份。我的身份证号码跟我的法人执照身份证号码是不差丝毫的，我全带来了，你不信的话可以打电话询问深圳市工商局，那里有副本。"

苏米想说这不行，但是话未出口她立即沉默了，她生怕说出来人家会以为她在讨价还价。龙乔生连这种沉默都让她无暇保留，他突然换一种日常的口吻问道——

"能知道你今年多大了吗？"

"二十八岁。"说完之后，苏米再一次想到，她来深圳转眼已快两年了。

"那么我比你小三岁。"龙乔生的话让苏米再次感到意外，虽说他看起来尚且年轻，但是没想到竟然比她还小三岁。他的冷静和历练倒是她远所不及和不曾经历的。

"我四岁丧母，五岁丧父。我十二岁被叔叔赶出家门，十三岁拾荒，十四岁进工厂，十五和十六岁跟人到吉林弹棉花，十七岁尝试搞物流，十八岁替人解三角债，猛赚了几大笔钱，十九岁到二十三岁倒卖钢材，又赚了几大笔。现在我涉足房地产，我不像别人传说的那样开矿山发家，我只是倒卖了几年钢材而已，虽然我也希望能在山西或辽宁弄几个小煤窑，那算是煤矿。我中间补了两年大专课程，也就是说，起码的是非判断我还是有的。我现在的手头资金远远超过七位数，很快会达到八位数。我的履历就这样。噢，你喝一点咖啡。"

苏米想了一想，只好照做了。咖啡很苦，她忘了调糖。

"我在叔叔家的时候，正是同伴们读小学的年纪。我每天给家里熬猪食，上山打柴，种地，什么活儿都干。"龙乔生不再看苏米，他似乎一个人自言自语，耽于回想，"我每天吃不到一顿饱饭，常常饿得浑身发抖，连走路都没力气。我记得有一天干完活，我实在太饿了，在餐桌上一口气吃了六个糙面干粮，吃到第七个的时候，我不敢再把手放到餐桌上了，只好趁大家不注意赶紧咬一口，然后把干粮夹在桌子下的两腿中间，端一碗粥装样子喝。可是餐桌上的干粮是不断在少的，婶婶终于狠狠地剜了我一眼。第二天，叔叔就把我赶出家门。也许他就是觉得我开始懂事了吧，开始有心眼。"

苏米听着。

"十三岁拾荒那年，我为了保护身上的八块钱不被抢走，被人从后背狠狠地捅了一刀。十四岁在一家铁路线上的转运站，我给人家砸焦炭，一块拳头大的碎块崩在我头上，血止不住地淌。但是那血全流进黑色的炭堆里了，外面什么也看不见，老板来了还以为你在偷懒。那时候我就明白了，不要让人看见你的血迹，看见也没有用，因为有比血迹更黑的东西存在。我想，不论什么时候，一个人只管朝前走路就是，抬着头，或哪怕低着头，但他要一直走。走了大路走小路，走了小路走绝路，走过绝路还要走路！走上坡路，走下坡路，走阳路，走雨路，不停地走、走、走！"

龙乔生最后几句话几乎是咆哮起来。

苏米不知道说什么才好。她有一些害怕。不知道是怕他的声音还是声音里面包含的东西。他的声音使她想起了自己，当初她来到深圳受骗，她的奔波，她的挣扎。她想到自己假如按确尼公司乔编导所说，重新回到之前打工的车间，重新再过她以前的生活，每天辛苦工作十几个小时，晚间连洗澡都要和女工们在逼仄的公共澡堂排队两小时，直到两腿彻底瘫软，她就不寒而栗。

"我所说的这些，"龙乔生语气温和下来，"只不过是说明你现在不能太同情自己，不能太可怜自己，因为你的苦难远没有我多。但是，话如果仅仅说到这里，那么我所说的一切就没有意义。我想说的恰恰是，我想告诉你苦难没有意义，它一钱不值。每个人走路，他不要多想，背运的时候他慢慢走，但是机会来临，他一定要快跟几步，不要错过。苦难的意义就是这么单薄，不堪一击！"

"你——" 苏米问，"拿出五十万元轻易地送出去，你是为了什么呢？"

"喜欢。"

喜欢我？苏米想，然而她不能确定。"你喜欢什么呢？"她问。

"要我说实话吗？"

"随便。"

"那就恕我直言了，我赞赏你刚才说的'轻易'这个词。

也就是说，这五十万对我来说，我轻易地送出去，也会轻易地赚回来。"

这个流氓！苏米心想，真是个十足的恶棍和浑蛋，他连表现他粗鄙的自私和自大都不加掩饰，这也算是坦诚到极致了！苏米立刻感觉到垂头丧气。

"那么，"停了一会儿，她问，"这五十万元假如给了我，我又该做什么呢？"

"过正常的生活。你在房间里，每天看电视，养宠物，做家务，都行——如果你愿意做家务的话。实际上我可以雇一个保姆给你。你也可以上街，看演出，购物等等。你的化妆、穿着、零用，全由我给付你，也就是说，五十万是纯利润。"

苏米屏住气，第一次仔细地看了一下面前那排整齐而稍显毛污的钱。有无数人的手在上面抚摸过，清点过，也有无数双目光在上面欣赏过，停留过，它是世界的硬通货，是人生的精华。这些钱，一万元一沓，总共十沓，并且半年后，还会再有四十沓。她想象不出那总共会占据多么庞大的面积，她不敢再想下去了。

"苏米，"他竟然直呼她的名字，"你想想，即便你在确尼仍旧做模特，薪水也就是每月五千元，一年六万元。那么，眼下这是半年，五十万，你想想。"

是啊，苏米想。再干一年，她等于在深圳前后待了三年了。三年赚六万，剔除被容小兰骗走的三万，还剩下三万；再扣除她三年在深圳的日常开销和用度，她几乎等于分文未赚。可是她白白为此流逝掉三年的时光啊，那些辛苦和委屈还统统不算。一想到这个，她的内心就像丢失了一般。

"答应我好吗？"那个对面的比她年轻三岁的男人，用无限温柔和爱怜的口吻说道。

音乐声响起来。透过低矮的装饰性房门，苏米看见大堂中央的乐队正在演奏。那卷曲的圆号，伸开的长号，怦然的铁鼓，叮当的三角铁，它们闪着物质主义的光芒，生硬而冷凝，却又让人目光触及上去感觉舒服。啊，这个浑蛋说得没错，苦难在优渥的生活和机会面前显得那么苍白和单薄。它的可笑甚至不止于此。苏米假设自己得到了这一大笔钱，她敢断言，她不会感到十分心安与快乐。但是若说对方将这一大笔钱从面前拿走，她也不会心安与快乐了，因为她已经看到了这些钱，或者不如说，她已经可以有把握地得到从容裕如地生活的机会，可是她竟要放弃么？生活告给她的道理就是这么简单，哪怕她从此再回到确尼公司做专职模特，哪怕没有她擅自离岗的事，她也不会感到幸福了。这正如好梦醒来，往往比噩梦更让人失望和难过一样。苏米小时候在农村看到乡亲们每每杀完猪，都要吹那个猪尿脬，虽然吹到里面是空气，可是空气放出来后，猪尿脬却再也恢复不到原样了——啊！生活多像是一只猪尿脬，你感受到了就再抹不去。

"你——"苏米的眼泪在晶莹地打转，"管保不会是要加害我吧？"

"我发誓！"龙乔生立刻把他的右手举起来，"我以我地下的父母的名义，连同我的一切来发誓，我管保不会加害你的。"

苏米的眼泪终于滚落下来。

"你同意了吗？"

苏米不作声。

"你同意了？"

苏米轻轻叹了一口气，点了一下头。

"我还想问一句，"过了一会儿，龙乔生轻声地问，"你介意吗？"

"什么？"

"你，是处女吗？"

苏米用纸巾拭去泪水，想了一想，抬起面庞，清晰地答："当然是！"

"好的，没事，没事，我就是随意问起的。"

告别龙乔生之后，苏米暗地里打听了一下，能够做处女膜再造手术的，大约只有市人民医院。

她去了。挂完号，在医院外科的走廊里，苏米正要驻足敲一间办公室的房门，一位胖胖的男医生从里面走出，两人几乎撞在一起。他穿着白大褂，满面油光，看起来更像一位厨师，"找哪一个？"他问。

"我——"苏米迟疑着，灵机一动，"咦？看你好面熟啊。"

"是吗？我不太记得。"

"连口音也熟。但是实在想不起来了，噢——"苏米假装说，"我们好像一起和朋友吃过饭。"

"你干什么呢？"白大褂问。

"我，我……"苏米结巴着不知说什么好。

"是患者吗？"

"啊，算是。"

"怎么回事？"

"我们去房间里谈好吗？"

胖医生回身坐在属于他的办公室里，苏米看清门前标牌写着"主任室"。这时，一位女医生进来要他在开药的处方上签字。药品是利多卡因，做手术局部麻醉使用。以前这种药品普通医生就可以开出，但是前一阵子社会上出现不少罪犯，用医用氯胺酮和利多卡因等麻醉剂合成毒品，危害巨大，此后，上级规定要严加管理，开药需主任亲自签字。

"对，想起来了，你是徐主任啊！"苏米看了一眼处方笺上签的名字，笑着说。

"你做什么手术？"

"处女膜再造。"

胖医生从桌子上直起腰，叹了一口气，看了苏米一眼，又伏下身去，在处方上重重地签上了自己的名字。

龙乔生如愿地将苏米接到自己家里，并且给她雇了一位保姆。苏米不久辞掉了龙乔生为她雇的保姆。倒不是说她天生就热衷做家务活，她是不愿意让外人把她经常看在眼里，尤其是一个保姆的眼光——她喜欢静静地一个人待着。这间宽大的房屋，现在只弥漫着她个人的气息，龙乔生的气息是那么淡——并且只有他回来时才有。他最近正在从事一项房地产前期开发，业务实在太忙了。

躺在宽大舒适的沙发上，阳光将上面的布面照得很暖。沙发旁边的茶几上摊放着一本关于建筑学方面的书，苏米刚刚看到建筑大师勒·柯布西埃说的这样一句话："只有在光线的照射下，建筑才能产生生命。"虽然勒·柯布西埃很可能指的是灯光的造型，但在苏米看来，把它指为阳光更恰当。她喜欢阳光。房间里那缅甸的柚木地板，那榉木和紫罗红理石配成的电视背景墙，那枝形的吊灯，那摇曳的窗帘，甚至那客厅水晶桌上摆放的台湾水龙果、美国蛇果、甜竹笋等等，也都因阳光的照射才有了生命。在深圳市摩天接顶的水泥丛林中能够安坐家中便享受到如此自然的阳光，实在来说也不算一件易事。

苏米几乎不看电视，她仍喜欢读书。龙乔生的居所离市立图书馆很近，几乎下了楼就是，她偶尔去借一两本书回来阅读。实在无聊的时候，她也做做家务，龙乔生的厨房十分阔大，她实在想不清楚龙乔生一个人过，怎么会使用那么奢侈的厨房。那间厨房采取开放式构造，却又增加了配炒菜间，也就是大厨房里套了小房子，卫生而又现代。苏米经常让自己在里边忙活半天，龙乔生傍晚回来的时候，她为他准备好餐具，他只需享用就是了。他发自内心地赞扬苏米的烹调技艺，那带有北方菜的口味。当然更多的时候，龙乔生还是劝她："饭菜不必弄得太麻烦，我们到下面吃一点快餐就行。"他是一个并不讲究铺张的人，同时，苏米也明白，这是他担心她受累，对她表示温情的一种关心。

苏米还经常手持抹布亲自擦拭房间里的地板、家具、器皿等等。她觉得这个时候时间过得最快。但她不知道，她每天仔细而不厌其烦地重复上述劳动时，也无意中赋予了这些劳动对象以感情。因为房间里的每一处物体和角落无不被她的目光停留，无不被她的双手触摸。甚至这种感情也会转移到龙乔生的身上。他穿过的衣服，由她给他熨好，挂在衣橱里。他放在写字台上的手表或是钢笔，包括未读完的报纸，她擦完写字台后仍旧原样放好，绝不改变丝毫位置。她感觉龙乔生以他的年龄，在人生阅历和识见上比她复杂、深刻而灵活得多固然让她吃惊，但是他的某些禀性，也还有孩子气的成分在里面，她不知道这是不是因为她比他大一些的缘故。

他非常喜欢同她做爱——在苏米看来，这虽然只不过是他对她表示爱的感情的一部分，但也确是他不可缺少的一部分。她有时候阻止他，当然那得看他坚持和固执的程度，在这方面，她是无话可说的。他偶尔也会顺从她，或提出折中的方式，比如以捉迷藏的游戏行为来决定结局。他把自己用头巾裹住眼睛，苏米光着脚丫在客厅里躲，他在有限的时间里如没捉到她，事情就和解了；如果捉到了她，他就把她抱到床上，轻轻地爱抚她，完成游戏之前的诺言。

他俩有时候也共同出去，吃饭，看音乐会，打保龄球。苏米发现龙乔生的朋友其实很少，有限的几个也都是生意上的朋友，抛却商业利益的精神上的朋友几乎没有。他在深圳也没有一个亲戚，用他的话说，何止深圳，普天之下也没有亲戚。他从小就是孤儿，与外地的叔叔婶婶也早已断绝了关系，真正可谓独来独往天马行空一个人。这种干净利落的社会关系使他有时候未免显得沉默寡言。他几乎从不谈家事，他也没有什么家事可谈。而对苏米呢？起码暂时来看还是一个例外。

这样大约过了一个多月的样子，有一天下班，龙乔生忧心忡忡地对苏米说："我想跟你商量一件事。"

"什么事呢？"苏米问。

原来前一阵子龙乔生在房产上的投资比较大。他看中了一块地盘，在深圳市内繁华路段的锦明高中附近。锦明高中是深圳一所极有名气的私立学校，据说清华大学正积极磋商在它们那里设立附属高中和联合办学问题。它的名气让深圳市内乃至周边县区无数家长和学生们趋之若鹜，但更多的人苦于路途遥远，求学不便。在它旁边开发住宅楼，对社会来说是一大喜讯，对龙乔生来说更是一本万利。除了证券场上的一些股票，龙乔生几乎把个人所有的资金都先后投入进去了，同时在银行贷款一千多万。即便这样，随着工程的进展，资金缺口还是很大。好在外面有两个朋友，因为生意上的来往分别欠着他八十万和五十万，已经有两年多了，连欠条都不知重新开了多少回。龙乔生这一阵子加紧催要，可恼对方两个同时迟迟无应。终于其中欠他五十万的那个朋友万般无奈，提出用楼房抵顶，原来他也是一个开发商，只不过楼房在东莞。近两百平方米的房子，抵价五十万，其实是很便宜了。龙乔生的意思是，反正他还欠着苏米四十万，并且半年后商业上的资金能不能彻底回笼也还难说，那么不妨让苏米将已经得到的十万元拿出来，买下这处楼房，留做自用，这样他和她就算钱情交割、互不相欠了。

"所以，我也还在犹豫。"龙乔生讲完了上面的话，面有难色。

"为什么呢？"

"我本来是不愿意对方用楼房抵顶我的债务，可是错过这个机会的话，那四十万元恐怕就更不知哪一年才能要出来了。"

苏米不知道怎么回答他才好。

"不过实在说，这也解除我一个负担，因为我欠你的那四十万元，我终究是要给你的。但只是不知道你愿不愿意用它买下那个房子。"

　　"你觉得那个房子怎样呢？"

　　"当然不错。你买下它，总比钱放在银行里增值得快。半年后你继续住就住它，想离开就卖掉，我想那时至少会多赚四五万元。这期间你可以两处房子随便住，深圳和东莞距离那么近，我们又有车。"

　　"房子买下归谁呢？"

　　"当然归你啊。买下后我陪你去办房产证，上面的名头独独写你自己的名字。"

　　"那就这样吧。"苏米说。

　　"但是——"龙乔生又犹豫起来，"细说起来，这等于是我把四十万元提前给了你。"

　　苏米没明白龙乔生是什么意思。

　　"实在说，苏，万一你事后不承认怎么办？"

　　"我把房产证办好后交你保存。"苏米不假思索地说。

　　"这样最好的。"龙乔生的想法看来正是如此。

　　"可是，"苏米又说，"你必须给我打一张收据，说明房产证在你手里。"

　　"这样才公平。"龙乔生说。

　　事情就这么定了。

　　此后，苏米和龙乔生经常出双入对，频繁穿梭于深圳和东莞之间。龙乔生没想到苏米是这么一个通达随和且善解人意的女性，这使他越发爱恋她。而苏米呢，时常对眼前体面和舒适的生活产生感慨。她想，我不是不愿在雨天的泥泞路上行走，不是不愿做车间工人，不是不愿过没有洗澡间的艰苦的生活，我只是难以接受这些事情所说明的意义。我不能容忍自由和幸福感觉的丧失。

三

许晚志没有想到深圳市公共事务协调委员会主席的家中是如此俭朴。虽说这是一幢二层小楼，但是本地许多普通原住民所居的房屋大都如此，甚至它比它们更显得门楣简陋，墙体斑驳。加上它置身于一个偏僻弄堂里的陈旧社区之中，更沾染了平易的烟火之气。

在应聘家庭教师见面的时候，许晚志看到对方是一位五十多岁的高大男人。他面色显得有与实际年龄不太相符的苍老，穿着一套深灰色的西装，那面料一眼看去是至少有百分之八十化纤混纺的，也就是说不值多少钱。但是他举止沉稳，目光慈祥，椭圆的下巴显出他内在的一种风范。

他仔细地翻阅了许晚志带来的身份证、学历证明、工作业绩简历，这些都是没问题的。连续三年的高中物理骨干教师，所带班级每年都有清华、北大的录取生。更主要的，对方喜欢他是外地老师，而且一看就为人正直。

在对方满意地将资料还给许晚志的时候，本着来而不往非礼也的古训，许晚志也向对方要了一下证明。

对方迟疑了一下，但他还是利落地把工作证从口袋里掏给他。许晚志看了一眼：深圳市公共事务协调委员会。他听说过这个部门，出租车的新闻里经常提到它。给许晚志的印象，这不是一个实权部门，但也绝不是一个形同虚设的所在。它大概就是负责政府各部门之间业务协调关系的，但不具有直接管辖权。他看了上面的职务一栏：主席。姓名栏：寒霄趁。

但是许晚志没料到寒主席家的千金却是一个脾气很大的人。她十八岁，正读高三，因为患一种间质性肺病，不得不暂时养病在家。这是他的物理学科辅导对象，他给她上第一课的时候，她却给了他极不尊重的言辞：

"你来干什么？"

"阿妹，"正在厨房洗碗的保姆说道，"这是你的老师！"

保姆是一个皮肤黝黑的快六十岁的女人，她的声音含着一种细腻的糖音。

"他和你一样，是被雇用的人！"

如果不是许晚志耳边反复响着梁原的奚落："老兄，你不能在深圳坐吃山空或成为饿死鬼"，他是真想转身离去的。

"把你的物理习题拿给我看一下吧。"许晚志说。

"你的话我听不懂。"他的学生说。

许晚志只好又重复了一遍。

"我只听得懂粤语。"

许晚志哑口无言。

"那么，"他的学生用不无嘲讽的眼神看着他，"Can you say it in English?"（你能用英语说吗？）

"寒小妹，"许晚志想了一下，只好说，"我们今天是讲物理的事情，你知道人的发音是一种什么现象吗？"

"气流力学现象。"

"很对。那么你能说出牛顿第一定律是什么吗？"

"哼哼，"寒小妹不屑地说，"是力学定律。"

"没错。力学定律又称惯性定律，人的发音属于力学现象，我习惯讲普通话，所以我的发音符合基本的物理定律。"

寒小妹看了他一眼，不作声了。

一个下午，许晚志差不多整整给她讲了两个小时的课程。她的天资很好，记忆力也扎实，但还是存在不少问题，可能是课程落得太多的缘故。按照约定，许晚志每周上门辅导三次，分别是周一、三、五的下午。每次一百块钱，这样算下来，他每月有一千二百块进项。这很不错了。

临要告辞的时候，寒小妹的脾气又发作起来。"每天不让我出去运动，不让我上学，难道连电视也不让我看吗？阿婆，电视到底什么时候才能修好？"

"啊，"保姆从她的卧室走出来，"我记得寒主席给人家打过电话的，暂时没有结果。你知道，他每天太忙了啊。"

"我都好长时间没看到凤凰卫视了。"寒小妹嘀咕着。

"凤凰卫视？"许晚志问，"你的卫星接收器在哪里？"

"在楼顶的平台上。"保姆向许晚志笑着说。

许晚志来到楼顶。他查看了一下，怀疑是上面的极轴天线歪了，这使它与地球极轴不相平行，所以接收信号不良。他让寒小妹找来工具，自己费了好大力气将极轴天线向北靠近。

"这是什么原理呢？"寒小妹好奇地问。

"极轴天线在赤道平面上的扫描轨迹，现在跟同步卫星轨道是不同心的圆，为了让它们重合，就要加大校准量。"

寒小姝半信半疑地看他修理。

"现在好了。它跟地面形成的夹角度数，一定等于天线所在地——也就是深圳所处的地球上的纬度。"

回到客厅重新启动电视，凤凰卫视的节目果然清晰地出现了。

寒小姝满脸笑容，但那是对着电视屏幕。她并没有对许晚志哪怕说一声"谢谢"。

上完家教出来，许晚志不知道该到哪里去，也就是说，他不知道该到哪里去找苏米。在这个拥有近千万人口的城市里，人与人即便近如比邻，也等于遥若天涯。

他接到梁原给他打来的电话。"喂？"他说。

"有进展没有？"

"没有。"

"老兄，这样不行。你至少应该在报纸上登一个寻人启事什么的。"

许晚志笑了一下。

"晚上我请你吃饭。在亚洲酒楼怎么样？"梁原说话像爆豆一般。

"我说，你别整大饭店，我吃不消。"

"不大。名号大，店面小。说定了，在桂圆北路附近。"

晚上，许晚志和梁原坐在一起。这个饭店还是大了一点儿，分上下两层，全敞开式。他们两人坐在二楼围栏边的圆桌旁，点了四个菜，全部是许晚志爱吃的北方菜。许晚志不知道这正是一家北方菜馆。

"老兄，佩雷拉要重返阿联酋了，要有好戏看。"

许晚志已经好久不关心足球了。苏米在家时，甚至以前，他一直是足球的铁杆球迷。

"佩雷拉这小子一九八四年和一九八七年担任过阿联酋队主教练，可不知怎么后来跑到巴西队了。这次据说请他回来备战二〇〇二年世界杯亚洲预选赛。"

一九八四年？一九八七年？许晚志想，一九八四年我在做什么？读初三，在那两年之前，他在姥姥家的农村第一次见到少年的苏米。一九八七年？他读高三了，正一心一意复习考大学，可是那一年他和苏米在胡同里重逢。二〇〇二年？这太遥远了，他不想若干年之后的事。

"再跟你说个小道消息，绝密，是我费了三天三夜才从外电那里打捞到的。很可能在明年，中国足协准备请南斯拉夫名帅米卢执掌国家队主教练哪！"

许晚志看了梁原一眼，低头吃菜。

"你呀，彻底堕落了，人说男人老没老，就看他只顾低头吃饭还是抬头看女服务员。改天我给你找个小妞玩一玩。"

"谢谢好意。"许晚志说，他喝了一口饮料。

"这是生活！老兄！生活无处不在，生活不是为将来某一天在准备着，现在就是生活！你想想，你十年找不见苏米，难道你十年不亲近女人？"

许晚志懒得理他的样子。

"再说，十年后找见苏米，你心爱的人儿已经老了。"

"我不是为这个来找她。"

"当然，当然，老兄，我是说当然。可是十年后你也快老了，你全身动不了，只能晃晃眼神啦！"

　　许晚志果真晃了晃眼神，他四处打量了一下周围环境。

　　"梁原！"许晚志猛地喝住他，"快！"

　　"怎么了？"

　　梁原顺着许晚志的目光看去，在饭店一楼的大厅里，一个穿低胸服的年轻女人和一个差不多年龄的戴眼镜的男人吃完饭，正向门外走去。

　　"那是苏米！"许晚志失声叫道。他一个箭步冲向楼梯那里。

　　梁原紧随其后站了起来。

　　"先生请您先结账。"一位礼仪小姐在楼梯口的收银台拦住了许晚志。

　　"别别，我来我来。"梁原急忙从兜里掏出几张纸币。

　　许晚志追到门外的时候，那两个人刚刚坐进一辆黑色的凌志轿车驶进夜幕。

　　终于梁原气喘吁吁跑了下来，两人急忙钻进梁原的出租车里，打着火向前方追去。

　　路上的汽车正是拥堵的时候，凌志车驶到红桂路与宝安南路的交叉口，向左转去。梁原的出租车追到那里，岗亭变为红灯，他只好踩了一脚刹车。

　　"别停！"许晚志大声叫道。

　　"老兄，过不去。"

　　好容易挨过四十八秒，几乎在变灯的同时，出租车像巡航导弹一样射了出去。

　　驶到振业大厦路口，又是红灯，许晚志几乎是拍着方向盘："给我闯过去！"

出租车一路鸣笛冲了过去。

"下一个路口，又是红灯，怎么办老兄？"

许晚志踢了他一脚。

"老兄，这里全是电子监控。我今晚赔大了，请你吃饭不说，明天再去交罚款。连闯三个红灯，我就该进牢房了！"

他们追到蔡屋围路口的时候，凌志车已不见了踪影。

四

这是一间装修色调非常冷峻的办公室。

到处都是铁漆皮柜子，格外配着密码锁。墙角的一条桌子，一连放着三台不同型号的电脑终端机，还有其他一些叫不出名字的精密设备。它的边上，唯一一只镶嵌玻璃的实木柜子，里面整齐地码放了上百本厚厚的卷宗。趁着工作人员去套间里请他们老板的间隙，许晚志坐在沙发上打量墙上一眼，那里写着：提供商业调查、婚姻调查、事故调查。另一行小字写着：全天二十四小时服务，偷听、偷拍、跟踪、寻人、查址、出庭作证、保险索赔、对策咨询。敞着的房门上钉有一块金属标牌：深圳市派鹰私人调查事务所。

"就是这个人，"刚才进去的那个瘦瘦的工作人员对他的老板说，"他想寻人，可又不提供任何线索。"

"不是。是我也一无所知，除了这个。"许晚志递过一张苏米的照片。

老板坐在办公桌前打量着照片。他四十七八岁，矮墩墩的身材，肚皮挺着，头发稀疏，有几绺弯曲着翘到耳郭边，显出目光有几分滑稽的和蔼。如果不是事先听说他二十年前在对越战争中当过侦察连长，光看这副模样，许晚志是很难信任他的。

"她叫什么名字？"老板问。

"苏米。"

"多大？"

"一九七〇年八月六日生。"

"她什么时候来的深圳？"

"两年了，两年多。"

"你，"老板点着一根烟，"还能提供一点什么？"

"大约一周前，在桂圆北路的亚洲酒楼，她和一个戴眼镜的男人吃完饭后同乘一辆车离开。"

"车牌号是多少？"旁边那个瘦瘦的工作人员插嘴问。他倒是衣着笔挺。

"没看清。"

"你想调查什么？"老板问，吹了一口掉在肚子上的烟灰。

"她在哪里？那个男人是谁？他们做什么？我都想知道。"

"你是想按事件交费，还是按小时交费？"

"怎么讲？"

"按小时收费的话，每小时一百元；按事件收费的话，每件事八百元，以此累加。比如，除了你说的那些，如果你还想知道，她每周打几次麻将，去参加什么样的酒会，用什么样的化妆品牌子甚至……一切的一切。"

"这样，先弄清她在哪里，这个按事件收费。以后的事，按小时收费。"许晚志说。

"你真聪明啊。"老板从办公桌那边冲他笑了一下，"我们现在赚顾客的钱越来越难了。不过，事先跟你说好，如果被调查的人不按正常作息时间生活，也就是说她经常在晚上十点以后出现或是凌晨三点左右出现，你要加钱的，因为这个时候会搞得我们很疲劳。"

"我明白。"

"还有，被调查人如果在公检法或其他特殊部门供职，也要加钱。"

"这个为什么？"

"因为这种事情有难度。我们在特殊部门聘有专业人士，他们在业余时间帮我们做一点事，我们总得给他们一些劳务费。"

"那好吧。大约什么时候会有消息？"

"噢——我们试一试，快则十天，慢则一个月，你看怎么样？"

"我看可以。"

"你去填一份调查授权书吧，"老板回头对那个瘦瘦的人说，"瘦猫，这件事交给你了。"

许晚志走后，老板操起电话打给一个人。一个小时后，他又打给另一个人：

"喂——是瞿警官吗？"

"是我。"

"嘿嘿，瞿警官哪，我是丁壮壮。有个事帮我们一下。"

"老丁，"电话里的声音说道，"跟你说过多少次，涉及泄露机密和违反原则的事，我不会做。"

"我知道，我们也是这样。只是想请你帮我们查清一个人的户籍或暂住证号码，包括手机号码，这样会快一些。"

"叫什么名字？"

"苏米。女的，看照片人很漂亮。"丁老板把照片从桌子上拾起来，仿佛通过话筒能让对方看到她一样。

"苏米？"

"呃是的。"

"好了老丁，别说了，我马上执行任务。"

电话撂了。

五

梁原在路灯下好容易找到一处停车位。他熄了火，和许晚志走下出租车，说："今晚我们好好逍遥一下。"

许晚志回头无意中看了一眼出租车，它的车牌使他站下来，忍不住说："你这个车子很煽情啊。"

"怎么了？"

"没人说你流氓吧？"

"大哥，我不明白流氓跟车子有什么关系？"

出租车的牌照是"粤SEX3976"。许晚志揶揄地说："你知道这三个英文字母是什么意思吗？是英文里'性'意思。"

"怪不得呢，"梁原明白过来，大大咧咧地说，"老外们总是喜欢坐我的车。"

梁原领着许晚志朝"站台"酒吧走去。一进门，总台那里的模型火车正在哗哗地转动，它的噪音变得很大，像是电量不足。"请问你们几位？"服务生迎上来问。

"没见吗？我们哥俩。"梁原说，拍了那个服务生肩膀一下。

服务生给他们找了一个吊灯下面的位置。"不不不，换一个位置，妈的灯光比车大灯还刺眼，我要舒服一点的地方。"梁原不满意地说。

服务生只好领他们来到一个幽暗的地方。刚刚坐下，走过来一个女人，她看上去是新烫了发型，长发凌乱地披在光裸的肩上，显得狐媚十足："请问两位喝点什么？有威士忌，香槟，德国啤酒……"

"要越南啤酒。"梁原解开他格子衬衫的第一颗扣子。

"越南啤酒？"女人蹙着眉摇摇头，"没有啊。"

"那就来印第安啤酒。"

"印第安……先生可真会开玩笑哦。"

"不是啊，那就请你来青岛纯生吧。"梁原松了一口气，他冲许晚志眨巴一下眼睛。

女人转过身，暗暗地撇了一下嘴。她毫无办法。

啤酒上来后，梁原顺势拉了一下她的手臂："小姐叫什么名字啊？"

"我叫陈妙。"

"小姐不要走啊，能陪我们喝几杯吗？"

"当然可以呀！"陈妙摇了一下腰肢，面露难色，嗓音发哆，"不过，我喝这个很不习惯的。"

"好啦，我认砸了，你去拿一瓶你喜欢的吧。"

"谢谢先生。"

陈妙去拿了一瓶意大利葡萄酒，放到桌上，就近挨着许晚志坐下。一缕清爽迷人的香气立刻渗透过来。他已经好久没闻到香水的气味了。

他们闲聊着，玩猜枚，梁原不时同她打情骂俏，他们一共喝了差不多一打啤酒。快到晚上十一点钟的时候，梁原的舌头已经醉得发硬了，他冲陈妙挤挤眼睛，问道："你们这里还有没有姑娘啊？"

"当然有啊。你还要再来多少啤酒？"

"不，不不。我已经不能再喝了，我想找个姑娘出去兜风。"

"兜风？姑娘们都穿得很少啊，你别让人家冻着。"陈妙说完站起身去，过了不一会儿，她现场魔术一般带过来一位高个子销酒小姐。

"真的穿得少啊，不过我不会让她冻着的，我有让她感到温暖的东西，那也是让所有人感到温暖的东西，那不就是钱嘛。钱……嘿嘿，我还有一部S……E……X这个牌子的出租车，你们听说过吗？"

大伙都笑起来。

梁原牵着那位姑娘的手臂，俯身在陈妙的耳边小声说道："你好好陪我这位大哥，他气度不凡哪！再说，他比我有钱。"

"去你的吧。"陈妙咯咯地笑起来。

梁原被那位姑娘搀着向门口走去，他们头也不回。许晚志虽然也喝多了，但他还是努力着站起来，可是不待他迈步，陈妙立刻用胸部顶住他的身体："先生你别走啊，酒还没喝完呢。"

　　许晚志感到浑身一热。被陈妙碰过的部位还在继续柔软着，好像被膏药贴住一般。那种乳液浸着橙瓣一样的香水气味再一次袭来，仿佛专为弄情而研制，同时更像是雨露一样，渗透着干枯的树木的每一缕枝条。梁原的出租车已经启动，许晚志只好坐了下来。

　　"先生是哪里人呢？"陈妙的高脚杯沿贴住嘴唇，盈盈的目光看着他问。

　　"嗯……反正不是本地人。"

　　"你是做什么职业的？看你像是运动员。"

　　"为什么这么说？"

　　"你的肌肉好结实啊，有力度感。"

　　她在夸奖他的身体，谁都知道这是什么意思。许晚志觉得自己这个"运动员"很无力。一个声音在他耳边小声召唤：离开这里，离开她，走吧。

　　"你为什么不爱说话啊？好像有什么心事？"

　　"没有。"

　　"你觉得我怎么样啊？"

　　出于礼貌，许晚志只好大致地看了她一眼。她娇小可爱，皮肤光滑，短裙下的大腿纯情地跷一起，显得温驯而生动。她说话也并不叫人讨厌。实在说，她比刚才那位高个子销酒小姐看上去舒服多了。

"我觉得你不错。"他立刻后悔了，他怎么这么说。

"走哇，我们把酒喝干了，出去走一走。外面多美呀。"她用勾魂的眼睛望着他。

他是想走的。他一直想走。可是话被对方说出，他又不敢跟她出去走。他犹豫不决。

"你怕什么呀，"陈妙温柔地看着他，她确实一见而有点儿喜欢上他，"没有人知道的。再说，你的同伴不也和人家出去了吗？"

许晚志沉默着。

"就算你的爱人知道，那也没什么了不起。事情做完了就是完了，她如果当时发作一下可以，可她要是没完没了起来，那就实在没有道理，不是吗？"

她拽起他的手，索性连剩下的酒也不喝了，他们来到大街上。"你住在哪里？"陈妙问。

"很远，离这儿很远。"

"我就住在附近。"说话间，他们已经来到了她住的公寓楼下，他没想到真的这么近。"上来坐一会儿，好吗？"陈妙说。

"我还是想回去。"

"我喝多了，你送我上去吧。只坐一会儿，我给你倒杯橘子汁喝，解解酒。这要不了多久。"

许晚志想起了自己的住处，那个蹩脚的小旅店，燠热，潮湿，孤寂，四周都是蚊虫，一切杂乱不堪。他真想找一个安静的地方多待一会儿。可是，一个声音又在耳边响起：快走，快走，现在还来得及，来得及。

陈妙在他迟疑的一瞬，已经挎起他的胳膊，领他走进楼内。他迈了几步，有一种飘升感，那么不真实，他们已经在上升电梯里了。

进了房间，陈妙真的给他倒了一杯橘子汁。"我去洗个澡。"她说，双手将自己裙子向上卷，卷，直到卷成一个绳圈取下来，顺势套在许晚志的脖子上。不待许晚志将它拿开，陈妙又将脱掉的背心蒙在他头上。他撩起这些东西，看见陈妙身上只剩下乳罩和内裤，她猫一样溜进浴室。

许晚志不知道如何是好。他打量着这个房间，四壁贴着粉色的墙纸，朦胧而温馨。冰箱旁边有一幅抽象主义油画，似乎有一点倾斜，使人忍不住产生想去给它扶正的冲动，虽然那一看而知是复制品。面前的茶几上，凌乱地摆放着女式发卡，塑料花，常用药品……当然，还有一杯橘子汁。许晚志坐在沙发上，想通过那杯橘子汁让自己平静下来，他端起它，上身靠向沙发扶手。没想到，有一本书硌在了他的胳膊下面。他拾起来，随意地看了一眼封面：《瓦尔登湖》。

他信手翻阅起来。浴室里的水龙头在哧哧地响着。他掀动书页的声音掩盖了它们。他熟悉书里的一切。他太熟悉了，书里存在一种声音。风吹动着窗帘，那却是无声的。……他最后才怀着不舍的念头看了一眼书的扉页，一行熟悉的字体便在这时突然跃入他的眼帘：

苏米。购于深圳市新华书店。

像是被电流击中了一样，许晚志呆住了。他的酒马上醒过来，心脏怦怦乱跳。他站起来，直奔浴室，陈妙恰好在这时穿好内裤和乳罩妖娆地走出来。

"苏米在哪里？"他紧张得几乎说不成话。

"呀，干什么那样吓人啊？"陈妙说，"谁叫苏米？"

"我问你，她在哪里？！"许晚志哗哗地翻着手里的那本书。

"帅哥，"陈妙乜了许晚志一眼，用浴帽抖一抖她半湿的头发，"你还要两个女人陪你不成啊？她可做不来这一套。再说，人家未必看上你。"

许晚志把手里的书撇到沙发上，冲上前扭住陈妙的胳膊，反剪她的双手，把她摁在茶几前："你快告诉我她在哪里！"

"大、大哥，我可不喜欢你这么粗鲁……"

许晚志加大了力气，可他又怕弄断了她的胳膊，他就只好俯身用牙齿咬住她的肩膀，陈妙痛得失声叫起来："哎哟！"

"苏米在哪里？"许晚志觉得眼前发抖。他不知道是谁在抖。

"我、我不知道啊，我最后见她是做模特，好几个月？不不，一年多？我记不得了……这次我才回来还没有联系她，只有她的一个原来的手机号码……"

许晚志松开她，用茶几上的笔在手上记下了苏米的手机号码。陈妙立刻跑到一边，跳着脚大骂他："流氓！"

许晚志抚了一把自己的脸，又将衣服的下摆挣平，"对不起。"他说，摇晃着向门口走去。

陈妙又跺了一下脚。她气得哭了起来。

许晚志永远也忘不了他和苏米的第一次。

　　那是他们俩大学毕业后，他第一次应邀来到苏米的家乡，拜会完苏米的父母后，往县城回返。他用自行车载着苏米。

　　他们在山路上迎着霞光穿越。远处的河流，因为地势的缘故，一时看得见，一时看不见，空气中只能嗅得到它清冽的气息。这时候庄稼也柔顺了，经过了阳光整天的打理，它们用静默的方式冲天空表示感恩。风徐徐的，朝着夕阳落山的附近的方向吹。偶尔一两只飞蛾，像是某种器物漏隙中的细碎光线一样，一闪就不见了。

　　苏米坐在自行车后面和许晚志说话。她讲村东边田寡妇种瓜被偷的事，也讲村西头刁罗锅半夜遇鬼的事。后来，毕竟跟大学考古专业有关，她又讲村子里一些古代的传说，比如，当年辽东总兵李成梁在这里屯兵和打仗的事。

　　"南有戚继光，东有李成梁。明朝万历年间，虽然国运衰败，但幸亏有这两员名将，让后人念颂不已。"

　　"是啊，不过李成梁真正被重用，据说是四十岁以后的事。"许晚志说。

　　"但是他活了九十多岁呀。他镇守边关四十年，立功一万五千次，开拓疆域近千里。"

　　"好像就是在某一次战斗中，他误杀了努尔哈赤的父亲和爷爷，最后导致努尔哈赤起兵反明。"

　　"对。不过后来清朝人作《明史》，也不得不承认，李成梁戍边武功之盛，是明朝两百年来所未有的。"

　　"这我倒是不知道，那再后来呢？"

　　"再后来，呵呵，"苏米用手在面前平举着，"李成梁八十岁的时候再次奉命征战，不过那时形势已经大变，万般无奈，他把包括我们脚下在内的一大片土地，暂时放弃，准备当作军事缓冲地带，以守为攻，伺机再战。却被朝廷其他大臣诬为胆小怕事，丧权辱国，此后再未出山。"

"嗯，"许晚志感叹一声，却又不知感叹什么，"唉。"

"到了清朝，眼下这大片土地，又被朝廷封为龙兴重地，外人禁入。多少年间，这里只有山高林茂，河水奔腾，百鸟欢鸣，没有多少人烟。"

"哈哈，"许晚志笑起来，"原来我们这里曾经是世外桃源啊！"

"不错，正是世外桃源。"

许晚志跟苏米对话的时候，不得不总是回头，因为自行车行驶而产生迎面的风使他听不清苏米在说什么。他又还担心总是回头会被路边的石头绊倒。这样，自行车将要骑到一片下坎路段时，许晚志让苏米下了车，说："苏米，你干脆坐到前边来吧。"

"怎么坐啊？"苏米跳下自行车。

"这不有横梁吗，"许晚志拿过一件衣服，搭在上面，"侧身坐着，两腿并拢。我估计你小时候也这样坐过的。"

"啊，这有点儿像日本电影里那样。"

"上去吧。"

自行车轮重新转动在路上，他们俩反倒无话了。许晚志蹬着自行车，尽量小心不让腿碰到苏米的身体。风仍旧吹来，许晚志不用回头了，但正是因为不用回头，苏米的头发丝丝缕缕地拂在他脸上，令他目光有些飘散。他嗅到苏米的发丝中、脖颈与衣服隔层中散发出好闻的馨香。他还是忍不住，低头用鼻子去摩挲苏米的后颈。

"哎哟，痒！"苏米将上身趴在自行车前杠上。

许晚志想，怕什么呀？我是吻过她的。他用一只手揽住苏米的腰肢，平生第一次，从那里探进苏米的胸口。

"你……别这样呀。"

自行车慢下来了，在一片旷地里的荞麦垛前，软软地倒了下去。许晚志脑海里只剩下一个意念了，这是世外桃源。天色已经差不多全部暗下来了，半轮月亮像是陷在泥里的车轮，不肯挣动半步。大把迷乱的星星仿佛一簇萤火虫，散在麦垛尖上。许晚志在铅白色的光线里吃惊地看着，那躺在麦垛里，压在他身体下面的，被他已然剥光的苏米的身体。他感觉那是一个奇迹，是他让她产生的。在一阵剧烈的迷眩和不间断的耳鸣中，他完成了她。他给她完成了。他自己也是……他们的激情得到了不可捉摸的释放。

穿好衣服之后，两个人偎在一起。许晚志看到苏米在微微发抖。倏地，他感觉今晚的事情应该有一个相应的仪式，于是，他从自己裤兜里掏出一盒火柴，走到荞麦垛前，慢慢点燃了它。那火苗很快就燎蔓起来，腾腾冲天。苏米怕火，她吓得站了起来。她想远离火堆，又害怕远处的天黑，只好拉住许晚志的手不停地叫。

许晚志大声地笑着，他领着苏米离开那熊熊燃烧的荞麦垛，在远处坐了下来。他感觉苏米全身仍在发抖，他把她抱在自己膝前的怀中。

"你怎么了？苏米？"

"没怎么。"

"你怕吗？"

"我怕。"

"别怕，"许晚志更紧地搂住她，"我在你身边。"

停了一会儿，许晚志又问：

"你怕什么呢？"

一种不知道源于对世界什么样的认知的念头占据了苏米的内心，于是她说："我怕死。"

许晚志用下颌抵住她的肩膀。

"我们会永远在一起吗？"苏米问。

"当然会！"

"多少年后，假如我要死了，你一定紧紧地抱住我，抱住我。那样我就不会怕了。"

"我记得，"许晚志说，"但是我告诉你，你在瞎说。"

两个人同时笑了起来。

二十分钟后，眼前的荞麦垛已经变成余烬的时候，他们两个人却感觉激情在重新燃烧。许晚志说："再给我一次吧。"苏米盯着他的目光，仿佛含有既不信任、又有些笑话他的意味。她双手推拒着，然后勇敢地跑向黑夜里。许晚志在后边大步地追。终于在一片河滩的沙地上，他把她推倒在地。苏米刚刚站起来，他就又半跪着迎腰将她搂住，他这次保留了她的上衣，直接将她的下裤脱到脚踝部。苏米站在那里再也走不动了。

她的身体是那么光滑而柔软。许晚志仰视着她，大把地抚摸她，抚摸她的腰、髋、臀，抚摸他最想抚摸的某个部位。不知什么时候，他的肩头一凉，苏米刚才跌倒时手里攥着的一把细沙无力地松撒下来。

在沙地上，许晚志没怎么费力便将自己的东西挤进苏米的那里，他再一次感叹上帝创造万事万物的繁复高妙和无微不至。他一次次地撞击她，冲抵她，用力量体现他的不舍和怜爱。直到有一刻，他不知怎么被苏米压在了身下，那时候他感觉，天上的风和云朵，原来是贴着身体在飘摇的。

远处的河水，仿佛一泻千里。

六

一周之后。

"喂，许先生吗？请你过来一下。"这是"瘦猫"打来的电话。许晚志立刻拦了一辆出租车。

推开标有"派鹰私人调查事务所"金属牌的房门，丁老板和他的助手"瘦猫"已经在静候他了。丁老板坐在办公桌前，"瘦猫"两臂交叉倚在窗边，他们俩互相看了一眼。

"根据你提供的手机号码，"丁老板说，"我们冒充电话局勘查和检修线路的人与苏米联系，问清了她的住址。她现住在园岭一街，图书馆附近，具体地址是——繁贵花园十八号楼二单元一二〇一室。呃，这是她男朋友的房产。"

许晚志认真地听着。

"另外，她在东莞也有一处住房，具体地址是——东莞光大路菊美小区七号楼一单元七〇二室。这处房产是她的名头。"

许晚志分别递给他们一根烟，丁老板叼在了嘴里，"瘦猫"示意不抽。

"这些是我们偷拍的照片，有一些是通过夜视仪和红外线摄像机拍的，"丁老板摊开桌子上的照片，它们全被放大成十二厘米乘以十七厘米尺寸，里面的人物和环境非常清晰。"这是他俩在饭店吃饭的照片，这是他俩挽着手在街头散步的照片，这一张，还有这一张，在汽车里……这一张是在免税商场里购物……这一张，我们在对面的楼里拍的，是他们在房间里。"

在房间里的那张照片，苏米正同一个男人拥吻。这个男人出现在任何一张照片当中，戴着眼镜，面貌年轻。

"这个男人叫什么名字？"许晚志问。

"他叫龙乔生。这个人做过很多职业，现在是一个房产商，但是据我们了解，他眼下的事业好像遇到了一些麻烦。具体情况怎样……因为苏米是主要调查对象，我们对龙乔生没做更细致了解。你想继续调查他吗？"

"不，"许晚志轻轻呼出一口气，对方不知道那是表示一切如释，还是表示叹气，"不需要了。"

"这是录音带和苏米的手机号码。""瘦猫"递过一盘微型磁带和一张纸条。

"有充分证据表明，"丁老板冲天花板吐出一个烟圈，"他们两人现在是情人关系。"

"而且感情很好，没有家庭暴力行为。""瘦猫"插了一句。

"他们每天都待在一起吗？"许晚志问。

"不，他们平均每周见两次面，有时候在深圳的住所，有时候在东莞的住所。你知道，它们相隔并不远，交通很方便。"

许晚志把那些资料收好，他准备告辞。

"许先生，你需要上法庭控告吗？我们可以出庭帮你做证。这个业务是免费的。"

"不了，"许晚志想了半天补充一句，"谢谢。"

"那好，"丁老板指示"瘦猫"，"为了不泄露隐私和保持诚信的缘故，我们把手头的原始材料包括委托书当面销毁。"

"瘦猫"把那些东西塞到碎纸机里，它们不出几秒钟变成一堆碎屑。

他们怀着同情的目光看着许晚志。

"谢谢了，再见。"许晚志说。

从事务所走出来，在街道边的一棵粗壮的香樟树下，许晚志掏出手机给苏米打了一个电话。"喂？"对方问。这正是苏米的声音。

"苏米，"许晚志低沉地说，"我是许晚志。"

"喂？"对方仍在问。

"苏米……"

"对不起，"苏米的声音传来，"你打错了，我不认识苏米。"

许晚志放下手机。一辆公交车从面前驶过，车上的人看他，他也看那些人。他倚在树上，闭着眼睛，努力了好久没使眼泪流下。

半个多小时后，许晚志来到繁贵花园苏米的住处。他小心翼翼地走上楼梯，来到一二〇一号门前，镇定地敲了敲门。里面没有任何反应。他断不准苏米是否在房间里，就是在也一定不会开门的。不过从刚才手机通话的声音环境效果判断，苏米肯定不在大街上。

许晚志只好来到楼下的小区庭院里。他面前是一幢十五层的高楼，苏米住在十二层靠东的房间。窗户是开着的，里面探出一枝百合花的枝叶。许晚志心想，他刚才已经是打草惊蛇了，苏米即便在房间里，透过门上的猫眼看出是他也一定不会开门的。他在楼下踯躅着，不知如何是好。他有一种强烈的被遗弃之感。

在远处的一幢楼房下面，一个十七八岁的高空擦窗工刚刚结束他的作业，收拾好吊绳和其他工具朝这边走来。许晚志迎上前去，冲他打了个招呼："嗨！"

那个少年面色黧黑，衣衫不整，他先是回头看了一眼，确信许晚志没有喊错人之后，才怯怯地向他问了一句："先生您有什么事？"

"我想擦窗户。"许晚志笑容可掬地说。

"哪一户？"

"那儿，"许晚志招手指给少年看，"十二层靠东。"

"它格外有落地式阳台的大玻璃呀，"少年说，"价钱要贵一些。"

"多少钱？"

"一百二十块。"

"我给你一百五十块，并且，"许晚志接过少年的绳索工具，"由我来干。"

"先生，这不行的。"

"嗨，我只是担心你擦得没有我干净，再说，我以前干过这活计。"

少年只好眼巴巴地看着许晚志将绳索和安全扣系在他的腰间。"这个是移动夹吗？"许晚志问。

"这个是滑动柄，"少年指示道，"你转动它，绳子就一点点放下。你必须仔细擦干净每一寸玻璃，不然摇下绳子再想重新摇上去就不可能了。"

"这个我知道，你的工具跟我早年用的不一样了，不过你帮我一下。"

他们来到了楼顶。少年和许晚志将绳索的一端牢牢地固定在平台的铁柱上，顺着楼沿儿，找准窗口位置，许晚志坐在固定板上，摇动腰间的滑动柄，将自己一点点放下。

许晚志降到了苏米的窗口。他攀上窗台，放开绳索，把它丢到外面，转身从窗台轻轻溜到室内。他进入的是一个卫生间，墙上一只水龙头被阳光照射出的阴影投在地上，像是一只张开的黑手要逮住他的脚。他绕开去。目光里的镀铬晾衣架上，挂着几件需要男人才能穿得起来的睡衣和女人的蕾丝内裤以及袜子。空气中流淌一种洗发水和牙膏的香气，然而这种气息对许晚志来说，它是陌生而坚硬的。

许晚志悄悄拉开门，走进客厅，苏米正弯腰在整理壁橱里的杂物。她大概听到了一点什么声音，等到她回头看清是许晚志时，禁不住吃惊地"啊"了一声。

"那些东西不是你的。"许晚志站住，沉静地说。

"你怎么来了？"苏米问。她停下了手。许晚志看清她目光里有一种闪亮的东西，凝定的，它不流动，所以那不能说它是泪水而只能说是一种神采。她确实神采奕奕，从上到下，那种异类的气质不低于许晚志眼中第一次见到她到第二次见到她的区别。这直接暗合了她眼下的表现，她见到他，很快地并不显得多么慌乱和无措。

"我梦里一直听到有个声音在叫我，于是我就来了。"许晚志说。

苏米粲然一笑。

"跟我回去吧。"许晚志说。

"不，我不能跟你回去，我要自己回去，"苏米用手捂住胸口，"但不是现在，是很快。"

许晚志牙齿里终于狠狠地挤出几个字："婊子！"

"先生！先生——"窗外的楼顶上传来少年焦急而疑惑的呼唤。

"将来我会把一切都跟你说的，你一定要相信我！"苏米说。

"一个女人，她相信了另一些东西，转过身来要对她背弃的东西说要它相信她，你重复一遍，到底什么是相信？"

"晚志……没想到你瘦了，这么厉害。"

"呼——"许晚志对着眼前左右吹了一个弧形的空气，"这里太压抑了，我抽根烟行吗？"

"不，你必须得离开这里，他马上会下班回来的。"苏米紧张地说。

许晚志在房间踱了几步，他欣赏着这个处所。"一切都是这么干净明亮，妈的。"他走到靠窗的沙发前，狠狠地踢了一脚，然后又坐了下来。

"晚志，除了现在，我遇到了许多你不知道的事，它们和你现在知道的一样是你不知道的，有机会我会跟你讲一讲的，但是现在你必须得走，求你。"

"我来到这里快三个月了，我一直在找你。我不停地想，你会在哪里？会在哪里？学校给我请的是一个月假，但现在他们要开除我，理由是超期旷工。我中间得了场病，快要死掉，但我想我不能死，不能死……我一直在揣摩爱情的内涵和心思，觉得你躲着我，是为了激起我更大的追求欲望，是为爱情保鲜的一种手段；我还觉得，就像有人告诉过我的，爱情中的一方揣摩另一方，哪怕没有实现，这也是爱情的一部分了。正所谓上帝不存在，但是人们都爱它，爱情中的对方也是这样；我甚至觉得，你……不，我多么天真呀，一个人的合法的妻子被别人占有了，可他竟然还像初恋那样和她周旋什么扑朔迷离的爱情，真是可笑之极！你要用哲人式警句跟我讲永恒的大道理吗？——所谓美，就是可以委身于任何人，但又不属于任何人？——不忠的眸子，才会闪出光辉？可是，可是……你能够不知道我们婚后的岁月吗？那么从前呢？我难道只活在记忆里吗？和我呼吸着并且爱着的人？或是我只能在梦中爱着你？你说说，苏米，你说说，这到底是怎么回事？"

一阵难言的静默。突然，砰砰砰，门被敲响了。

苏米立刻脸色惨白。她环顾了一下房间，几乎没有地方可以藏人。她紧张地拉着许晚志来到他爬进的窗口，可是那里空荡荡的，绳索已经不见了。万般无奈，她轻手轻脚地去到门边透过猫眼向外张望。随即她打开了房门。

进来的是两位小区保安，一高一矮。他们看了苏米一眼，又看了许晚志一眼，定定地不动目光："小姐，我们接到一个擦窗少年的举报，说是一个陌生男人，大概是盗贼，用绳索翻进了你的窗户。是他吗？"

"不。"许晚志说。

"他不是盗贼，"苏米看了许晚志一眼，"但你们可以让他出去。"

"苏米！"许晚志说，看了保安一眼，又看了苏米一眼。

"快点儿。"苏米重复一句。

两个保安走上去，许晚志屹立不动。

"那么，请把你的暂住证和特区通行证拿来看一下。"一个保安说。

许晚志立刻感到一种恐惧和无奈。

"快点儿。拿来看一下！"

"这就来。"许晚志探出手，朝门边的衣帽架走去。趁他们愣神和等待的工夫，许晚志猛地踏出门外，回身用手"嘭"地关死房门。他一口气跑掉了。

七

总是在不确定的房间，总是在不确定的时间，龙乔生走近苏米。

眼下，卫生间的雾状喷头还没来得及关闭，它就那么刷刷地释放着，像是室内加湿器的汽化声，又像是远处缥缈的细雨声，浸得人内心都是欲望的汗水。而窗外，正是月明星稀。

卧室里只开着来自地面的两只射灯，它们将黑暗的空间切割出两条明暗交叉的巷道。苏米刚洗完澡，仰躺在床上，全身赤裸。她一条腿自然平放，另一条腿弓起，两只手臂枕于颈后，那却是极优雅的姿势，也是不情愿的姿势。龙乔生一丝不挂地在门边伫望她，看那光线在她身上任意流淌，附着每一处身体的线条，使她像是暮霭中的一尊雕塑。他慢慢走近她，雕塑圆融，颜色朦胧，那里渐变为一幅静美的人体油画。他再慢慢走近她，油画淡退，细节彰显，那里展露为一帧清晰的人体摄影。直到他碰到她，视觉和触感才告诉他，这最后的什么都不是，只是真的她。

……她的奶一样白的胸乳，她的柔和而美丽的腰腹，她的幽深奇妙的股沟和顺势而下至踝部的大腿的线条，这一切似乎不待碰触，本身就充满了节奏和韵律。龙乔生扶起苏米，让她面对着坐在他的身上，两个人的双腿纠缠。他一只手揽着她，另一只手肆意将她膨胀的乳房捏成变态的纺锤形，不知不觉地进入了她。他喜欢她天然的抵抗，她因不适与疼痛发出的倒吸冷气的咝咝声，她的独成一体而又实实在在被他拥有的生命形态，她的一切。

在龙乔生看来，他不吸烟，又没有喝酒的嗜好，若是再不爱女人，那才简直不叫男人。是的，他此前接触过许多女人，他觉得每个女人的性爱表现是不一样的，这导致他抚摸和亲热她们的方式也不一样。性爱与其说是为了体验对方反抗或顺从的方式各有千秋，不如说是为了观察自己对付反抗或顺从的方式有什么不同，亦即有什么新的创造。这才是生命中最本质的。

龙乔生越来越喜爱苏米。固然，以他作为有产者的标准，苏米的经济单薄和性格单纯是不足取的，有时甚至是可笑的。然而她热情而不放浪，随和而不愚固，不仅满足他的虚荣心，也满足他的情欲，更给他带来许多关于她和自己鲜有的认识，令他对人生充满观察和享受的乐趣，这却是他始料不及的。她同他接触过的任何一个女人都不一样。

龙乔生有一天总结自己的人生，突然产生一个念头：他总归不能一直独身下去的。嬉戏放浪应有度有节，以苏米的端庄和贤淑，是很适合做他妻子的。这个念头一旦产生，竟那么顽强而不可逾越，以至有一天吃饭的时候，他就把这个事情跟苏米说了起来。

"啊，这可不行。"苏米断然拒绝道，她稍微有一点慌乱，但在龙乔生看来，那倒是很适合她的禀性的。

"为什么呢？"

"我比你大啊。"

"我们家乡有一句老话，叫作女大两，不愁饷；女大三，抱金砖。我们在一起是会很富贵的。"

"不行，我……我暂时没有考虑太多，结婚对我来说，不想让它来得那么早。"

"可你总归要结婚的啊，并且你已经不小了。"

"我……不喜欢结婚。"

这句话在龙乔生听来，只能得出一个结论，苏米不喜欢同他结婚。下面的话，未必他会实施，但是完全为了打败苏米，他说："我们的协议很快到期了，如果我再付你五十万，续期半年，总还可以的吧？"

"那也不行。"苏米说。

"为什么？"

"因为，我原本只有一千块钱，五十万对于一千块来说，是一个质的区别，足以让我生活得正常起来。可是两个五十万对于一个五十万来说，那就只是量的差别，生活无非还是正常地过下去。我可不知道我说得对不对。"

龙乔生神情黯然。这顿饭多少有点不欢而散。龙乔生想，苏米说得对，原来，她不仅不喜欢他，她也不特别喜欢钱，这是很让人没法子的事。她超出了他经验上的那些规则，她跟别人确实有点儿不一样。龙乔生感觉自尊受到了很大的损伤，在他的人生和世界观念里，一切就是物竞天择，弱肉强食。钱虽然不是唯一万能的，但它却是衡量一个男人在这个世界上具有多大生存能力的重要证明。男人的力量几乎全赖于此。因为受到了苏米的拒绝，龙乔生接下来也反思了一下自己，他想，他之所以爱苏米，也许终归还是因为他爱钱吧！苏米是他付出的钱的等价物，人们不仅喜爱为他所爱的事物做出牺牲，反之亦然，人们也喜爱那些他为之做出牺牲的所爱的事物。事情不过如此罢了。

日子一天天过去。假如真的如龙乔生对苏米所说，他再拿出五十万跟她续期——现在看来，这只不过是一个天真的想法了。事实上，龙乔生近来在生意上遭受了极大的负担。在接下来的几天里，他接到了无数个使他烦恼不堪的电话，先是楼盘的建筑钢材和水泥不够了，需要大量购买，而他账上的资金已经捉襟见肘；再有手下的工程人员再三催促他，上百号的民工的工资已经两个月没发了，他们不止一次罢工和闹事；同时，银行方面也一次次催缴第二季度的贷息——那同样是一笔数额不小的钱……凡此种种，几乎弄得他焦头烂额。

他曾不止一次跟欠他八十万元钱的那个债主交涉，要他必须在一个月内尽快偿还，否则就要凭着借据到法庭起诉。虽然那些钱对于他现在面临的资金窘境不过是杯水车薪，无济于事，可那毕竟是属于他的钱。他已经就此咨询过律师了。

对于苏米，他只好暂时将跟她结婚的念头搁下来。

八

也是因为等待派鹰私人调查事务所的消息，也是因为无聊，星期天，许晚志在深圳市图书馆安静地翻看杂志，他将要下楼的时候，旁边报告厅里的声音吸引了他。这是城市问题系列讲座，免费为各界听众开放，每周一次。许晚志轻轻推门进去，发现里面坐了许多人，有干部，职员，大学生，还有一些明显是进城的务工者。里面的气氛很热烈。

正在讲座的是深圳大学社会学教授栾冰女士。她三十七八岁，戴着一副金丝眼镜，穿着一件薄料女式西装，但是垫肩很宽大，有男性化倾向。她浅棕色的头发弯成大卷自然地垂下，那也许是染的颜色。

"改革开放前的深圳，八万人口有六万是农民，所以不要以为深圳有多么了不起，深圳没有深圳人。深圳全是外来人创造的奇迹……"

几乎所有听众都在鼓掌。

"但是注意，目前，如果政府或开发商以某种适当的价格从农民那里购买他们对土地的权利，那这对农民看起来根本没有什么不公正；不过，对农民来说，土地里面不仅仅蕴藏着单纯的财富价值，而且还有某些别的东西。对他们来说，土地是有益劳动的可能性，是一种精神利益的中心，是一种指明方向的生活内容。一旦农民不是占有土地，而仅仅是占有它的以货币形式折算的价值，他们就失去了这种生活内容。也就是说，农民变卖土地为金钱，虽然得到一种瞬间的自由，却被夺走了他无法用钱支付的东西。这种东西才能给予自由以价值，那就是，个人劳动的固定的客体，或者说是附着物，或者说是对象，或者干脆说就是——根。"

　　所有人都静静地听着。

　　"一个不能不面对的现实是，城市的……"

　　许晚志的手机响了起来。他急忙离开座位，来到走廊的窗边。

　　"是我，派鹰事务所的丁壮壮。"

　　报告厅的声音在走廊里回荡："比如，政府铺设新的道路，开通新的公交线路，谁是最大的赢家？是沿途有相邻楼盘的开发商；谁是最大的输家？是拿着纳税人的钱去投资道路建设的政府。因为街道的开通会使开发商的楼盘尤其是门面房的销卖价格成倍地增加，可这些额外的价值对政府来说得不到丝毫回报。所以，政府理应要求开发商分摊建设道路的费用，节省资金用来扶助城市贫困人口……"

　　"怎么样了？"

　　"所以，对城市贫困人口的救济，从来不是最终目的，它的最终目的是促进和保护社会的正常发展。举例来说，哪怕在家庭内部，也有无数的资助不仅是为了受资助者本身，而是为了让他不给家庭造成损害，不让它仅仅因为一个成员的贫困而丧失家庭的威望……"

"没有，一直没有进展。公安局那边查了，苏米既没办户口也没办暂住证……"丁老板说。

"这种关注也应该涉及城市的妓女那里，恩格斯曾对德国社会民主党领导人倍倍尔写道，在卖淫现象不能完全消灭以前，我认为我们最首要的义务是使妓女摆脱一切特殊法律的束缚……"栾教授的声音在继续，"恩格斯还写道，应该完全停止对卖淫进行追究并使她们不受剥削……"

"劳动局、社会保障局反馈的情况也一无所获，苏米既没签订过任何正规的劳动合同，也没有医疗保险，也就是说，我们查不到她的任何蛛丝马迹……"

"十九世纪避孕套的发明，是人类文明史上的巨大贡献。它的意义不仅使女性避免了无数的、痛苦的、不必要的怀孕和流产，更使她们第一次从其中解放出来，作为自由的人，像男人一样放松地追求性交的快乐和美好……"

"我们真不知道她在深圳怎么能混下去。许先生，你确定你那天在亚洲酒楼没有认错人吧？"

"绝对没有。"许晚志说。

"那好吧，等我消息，我们再想想办法。"丁老板结束了通话。

报告厅传来一阵潮水般的掌声，接着听众们陆续走出来，本次讲座结束了。许晚志站在门口进退不得，这时，栾教授走了过来，一个不知如何产生的念头促使许晚志迎上去，对栾教授说："抱歉，您有时间吗，我还有一些事情想跟您交流，方便一起去喝点什么吗？"

栾教授未置可否，但是低头看了一下手表。

"幸会，"许晚志说，"我刚刚听了你的报告，讲得真好，可惜我来晚了。"

在深南中路一家咖啡馆里，许晚志和栾冰教授坐成对面。许晚志好奇地翻看栾教授随手携带的一份资料提纲，那是她将要研究的问题，上面列着这么几项：

1. 城市人口的来源有哪些？

2. 经济利益、情感利益、种族、职业等因素对城市人口分布有些什么影响？

3. 社会礼仪有哪些？换言之，一个人怎样做才不致被别人认为是特殊？

4. 人的成功在多大程度上取决于他的普通常识和明智决断？又在多大程度上取决于他的技术水平？

5. 社会信仰、政治信条、价值取向，是由职业倾向决定的，还是由感情爱好决定的？程度如何？

6. 城市中是否也存在着类似个人能见到的那种歇斯底里的病态现象？如果存在，是如何产生的？又应当如何控制？

7. 女权主义在城市里的今天主要有什么特点？男人们当中有女权主义者吗？

......

许晚志把材料递给栾冰教授："看起来很有意思。"

栾教授赞同地点一下头："不仅有意思，也有意义。"

"你家先生是做什么的？"

"我独身。"栾教授直截了当地回答。

"哦……"

"不是因为我独身了才研究社会问题，而是研究社会问题使我选择独身。"

"这么说，"许晚志支支吾吾地说，"你对家庭……对男人……有偏见？"

"不如说，我对社会习约有偏见。"

在等待咖啡的间隙，许晚志边听栾教授聊天，边陷入了沉思之中。他现在隐隐约约相信发生了一些事情。一个陌生的男人，一个熟悉的女人，他们在一起。这个世界多么简单，简单到永远只是男女两个人之间的事情。然而，它竟具有多么巨大的贮存力和爆发力，可以改变世界的一切。他必须得承认，他一刻都没忘记苏米，不只现在，是包括以前的一切岁月。岁月，许晚志想，他是一个多么有时间观念的人。哪怕新婚燕尔他同苏米倾情缠绵，哪怕他们一回回共赴那种巅峰体验，哪怕他们一直彼此在说"我爱你"直到无话可说——的时候，许晚志都能感觉时间在慢慢流逝。这样说，也许正说明了他爱苏米远没有苏米爱他那样纯粹，在苏米那里，她忘情于一切，包括时间，她看重的永远是此时。"此时"，用物理学的说法，它是时间这条无始无终的直线上的任意一个点，它们构成一切。也就是说，永恒不是时间的延续，而是根本就是没有时间，照此理解，在苏米那里，也许根本就没有什么永恒。所以，当许晚志说"我永远爱你"而苏米没有同样回复时，是他在胡说而她却没有。

有时候，许晚志觉得，无论在记忆里，还是现实中，也无论在感情上，还是身体上，他接触苏米，从接触她的那一刻直到他重新认出她是他爱的人，总要经过一个不可逾越的场景，哪怕是在家里，哪怕他们只分开几个小时。爱情是单薄得多么不可思议啊，无非就是几个细节和场景。可是连接这些细节和场景的，是他们共同走过的一段路。从相识到婚后直到现在，他们在共同走路。许晚志觉得，所有经历的，都随时变成回忆，而所有的回忆，无不牵绊着现在。他现在明白了，他之所以离不开苏米，正是因为他们拥有共同的生活和回忆，也就是说，他们拥有共同生命里的一部分。丢掉了它，就是丢掉了一段生命。

咖啡上来了。征得栾教授同意，许晚志为自己要了一杯啤酒。他俩一边喝一边聊。当栾教授问起许晚志到深圳所来为何、许晚志委婉地告诉她的时候，他看见栾教授手里的筷子轻轻抖动几下，她冷笑起来。

"为什么要找她？"她问。

"我爱她。"

"她爱你吗？"

"我想是。"

"你为什么不在家里等待她？像许多男人们离开家庭一样，女人们只能选择在家等待？"

"嗯，我想，我和这些人不一样。"

"如果她爱你，她会回来的。严格的说法是，你来找她，不是为了找回爱，而是为了找回你的尊严。"

"不，"许晚志说，"事情不是这样的。我感觉……那么我想问栾教授，你觉得男人是怎么看待女人的？"

"既崇敬又嫌恶。"

"为什么？"

"这源自生命的遗传符码。男人和女人的差别首先是，女人会来经血，血在原始社会甚至更早以前是受崇拜的，像图腾一样。但是随着文明的进步，男人们开始嫌恶女人的经血，认为它肮脏和不吉利，这也牵连到对经血的产生体即女人的看法。从生命本能来说，就是这样。"

"这是你的研究结论吗？"

"不，这是法国人类学家爱弥尔·涂尔干的研究结论。"栾教授低下头，扶了一下镜片，"他在一百多年前就这么认为了。"

虽然得知栾教授是在引述别人的话，许晚志还是觉得面前这个女人太直来直去，出言无忌。他实在不喜欢这样的女人，不过他也承认，他眼下还是愿意同她坐一会儿。

"照你说来，家庭的组建没什么意义。"许晚志大口地喝掉一杯啤酒。

"家庭有它存在的意义，但也有极其可笑的弊端。照我看来，自由和爱情是人生最重要的，'没有婚姻就没有爱情'，这句话恰恰证明家庭是为爱情而产生的，只可惜这种爱情往往不在家庭之内。爱情这座孤岛非得存在于婚姻生活的汪洋中才能显现不可。也就是说，婚姻为证明另一种爱情而存在，这是它的意义。"

简直是胡说八道，许晚志想。但是栾教授却表现了充分的耐心，她的声音倒是娓娓动听，引人沉迷：

"从生物进化的角度来说，原始部落追求外婚制，这是文明的体现；可是现代家庭追求牢固不变的一夫一妻制，从人性的精神角度来说，这是另一种'近亲交往'。由此，越是标准的婚姻生活，越是最大的乱伦。以婚姻的名义来禁止可能出现的婚外性关系，不仅是反人性和反人道的，也是反人的生物性本能原则的。何况，连社会主义者也承认，家庭是产生在私有制的基础上的，想必你在初中或小学时就学过。"

许晚志一时陷入了沉思。不仅是沉思栾教授的观点，更是她的话提到了读书生活，触动了他的过去。像一个干渴的人时时盼望水源一样，他现在多么渴望和沉溺于过去呀。

"另外，你刚才说的一句话我也不能苟同，"栾教授继续说，"你说你来寻找她，因为你爱她。如果我的理解没错，那就是说你找到她也就找到爱情了，对吗？这恰恰是平常人对爱情理解的一大误区。研究表明，哪怕是约会的双方，他们在关系的发展过程中，会有一段时间处于疑惑和猜测阶段，目的是想弄清他们感情的实质。这正说明对爱情的困惑也是真正体验爱情的组成部分。即使存在困惑和焦虑，也不意味着他或她不在恋爱。喏，我还要和你探讨，你认为真正的爱能够直到永远吗？从理论上说，爱情可以持续到永远，然而遗憾的是，人们无法指望它。许多人用一种伏魔的方式来信奉这一神话，如果他们的爱情关系不得已解体，他们就会得出结论说，这不是真正的爱，只是游戏和着迷而已。诸如此类的托辞使得他们继续去寻找真正的爱情，希望他或她能够给自己带来幸福。其实，在爱情关系不得已解体之前，也有真正的爱。况且爱情难免遭受挫折的经历，这种经历甚至在结婚之后也可能多次遇到。但是这决不能证明你没有得到爱情。这样的观点才是现实主义的观点。"

栾教授的一番话，似乎稍稍宽慰一下许晚志的心境。他从坐下后第一次，默默地点了一下头。

"记住，"栾教授端起杯子，同他碰了一下，"人生，你不要总是寻找意义，而应该要创造意义。"

许晚志把喝空的酒杯狠狠地墩在桌子上。他又给自己添满了啤酒。

咖啡馆里的顾客渐渐多起来。四周的喧闹声使他俩似乎丧失了说话的必要。来自外面的中午的热浪徐徐升腾。许晚志出汗了。他点着一根烟，无意中把目光瞥向临街的窗外——突然地，他不敢相信事情会是那样巧合，就在他不足五米的视线里，一个年轻的女人正款款迎面走在人行道上——那是苏米！几乎同时，苏米也看见了坐在玻璃窗内的许晚志。她的突然吃惊似乎比许晚志还要剧烈不知多少倍，与他僵坐在座位上不同的是，她站着愣怔了几秒钟，立刻迈开穿着及膝裙的双腿，转向街道对面跑去。

她在躲。许晚志恨不得打碎窗玻璃冲出去，然而潜意识使他平静地站起来，对栾教授说："对不起，我出去一下。"他在室内尽量迈着葆有风度的步伐，一步步走到门外。一出门，他就立刻狂奔起来。行人、纸箱、车流、推着孩子的童车、隔离礅……他不知冲撞了多少障碍，他像是一只冲锋舟，身边的一切都成为被抛远的泡沫。眼看着苏米钻进街道对面的天虹商场，他迅即冲了进去，目光紧张地在大厅内搜索。一楼、二楼……二楼，一楼……储物间，电梯内，吸烟室，员工休息室，猛然，一个熟悉的身影在女卫生间门口一闪进去了，许晚志立刻尾随上去，一把推开磨砂门。

"格了丝姆尼达-木丝恩-衣丽西姆尼嘎？"（请问您有什么事？）一位韩国女郎吃惊地回过头来。她穿着同苏米一样颜色的及膝裙。

许晚志失望地看着她。

"木尔-刀洼德丽尔嘎要？"（您需要帮助吗？）

许晚志抱歉地摇了摇头。他退了出来。

九

苏米一直在担心许晚志，担心他再次找上门来。这一阵子，她躲到东莞的住处待了几天。她曾跟许晚志通过几次电话，推说这一段时间太忙，又有诸多不便的问题，等过一阶段找准机会，她要跟他好好见见面和谈一谈的，此后她手机一直关闭。她知道许晚志不会走，而他不走，时时刻刻使她产生巨大的隐忧。实际上，她迟迟不见许晚志还有一个更重要的缘由，那就是她怀孕了。当初她万般小心，没想到还是和龙乔生出了纰漏，她是不愿怀着凸起的代表不忠的形体去见许晚志的。好在龙乔生尚不知情，只以为这几个月养尊处优，她不过是发胖了一点，否则他执意让她生下来也未可知。她偷偷问过医生，医生说总要再过一周的时间才可实施引产手术。她现在只等身体轻松之后，再让许晚志见到自己。

她和龙乔生还有不到两个月就可以解除关系了。一想到这，她就有一种复杂的感受。一方面，她非常渴望与许晚志重归于好，早日团聚；另一方面，她又担心许晚志是否会原谅自己。没事的时候，她总在揣度这个问题，最后她终于想明白，许晚志还是非常爱她的。有了爱这个前提，一切事情也便好办，何况，她当初实在是走投无路了。她至今再也没见到容小兰，如果哪一天走在大街上碰巧遇到她，她想自己也许不会再恨她了，起码这恨来得已经不会那么强烈。是她帮助了自己，也成全了自己。人生真是奇怪啊，有时候得到了，是一种失去；有时候失去了，未尝不是一种得到。

对于龙乔生，她说不清怀着一种什么样的情感。她给了他自己的身体，并且她承认，由着她给出的身体也得到了生理上的欢愉。这是多么不可言说的啊。她不明白为什么性事，在不相干的别人宽松和自由地实践起来，旁观的人们往往会嗤之以鼻和厌恶之极，可降临到自己头上，又会觉得是在庄重地履行人性的道义和赴爱的完美准则呢？她也不明白为什么世界，到处可以冠冕堂皇地呼喊"热爱生命"，可一提到"热爱身体"就一片死寂呢？难道生命的含义不是首先同身体连在一起或干脆就是统一体吗？没有身体又何谈生命，不热爱身体又何谈热爱生命？

她弄不懂。弄不懂这些就像是弄不懂她在想这些事情的时候情绪是怎么来的一样，她感到全身无力。她不知道情绪的亢奋和失落是跟身体的舒适或疲劳现象有关，还是身体的舒适和疲劳现象得咎于情绪的亢奋或失落。龙乔生，她揣摩着这个名字，她知道他是爱她的，他给了她无微不至的体贴。然而，那是爱吗？或者，那不是爱吗？如果那是爱——她接下来难免要检省和警惕自己，是不是像许多女人贪图病态的思想那样——明明不可确信是否身置爱情中，却也宁愿相信那是爱，否则便是自我贬低了价值。苏米觉得她可以跳开来回答自己：她不是。她想，人们总是要诋毁一个男人靠金钱取得爱情，可事实往往是，一个男人竟要堕落到仅靠甜言蜜语赢取女人青睐吗？金钱，不管怎么说，就是男人表达爱情的一种至高手段，这没什么可非议的。

从小到大，苏米觉得，她还没有被除了丈夫之外的第二个男人爱过。世界上不喜欢被人爱的女人好像还没有几个。只是，当她有了五十万元钱之后，她会不假思索和义无反顾地回到许晚志身边。

这一天，控制不住歉疚之情，她还是给许晚志打了一个电话。她打电话的时候，许晚志已经上完了家教的最后一课。课程全结束了。

✝

"玮柏邦保龄球馆"位于深圳市华侨城附近，这是一家拥有两层楼、十二球道的私人经营球馆。它的前身是一家潮州风味酒店，后因经营不善被人转租，经过重新装修辟做保龄球运动娱乐场所。两年来，不知是因为保龄球对于工薪阶层过于高雅奢侈的缘故，还是因为它的经营和管理仍旧不善所致，它的门庭很少有宾客充盈的场面。好在人们的目光并不过多停留和关注这个地方，自然，也就无人细究它是怎样生存到今天。

已经快到夜里十二点了，球馆的员工先后下班回家。馆内的灯光暗了下来，只保留一条球道的灯光还在亮着。球馆老板和他手下的一个马仔此刻正悠闲地掷滚保龄球，他们边运动边闲聊。

"不管怎么说，这个事情……我们可以松一口气。"老板是一个不到五十岁的中年男人，穿着白色衬衫和米色背带裤。他蓄着发白的唇须，头发却是一头黑色。这让人看起来很怪，因为他只染了头发没染胡须，这使他仿佛戴了一只假的发套。

"话只能这么说了。"马仔说。这是一个三十多岁的年轻人，神情和举止处处流露蛮悍和不屑。他的滚球动作远不及老板来得优雅。

"我估计他死的时候很惨。"

"你总不能为这个再给他发一笔抚恤金。"

"如果他活着，我会奖励他。"老板托着一只塑胶保龄球，用手轻轻抚摸道。

"幸亏他死了。"马仔口无遮拦。

老板做了几步助跑，弓腿，弯身，将保龄球掷滚出去。哐的一声，电脑随后自动显示为"BIG EARS"。

"我们别再谈论这个话题了。"马仔说。

他们刚才谈论的话题，正是他们两年来一直暗中做的事情：贩毒。日前他们手下的一个三线马仔在云南交接毒品的时候，被缉毒警察包围。那个马仔情知当次贩毒量巨大，难逃死罪，竟举枪自杀了。这样，警方调查线索被迫中断，他们为此侥幸躲过一场被追根究底和牵连的风险。

"我们还能谈什么呢？干我们这行的，除了谈钱还是谈钱。"老板走到旁边的柜子前，擦了一些涩手粉。他重新掷滚一只球出去，黑色的保龄球匀速穿过加拿大枫木球道，准确击中一号瓶，然后产生连带反应，十瓶全中。

"好极了！"马仔袖手叫道。

电脑却显示为"F"，零分。

"你踩到线了，犯规了。"马仔抻长脖子说。

"是啊，我刚才溜号了。嗯，我突然想起龙乔生向我催要八十万元钱的事情。"

马仔摇了摇头。

"我记不住他是第十三次还是第十四次催促我了。"老板擦完汗，把手巾扔到地板上。他慢慢通过旋转楼梯向楼上走去，马仔紧随其后，"幸亏他总在提醒我，不然我以为我忘记了这回事情。"

他们走进二楼的一个铁门房间，老板给马仔和自己倒了一杯甘蔗汁。他先喝光了一杯，然后又倒了第二杯。

"你就全当忘了这回事情。"马仔似乎想着什么，他突然对老板说。

"可是这次他要起诉了，我相信他不是威胁我。"

"随他好了。"

"不，"老板擦了一下滴着水珠的唇须，"你知道，我们现在没有钱。再说，你想过没有，如果法院介入这个事情，那就难免从中调查我们经营和经济上的问题，万一牵涉到眼下的白粉生意，可就因小失大了，这是掉脑袋的事情。"

马仔阴郁地看着他。

"你当过见习律师，你说从法律的角度来讲，有什么好办法？"老板问。

马仔转了转白眼珠："一般来讲，法律规定诉讼时效为两年。也就是说，如果我们有办法让龙乔生两年内一直闭嘴，这八十万元欠据就自然作废了，他只好管废纸收购站要去。"

"有什么办法让他两年一直闭嘴？我看这是不可能了。"

马仔慢慢转过身，打开铁皮柜子，从里面抽出一件东西："我们无法叫他两年一直闭嘴，但可以做到叫他永远闭嘴。"他亮出的是一支七七式手枪。

"这个——"老板停了两秒钟，故意问道，"我不知道是什么意思？"

"找个伙计干掉他！"马仔恶狠狠地说。

"八十万，我们就要去杀人？"

"如果我没记错的话，一九九五年，广东中山市杜某杀人，抢劫现金八百元；一九九六年，山东沂源县时某杀人，抢劫一台出租车，那台出租车价值六万元；一九九七年成都市邓某杀人，抢劫银行七万五千二百元……"

"你的意思是，为八十万去杀人看来很值得？"

马仔将手枪揣进他的裤兜里。他又回身去取了几颗子弹。

"可是，你要知道，万一他的家人或亲戚知道欠钱的事，他们在他死后怀疑并告发我们，或再凭着欠据找我们要钱怎么办？"

"据我所知，除了我们和他，没有人再知道欠钱的事。你别忘了，龙乔生是个孤儿，多年来没有任何亲戚……不过，他近来倒是有一个女人在身边，我不知道他们结婚了还是准备结婚，如果知道欠钱的事，我想也只能是她了。"

"这个女人是哪儿的？"老板问。

"不知道，但看起来像是外地人。"

"外地人就好。她叫什么名字？"

"我过后打听一下。"

"这么说，我们要多杀一个人？"老板仰脖，又喝干了他的饮料。

"这不冤屈你，你欠的其实不止八十万，还要附加两年的利息二十万呢，总共是一百万。"

老板哗的一声拉开了贴膜窗户，看着窗外的辉煌灯火，流丽建筑，良久，说了一句："给你十万元，找一个手脚麻利的伙计。记住，手脚麻利，并且事前一定要安排得周密！"

"你放心好了。"

说完话，两个人同时低低地冷笑起来。

龙乔生这一阵子睡眠突然变得糟糕。每晚经常要醒来五六次之多，而且醒来后好长时间难以入睡。早晨六七点钟是他刚有睡意的时候，可这时往往被生意上的电话惊醒，接下来的事情不用说，照例是急忙穿衣，洗漱，站着吃些早点，然后按照电话涉及的内容奔赴各种需要去的地方，协调解决大大小小的事情。

他以前曾有过一次睡眠糟糕的经历。那不是多年以前，只是两年以前。若说起睡眠不畅这回事，它其实多数是富人或有闲阶层的一种怪病。多年以前他在社会底层南征北战摸爬滚打为衣食计的时候，从来没有失眠这一说。两年以前他首次遭遇这种怪病，通过有规律的起居和晚上九点以前去健身房锻炼一小时而得以恢复正常。这次不同了。这次白天照常劳累，晚上照常健身，可失眠还是同他形影不离。

　　他开始怀疑自己体内得了什么病，去医院检查，除了总胆红素稍高以外，什么毛病也没有，毕竟他那么年轻。而总胆红素稍高，据说也没什么了不起，它跟当时的化验时间和水平有关，去不同的医院往往会得出不同的数值。医生认为他在心理上存在一定的焦虑和抑郁，开了一些谷维素和解郁安神药片让他定期口服了事。

　　他变得更加沉默，喜欢一个人想些事情。他把一切精力投入到楼盘建设的各个环节当中，使它们像他的性格一样自成体系并日臻完美。有一天，他在他租用的写字间已经工作到很晚了，临了，他翻了一下几天来没来得及翻看的桌上日历，感觉今天是一个很熟悉的数字。他沉吟了一下，嗯，今天是他的生日了。人生看起来是多么匆遽啊，尽管在人生的道路上他还年轻，但那也同时意味着年轻的体力使他在人生的路上跑起来更快。多少年来，他的生日都默默度过，他实在不算是一个喜欢热闹和讲求排场的人。眼下他开始有了饿的感觉。想了一下，他抓起电话打给最近的一家肯德基店，让他们送一份食品上来。

　　肯德基的服务还是没说的，为了严苛保证食品口感和品质，他们要求店员必须在五分钟之内将食品送上门。过了不一会儿，送外卖的店员敲门来了，他彬彬有礼地端给龙乔生一份香辣鸡翅和飞燕虾。

　　它们被装在两只餐盒里，外面用报纸包上。龙乔生谢过店员，之后坐在桌子前，开始惬意地品尝那些食品。反正嘴巴忙活，眼睛是闲来无事的，龙乔生便顺手拉过那张浸了一块油渍的报纸在看。"《巴基斯坦爆出有史以来最令人发指命案——凶手声称已杀百名儿童》《深圳大剧院快讯——俄罗斯爱乐管弦乐团将与著名小提琴家俞丽拿联袂演出》……"在报纸的左下角，是这样一条启事：

> 我妻苏米，汉族，二十八岁，身高一米六八，大学学历。自两年前来到深圳，至今中断联系。你夫许晚志专程来深找你，望你见报后早日回家。切切！另外，如有知情者，亦望详告，有酬谢。许晚志刊示。

龙乔生简直不敢相信他的眼睛，如果启事旁边不是附有苏米照片的话。他把近视镜摘在手里凑近读了一遍，接着又戴上去读了一遍，他前后读了三遍。报纸是当地的一份晨报，日期是一个多月前，也就是说，这是一份旧报纸，也就是说，她丈夫已经来深圳找她一个多月了。

"天，原来她结婚了？"龙乔生想，一时不知所措。他慢慢地放下报纸和餐具，把脑袋倚靠在沙发背上。她结婚，当然不是在她与自己的签约期内刚结婚，若那样，先暂说她不过是与除他之外的男人在偷情也罢，可是，看报上的言辞，她分明在至少两年以前就已经结过婚了，她岂不是在一直欺骗他！啊，未婚，她当初说她未婚，亏她怎么想得出的呢！今天说来，他原来拾到的是一只假玉器，并珍爱至今。这多可笑啊。他现在明白苏米不肯与他结婚的种种了，原来她一直在欺骗他。这个妇人！龙乔生想，他现在竟想不出她的一点好来，因为她的种种都掩盖在虚伪之下。她的目光多么短浅，她不爱他，她只爱钱；并且，她说穿了竟只爱仅仅五十万元钱！

龙乔生费了好长时间才使自己忍气吞声地平静下来。他一点食欲也没有了。后来，为了显示自己的不介意和坚强，也为了显示他仍旧有着良好的生理状态，他一口一口地把肯德基店送来的香辣鸡翅和飞燕虾吃了，吃得一点儿也不剩。

回到家里，他装作若无其事的样子，苏米跟他说话，他还能够缓慢地跟她对答两句。但是更多的话，他就不愿说了。他现在只望她不要打搅他，或是远离他，那也就意味着他也想做跟她同样性质的事情。他不看报，对她的身体也亲近不起来，并且也突然地嫌弃她话语琐屑。她总愿意跟他讲她的家乡如何如何，她的父母如何如何，岂不知他根本无法共鸣，他的父母早已死去多年了！

他开始盼望协议的期限尽早结束。他只当这是年轻人的又一次孟浪。他不能跟她说出知道的一切，他宁愿装成什么都不知道的样子，配合她的行动，以此维护他如常的自尊。事实上，他心里已经开始恨她了。

有一天，苏米去阳台给花浇水的时候，他发现她的身材突然显得纤瘦了一些，这是近来没有注意到的。他呆呆地看着她，弄不准怎么会产生这个感觉。最后，他只好把这归咎为一个答案：她已经使他陌生了。

日子一天一天地过去，它走得不很快，但也决不延迟，像是透过写字间玻璃可以看到的市府广场上那些组团旅游者的脚步一样。进入七月份的第二天，星期四，龙乔生刚来到办公室，手下的一个项目主管就向他汇报了一个不好的消息：他楼盘附近的锦明高中，已经决定整体搬迁了。

他吃了一惊，但立刻觉得这是不可能的事，认为这就跟上次一样只不过是谣传。再说，这样大的事情，他怎么能不事先知道呢？锦明高中搬走，对他来讲简直就是天塌地陷。看着那个项目主管抓耳挠腮的表情，几乎信誓旦旦，龙乔生只好将信将疑把电话打到市国土规划局，询问是否确有其事。对方只用了不到一分钟就印证了那个项目主管所言不虚。三天前，经过城市规划委员会领导小组议定，为优化城市竞争力和统筹发展计，锦明高中整体搬迁到福田区黄木岗一带，锦明高中原址将向社会公开招标，全面开发建设商住楼。这是市里有关部门和领导集体定下的事情，当然不用事先跟他一个商人龙乔生打什么招呼。

龙乔生举着电话，他在对方已经撂下电话许久后仍旧举着电话。他发觉不仅手里是汗，连袜子里也出了汗。半晌，他一言不发，独自驱车来到锦明高中正门口。那里一切景象依旧，一群上体育课的学生正在操场上踢足球，吼声和笑声不断。除此，大门左侧的一张搬迁告示赫然刺痛他的双眼，那上面详细说明了搬迁缘由、新址交通路线、学校招生及联系电话等等，最后还有向社会各界多年来支持襄助深表感谢云云。隔着宽阔的街道，龙乔生回头望着自己那片正在兴建的十几幢楼房的工地，工人们有秩序地忙碌着，指挥塔吊的哨子声不时传来，还有砰砰的敲击铁板声，砸石的叮叮声。楼房已经盖到将近三分之一了，可是，这些还有什么意义呢？工地毗邻街道的半空中，矗立着他这片楼盘的一幅巨大彩色广告牌，上面绿草如茵，莘莘学子从楼房的窗户探出笑脸，旁边是几个大字："名校附近，书香生活"，眼下这不成了一个路人皆知的虚假广告了吗？这简直是在光天化日之下撒弥天大谎。

当初，龙乔生之所以看中这块地皮，全赖锦明高中拉动他的售楼效应，他相信他的眼光是没错的。他筹划先用一部分资金征地和开工，然后用土地使用权向银行做抵押，待工程有一半进展时就卖"楼花"，也就是预售，再用预售款完成最后工程。如今，这一切全成了梦想。他知道不出一段时间，他的楼盘就会进入零销售期，已经预售的很少一部分楼房也会接二连三被人家退掉，更接踵而来的是，因为无钱继续开工，他那一百多亩地皮要么成为荒地，要么成为"烂尾楼"，国土局随后会根据当初限期开发的文件和合同要求，对这片地皮下达"闲置土地强制无偿收回"的通令或处以数百万元的土地闲置费罚款……还有，他尚欠着银行贷款，欠着工人工资。如今，他一瞬间破产了。

何止是破产，因无力清还债务，他十有八九要沦为阶下囚。

龙乔生不敢再想了，事实上，想到这里，就已经是人生的绝境。他看了一眼他的私家车，那倒还是他的。他坐进去，稳了半天腿脚，才踩动离合器把车开走。

他不知道该到哪里去。办公室对他已无意义。那很快就会成为不属于他的地方。他把车开上振华路，然后又拐到华发北路，一路上他如履薄冰，在等待红灯时他显得比所有车辆都有耐性。他后来把车开上了深南大道，这是深圳最宽最美的一条交通线，在路上，他的车子开得慢吞吞的，这使不少司机在强行超车时，都不满地回头从车窗看他一眼。半小时后，他不知怎么把车开到了去蛇口的道路，蛇口太远了，他既然不想去赤湾炮台那里投海自杀，那么到了蛇口还是要回来的。想到这里，他的意识突然划亮了一下——为什么不就此逃掉呢，离开这片土地，逃得远远的。他的兜里好歹还有一张新西兰的护照。

这样一想，龙乔生镇定多了。年轻就是力量，孤独也是力量，多年来他就是这样生活的。朝不谋夕，没有什么好牵挂的，一个事情想到便是事实，这中间不存在顿号或破折号。与其让人家扣押和质抵他的动产和不动产，不如他替他们做了，然后连声再见也不留。

接下来的一周里，龙乔生不动声色地做好了几件事。他先把凌志轿车开到交易市场脱手，又将属于他的深圳住所通过中介卖掉，同时抛售了名下所有的股票，这些资金拢共起来，尚不足三百万元。他想了一下，索性一不做二不休，将业已收到的一小部分预售楼的业主房款集中起来，最后又打上东莞那个苏米住所的主意。因为时间紧迫，那处住所一时找不好买主，但所幸房产证还在自己手里，他就瞅了一个苏米不在家的机会，偷出了她的身份证，将房产证抵押在银行，办了一个四十万元的短期贷款提出来。这样，前后拢共是八百多万元，他除留下八万元随身携带之外，其余全部通过地下银行转汇至国外。去买机票的时候，他方才想起别人还欠着他八十万元，但是来不及了，他只好悻悻地暗骂了一句，他总不能为了一粒芝麻丢掉一颗西瓜。

他买到的是一张中午十二点差一刻的机票，由深圳宝安国际机场经新加坡飞往奥克兰。在候机楼将要安检的时候，他的手机响了，是苏米打来的。她问他几时回家里吃饭。他赶紧走到一台播放音乐的电视机屏幕面前，那儿的声音掩盖了大厅内正在响起的航班播报声。

"噢，我正跟客户在茶吧里谈生意，我想中午不会回去。"

"那晚上呢？"苏米在电话里问。

"晚上也不确定，恐怕仍是回不去，你知道，这一阵太忙，看来明天吧。"

"好吧，明天。"苏米说，"那就这样，再见。"

龙乔生迟疑了一下，他把话筒滑到眼前，像是要看一眼那个声音似的，然后喃喃地说："再见。"

二十分钟后，飞机准时起飞。在飞机缓慢地向空中攀升的时候，龙乔生透过舷窗向下俯瞰。深圳偌大的城市此时变成一堆小小的沙盘，他想从中辨认一下他开发的那片楼盘，然而找不到了。它已经不属于他。

他也不属于这片土地。再过大约十个小时，他就踏上新西兰的国土奥克兰了。据说奥克兰的地形与深圳非常相似，也有海，也有山，也有椰树和棕榈树，一年四季，姑娘们穿着比基尼在林间漫步……

他再一次想起了苏米。他还是舍不得她的，同时也对不起她。然而，这一切都是被逼无奈的。不是吗？

他在胸前默默画起了十字。是的，据说，奥克兰与深圳唯一不同的，是那里的人们全都信仰上帝。

十一

深圳市派鹰私人调查事务所内。丁老板颤抖而迅捷地通过台式电话揿动一个熟悉的手机号码：

"喂，瞿警官吗？"

"是我。"

"你在哪里？"

"呃，这不，休息日，我陪女儿买童装呢。"

"一个紧要事。"

"你找我从来没有不紧要的事。别忘了，这是私人时间。"

"喂？喂——瞿警官，这事与我们无关，但是确实刻不容缓。我们在调查一桩商业贿赂案件时，用超功能集音器无意中监听到富丽源商务酒店某个房间里的通话。苏米，苏米你知道吧？好像有人要杀害她！"丁老板边说边不停地用手帕擦汗。

"这是什么时候的事情？"电话里的声音异常清晰起来。

"不到一刻钟前。"

"丁老板，你不会是开玩笑吧？"

"瞿警官，"丁老板示意"瘦猫"将窗户统统打开，他热得不行了，"我好歹也当过侦察连长，是一个上过前线的军人。我向你发誓了！"

"你知道苏米在哪里吗？"

"关于她的联系电话和一切资料，我早就销毁了，我只知道她可能正在去松园东街一带酒店的路上。你知道，我真是无能为力，只能通知你……"

丁老板在说后半截话的时候，他耳边的话筒里已是一片"嘟嘟"的撂线声。

深圳市松园东街，一派平静中的繁忙。正午的阳光毫不吝情地炙烤着这条新辟不久的街道。路两旁鳞次栉比的商店，用花花绿绿的招牌和目不暇接的货物招徕行人过客，它们像是河道边疯狂而怪异的大片水草一样挤占有限空间，不知餍足。这中间反复冒出一个录音机播放的声音，高亢而刺耳："好消息，好消息！"人们哪怕只管低头走路，那个声音也会像胸膛内的心率一样躲避不掉，"本店皮鞋，一律清仓处理，五十元一双，好消息，好消息！"

在一家花店门口，老板娘正向一个路过的行人搭讪："新鲜的玫瑰花，美国品种，买一束？"

那个行人脚步犹豫着，墨镜后的目光却极力望向远处。他像在思考着什么。老板娘的声音不依不饶："还有康乃馨，二十元三朵，免费打包装，来一束？"

戴墨镜的行人终于走掉了。

两分钟后，他来到一处十字路口的广告灯箱下面，阳光使那里拉下一块阴影，不知情的人会以为他在那儿站着乘凉。他掏出一根香烟，大口地吸着，不绝如缕的烟雾从墨镜架下的酒糟鼻子里冒出。他的脸色看起来很不好。

他的烟还没有吸完，身上的手机响了。他把烟扔掉，环顾左右并没有人，才把手机贴到耳朵上接听。他在对话的时候目光须臾不离地盯视着某一处。

"是的，目标出现一个，另一个即将出现。"

"你现在看到的是哪一个？"电话里，马仔的声音问。

"是女的，就是你说的苏米。"

"不会搞错吧？"

"不会。你只要说，把松园东街最漂亮的女人干掉，那就是她了，我从来没见过这么漂亮的女人。她在等她的男朋友。"

"是龙乔生！"电话里叮嘱道。

"对，当然是龙乔生。没错，她刚才在酒店订的是情侣餐间。"

"你一定要干得漂亮，千万别失手。"

"我知道。"

"记住，完事后，你沿街往西跑，右边第一条巷子有一辆捷达轿车在等你，你只管跳上去就是。"

"好的。"

通话结束了。墨镜男人揣回手机。他闭着嘴唇用舌头吮了一下牙齿，这使他看起来像是露出一个难看的微笑。

在十字路口往里二十米处的金特酒店门口，苏米正安详地站在那里。她提着一把藕荷色的遮阳伞，不过并没有打开，酒店宽阔而凸伸的门廊为她遮住阳光。偶尔有三三两两的行人在她面前走过。刚刚，她给许晚志打了电话，她终于可以约他见一面。此前她跟龙乔生通过电话，得知他在外应酬，恐怕一直到晚上也不会回家。后来，怀着不放心的念头，她又自找借口给龙乔生打过一个电话，这次发现他关机了。因为关机，她不知道他在哪里，这也意味着他同样不知道她在哪里。那么，她就可以从容地约会许晚志。

她有好多话要跟他说。一切。一切。只是，她不知道怎样开头说第一句话。她精心选了这家酒店，这是一家东北风味酒店，许晚志多年来最喜欢吃饸饹面，这里的厨师会做。那么，一切就从吃饸饹面开始说起吧。

　　五分钟后，苏米正翘首向远处眺望来往的人流，面前悄然停下来一辆出租车，车门拉开，她眼前一亮，许晚志出现在面前。"苏米！"他走下来，半天，沙哑地喊了一声，定定地看着她。出租车开走了，她跑向他，紧紧地同他拥抱在一起。

　　"我只是想跟你说一句话——"苏米说，紧紧地搂住许晚志的脖子。

　　砰的一声，枪响了。所有人都大吃一惊。许晚志眼见着苏米身后的窗玻璃掉落几块。他回过头，看见几米外一个戴墨镜的男人略微慌乱了一下，重新向他们举起枪。

　　"躲里面去！"许晚志大声喊，他护住苏米向酒店内冲去。

　　那个墨镜男人第一枪确实打歪了。枪声使周围停靠的一些轿车的报警装置一齐鸣叫起来，他为此愣了一下。砰的一声，第二枪他打准了，那个护住苏米的男人立刻摔倒在地，苏米也被他连带撞倒，不过他把她死死地压在身下。

　　墨镜男人提枪窜上台阶，踏进酒店门内。"砰！"这是一个稍显沉闷的枪声，拖着啸音，与前两次不同。墨镜男人后背的血立刻溅湿了门玻璃，他栽了下去。

　　身后十几米处，刚刚跑来的瞿警官喘息未定，他目光惊异地看着眼前的一切。

　　"晚志！"酒店走廊内的地毯上，苏米翻起身，仓皇地扯住许晚志的头发大声喊他。她不知道发生了什么,她觉得这是一个误会。许晚志的血从身后洇下来,不停地流。她又喊他一声,她觉得喊声可以撕破眼前的现实。

许晚志吃力地睁开眼睛,摇了摇头。他马上要死了。他用手轻轻地拍了拍苏米的脚背。

苏米竟然能一下子想起过去许晚志和她曾说过的对话。她在记忆里回想:"假如我要死了,你一定紧紧地抱住我,抱住我,这样我就不会怕。"

于是,她就扶他起来,紧紧地抱住他。

许晚志看了她一眼,然后又看了她一眼。他一句话也说不出来,等到他积攒全部气力想伸出手抚摸一下苏米的时候,却慢慢地闭上了眼睛。

十二

十多天后的一个早晨,苏米在东莞的住处来了两个彬彬有礼的男人,他们很客气地让她出示一下身份证。确定无误后,他们中的一个说:"对不起,这栋房子您已经无权转卖和出售。"

"为什么?"

"我们是深圳银行的,这栋房子已经被人抵押贷款了,相关备验手续齐全。您现在要么还上四十万元贷款,要么由我们将房子没收。"

"您可以选择一个。"另一个人耐心地说。

十三

北方进入十一月份，开始下了一场雪。

因为是初雪，很薄亮，所以看不出它像是雪，还是像是霜。

苏米穿着一套戴帽的棉风衣，束腰，笼袖，配一双马统靴，她走在故乡的野外。到处都是隆起的群山，凝止的河流，它们在薄暮的天色中，像是一幅被无限放大的丙烯画。靠近村东，依稀回望，可以见到随着地形起伏而残存的无尽的边墙。苏米以前认为，那不过就是当年明政府为抵御女真人而筑的工事，她还记得徐渭为此写下的一句："真凭一堵边墙土，画断乾坤作两家"，还有杨宾《换车行》里的"边门未出已难堪，况出边门二千里"。而今再看，到底哪里才是家，哪里才是路？

苏米走出来，走到郊区外。那些雪，她很喜欢。路边的杂草和秋天刚收过庄稼的残茎，在冰气里似乎也发出幽香。她走到山上去，起风了。远处的云，像是移动过来的白垩纪的岩石，山下却是一片空茫。不知什么时候，她躲着风声，转过身，能听到远处传来一阵童音，像雪霰一样细碎。仔细着，远处真有一处小学的轮廓，孩子们正在雪地里玩"跑马城"的游戏：

急急令，

跑马城，

马城开，

大小阁阁都过来！

你要谁？

　　这种声音不断震荡苏米的耳鼓，她快不知道身在哪里了。她望着山，望着远处的天，感觉它们是一个陌生的存在。她不知道它们存在多久了，还将存在多久。风把雪吹起来，扬在她的身上，那时候，一个念头猛然闪了出来：人都是要死的。

　　可是她还年轻啊。

　　不是吗？她将来也会死，然而她现在毕竟年轻。

让我们说说现代性吧

——于晓威　张　鸿

（访谈）

张鸿，1968年出生于辽宁大连。中国作家协会会员，文学硕士，文学创作一级、副编审。已出版散文集《指尖上的复调》《香巴拉的背影》《没错，我是一个女巫》《编辑手记》《香巴拉》，人物传记《高剑父》，散文评论集《大地上的标志》。广州市文艺报刊社副社长、副主编。

张鸿：　这个作品集由十个中短篇小说组成，它们分别呈现了不同的样貌、品质，包括语言和结构……体现出了一种独有的对人、人生、人的命运的关注与思考的精神内核、哲学意味。这显然有着一些西化的特质，对吗？

于晓威：对。尽管"西化"一词在我们的某些领域里一直比较敏感和容易被讥诮（这不太正常），但是在文学当中，我不否认我喜欢"西化"的小说。说到这里我觉得有很多话想说。概而言之，"西化"的小说不是对西方小说的形式或理念的简单模仿，而是世界各国"小说的现代性发展"这一命题早已摆到了时代面前并与之暗合。就中国传统来说，我们的小说其实是真正发轫于明清时期，受到话本、传奇和说书的严重影响，这决定了它的听觉性质，一个长度性质，一个单向度性质，一个线性的单向度的测定性质。也就是说，我认为，除了《红楼梦》，以及中国传统诗歌和散文之外，中国无数传统小说均表现为情节和人物运动的线性发展，满足受众在听觉上的"故事"或"事件"的需求，而较少达到阅读层面的思考、时间停顿与发散、人物精神性内在的运动方式：包括心理、直觉、无意识、生命、情怀和哲学的自我悖论。也就是说，从索绪尔符号学理论来说，我觉得中国传统小说仅达到"能指"，而较少达到"所指"，这是远远不够的。"所指"是小说具有现代性意义的发展正途，作为现代人，这是谈论我们当下小说写作的哲学自洽法则和前提。也就是回到对话的开始——今天，或者在二十世纪八十年代，包括我在内的很多中国小说家的小说"西化"倾向，绝不是对西方小说的某种机械的形式的模仿，而是大家对"人的意识"、对社会的现代性思考变得明朗和殊途同归。

问：好，既然提到了"现代性"，那我们来说说"现代性"吧。请谈谈你对"现代性"的理解。

答："现代性"是一个太大的命题，实在不知从何说起，哪怕仅仅说一下文学的"现代性"，几乎都令人感到无比困难。但是，退一步来讲，从有限选择论和排除法考量，比如，与文学的"先锋性"命名相较而言，我非常赞同您所说的文学的"现代性"。"先锋性"或"先锋派"文学在近年的知识界和文学界往往引起不同层面的争论，不同角度的释义，不同视域的理解，但是我相信如果以"现代性"为其命名，可能会消弭很多误解和模糊定义。哈贝马斯指出："人的现代观念随着信念的不同而发生了变化。此信念由科学促成，它相信知识无限进步、社会和改良无限发展。"我觉得如果考察什么是现代性，北大陈晓明教授的观点比较中肯："无限进步的时间观念；以人的价值为本位的自由、民主、平等、正义等观念。"另外，在社会情态的表现还有诸如全球化、消费主义、权威的瓦解和人的生命的再次觉醒。其实，以这些价值体系融入文学表现中，我觉得是检验文学是否具有现代性的一个相对稳靠的标准。也就是说，对作家而言，"现代性"更是一个在人文领域的、涵盖了精神文化层面变迁的概念。所以，一篇小说是否具有现代性，不在于它写了多么传统或现代的题材，而在于它要表达什么样的主题和哲学。

问：刚才你提到一句话，"人的再次觉醒"？ 为什么你要这样说？

答：我觉得"人的第一次觉醒"是启蒙运动以来，至二战时期，这是人的生命、自我和个性的觉醒。二战以后，尤其是进入当代社会以来，人开始了灵魂或精神的深层而复杂性的"觉醒"。这种觉醒不但包括文化的自觉和对某些普适性价值的尊重和追求，也包括在进行此种活动中所具有的、与这些看似一元性的价值追求谱系相反的迷惘、消极和矛盾，包括生命和存在的悖论。因为后者也是来自更深层的精神领域的运动，甚至可能更有价值，所以我把它看成人的第二次觉醒。在文学中，我觉得这是一个大命题。

问：起初，你曾经想将你的一篇收入本书中的短篇小说《溢欲》作为这本书的书名，对吧？这是一个与快递小哥有关的、有些"暴力"的欲望故事，似乎实质上与爱情无关。结局完全失去了控制，变成了罪恶。这个作品包含了太多的现实社会的真实元素。我记得你曾经说过大意为小说高于生活、艺术比生活更真实的话。你如何将现实事件完美地转化为艺术作品？

答：将一件现实事件完美地转化为艺术作品的事对我来说几乎是很困难的。原因是我不想这么做。现实事件越适合写小说，那么从某种角度来说就越应该警惕。日常经验是一种熟悉的伪装，因为它是坚固的，所以等同死亡。艺术真实是对日常经验的一种想象和突围，是对现实真实的一种校对，是拾遗补缺被忽略的那部分，因此比现实更真实。完全地复制现实等于是对艺术谋财害命。事实上，《溢欲》这篇小说从哲学和逻辑上，是对现实的一个颠覆。生活中可能会发生小说中所述的情节的前半部分事件，但是结尾发生的陡转，其实充满了悖论和隐喻。我个人来说，很喜欢用"溢欲"这个词做书名，它语出《宋景文公笔记》，意为多余的想法。我觉得我的写作都是来自内心所谓"多余的想法"，它照应了我对现实的看法和某种情怀。只是出版社建议换另一个书名，大概觉得这个名字会引发某种香艳的歧义。

问：你创作之初就是对小说充满实验性吗？或曰现代性？读了不少你的作品，你的创作风格、主题、写作形式多变、灵活，并不会呈现在一个时间段里的统一。你的文学观是什么？你通过文学与艺术创作来探寻什么？

答：我创作之初的小说跟今天的风格肯定是不一样的，事实正如您说的，可能我每一段时间内创作的风格都不固定，甚至每一篇的风格都不太一样，主旨思想也不重复。我以前提到过古代大画家石涛论述的"一画之法"，就是艺术作品是要对应你每天看到不同的物象产生不同的思考，或者由着你每天不同的心情来做出不同的表现的，每一幅画有每一幅画的表现手法，或方式，或理念。也许这就是后来文艺理论中的著名的"内容决定形式"，有什么样的内容决定什么样的形式，形式要跟内容的不同做出有效调整。我会长年去写同样故事和内容的小说吗？我不会。会长年表达自己早已表达过的思想吗？不会。会长年去画一样心情和形态的竹子吗？不会。重复自己是最大的死亡，这种死亡首先不是艺术上的死亡，是生命上的死亡。我想这是作为生命个体最大的悲哀吧。石涛坚决反对的是"一味拟古"与"忠于对象"，但是有一样是恒定不变的，就是"本心自性"。如果真正做到了"画可从心"，那么艺术家的活动才会获得大自由。我想，我的小说虽然题材、手法、语言和结构多变，但是有一样是我不变的，就是我在很多年前说过的："不论写什么，什么风格，我的关于人性观察和真实的抚摸，以及对于世界的诗意理解和智性姿态的写作策略是不变的。"如果有人认为我的作品相对地充满了实验性和繁复性，那可能真不是缘于我的自觉，而是自发。因为我的本性如此。我通过文学与艺术创作来探寻的，可能不是艺术本身，而只是每天发现和激活不同的我、新的我，证明我还没有死掉。

问：说一个似乎有些离题的问题吧。听说近年来你致力于油画创作，而且颇有成绩？文学创作与美术创作对你来说是一种什么样的关系？

答：我在这本书的自序里提到过我为什么突然在写作同时又去画画，这里不加赘述。我觉得我的美术创作，首先是对我个人过往的生存经验和哲学困境的一种打捞；其次是与我的文学创作形成观念与形式上的互补和旁启；最后，文学与美术对我来说，可能什么都不是，只是我生命中的一种无名却自由的需要。